Susanne Ospelkaus
Die Gewandnadel

Susanne Ospelkaus

Die Gewandnadel

BRUNNEN
Verlag GmbH · Giessen

Susanne Ospelkaus wurde 1976 in Frankfurt (Oder) geboren. Sie ist gelernte Ergotherapeutin in der Pädiatrie und arbeitet als Künstlerin mit Kindern und Jugendlichen. Sie organisiert Lesungen und Workshops, spricht in Schulen, auf Frauentreffen, in Hospizvereinen, Kirchen, Cafés und Bibliotheken. Als Autorin schreibt sie für Zeitschriften, Verlage und Radiosender. Dabei bringen sie die Begegnungen mit Menschen immer wieder zum Staunen darüber, wie faszinierend das Leben ist.

Die Idee zu dem vorliegenden Buch entstand aus Gesprächen mit pensionierten Krankenschwestern des Roten Kreuzes, des Dritten Ordens und der Diakonischen Schwesternschaft.

www.susanne-ospelkaus.com

© 2022 Brunnen Verlag GmbH, Gießen
Lektorat: Stefan Loß
Umschlaggestaltung: Jonathan Maul
Satz: DTP Brunnen
Druck: GGP Media GmbH, Pößneck
ISBN Buch: 978-3-7655-3664-9
ISBN E-Book: 978-3-7655-7661-4
www.brunnen-verlag.de

*Wir halten Hoffnung
in den Händen.*

für Gerda

Inhalt

Prolog

Wenn wir in der Nacht versinken und die Wüste ihren Sternenhimmel über uns spannt, dann berühren wir uns. Er liebt es, durch mein blondes Haar zu streichen. Ich mag mein dünnes glattes Haar nicht, doch er genießt es, damit zu spielen. Ich bin die einzige Frau in dieser Gemeinschaft, die solche Haare hat. Ich bin sogar der einzige Mensch hier, der so blass und hell ist wie ein gebleichtes Leinentuch. Hier ist alles farbig: die Kleidung der Menschen, die Früchte der Oasen und die Gewürze an den Feuerstellen.

Harun dreht meine Haarsträhnen um seine Finger. Es lässt sich nicht zwirbeln. Es gleitet ihm durch die Hände.

„Wie Sonnenstrahlen", sagt er.

„Ich habe Schnittlauchhaare."

„Was ist Schnittlauch?"

„Gras, das nach Zwiebeln schmeckt."

Harun schüttelt den Kopf: „Du hast Haare, die nach Orangenblüten duften."

Die Nacht ist kalt und mich fröstelt. Ich kann mich nicht daran gewöhnen. Es fühlt sich tagsüber an wie ein Sommertag im Havelland und nachts wie eine Schlittenfahrt vom Berliner Teufelsberg.

Harun drapiert mein Tuch um meine Schultern. Es rutscht immer wieder herunter. In all den Monaten habe ich nicht gelernt, die orientalischen Gewänder zu tragen, ohne dass sie von meinem Körper gleiten. Ich habe es mit Sicherheitsnadeln versucht, aber irgendwann war auch die letzte verbogen und unbrauchbar.

9

Er zupft noch immer an meinem Schultertuch.

„Was machst du?", frage ich.

„Habe Geduld."

Eine Hand hält die Stofffalten, die andere einen glänzenden Gegenstand. Er ähnelt einer Brosche, ist aber viel schmaler und länger. Er schimmert silbern.

„Jetzt bekommst du eine Sicherheitsnadel, die wirklich sicher ist."

Harun strahlt. Er hat eine Gewandnadel an meinem Tuch befestigt. Ich streiche mit den Fingerkuppen darüber und spüre ihre Vertiefungen, dort, wo das Silber getrieben wurde. Es sind Kringel, Linien und Punkte, mehr als nur ein Muster. Es ist eine Schrift.

„Was bedeutet sie?", frage ich. Er gibt mir eine Antwort in seiner Sprache. Ich zucke mit den Schultern. Ich verstehe nur einfache Sätze in Tedaga, aber das?

„Hoffnung, die nicht aufhört", sagt Harun in meiner Sprache.

Ich streiche erneut über das längliche Schmuckstück. Es sitzt sicher an der linken Schulter über meinem Herzen, selbst in der Nacht funkelt es im Mondschein. Hoffnung über meinem Herzen. Hoffnung, die leuchtet. Ja, das brauche ich. Manchmal packt mich die Angst wie ein Wüstensturm. Dann kann ich mich nur hinkauern, den Kopf unter den Armen verstecken und warten, bis die Wucht nachlässt. Ich weiß nicht, wie viel Zeit uns beiden bleibt.

Haruns Lippen berühren meine Stirn, als wolle er die traurigen Gedanken wegküssen. So wie man auf eine wunde Stelle pustet, um den Schmerz zu vertreiben. Ich darf nicht an morgen denken, solange wir uns heute haben.

Das Tuch wärmt mich, Harun wärmt mich. Ich fühle mich geborgen. Über uns spannt sich der Wüstenhimmel. Um uns spannt sich Geborgenheit und an meinem Gewand funkelt die Hoffnung.

Die Herbstlust

Das Haus liegt wie ein gestrandeter Dampfer im welligen Land. Sein Dach ragt hoch über die Eichen und Pappeln. Eine blau-weiße Fahne flattert im Wind und die kleine Glocke auf der Kapelle gibt das Signal: Abendgebet, Dienstbeginn.

Yasser schreitet über den Marmorboden der großen Empfangshalle und eilt die breite Treppe mit gusseisernen Geländern hoch. An den Wänden hängen Holzschnitte, Ölgemälde und Lithografien. Das Haus ist ein prächtiger Dampfer und in seiner weißen Dienstkleidung sieht Yasser aus wie ein Steward, nur dass er statt Cocktails und Häppchen Urinflaschen und Stützstrümpfe serviert.

„Ach, der Herr Yakob … guten Abend."

„Guten Abend, so spät noch unterwegs?"

Die alte Dame beugt sich zu ihrer Mitbewohnerin.

„Sieht er nicht schmuck aus, der junge Herr Yakob? Er hat so schöne Haare, so dichtes Haar und Haut wie Karamellbonbons."

Yasser lächelt, obwohl er sich ungern mit Bonbons vergleichen lässt. Er lächelt und nickt den Damen zu. Niemand nennt ihn Yasser. Zum einen, weil die Senioren es sich nicht merken konnten, und zum anderen gefiel ihm Yakob auch besser als sein Geburtsname. Yasser klingt fremd. Yakob klingt vertraut. Yakob mit Ypsilon – das ist ihm wichtig.

Die Seniorenresidenz Herbstlust ankert wie ein Kreuzfahrtdampfer in der Landschaft, doch im Inneren gleicht sie einem Militärschiff. Alle Passagiere sind pensionierte Rotkreuzschwestern. Die Herbstlust, ein ehemaliges Jagdschloss, ist nun ihr Ruhesitz. Noch immer bestimmen Hierarchien, Uniformen und Titel den Kurs des Dampfers. Einmal eine Rotkreuzschwester, immer eine Rotkreuzschwester. Die Bewohnerinnen werden nicht mit Frau Thaler oder Frau Strahnewitz angesprochen, sondern mit ihrem Schwesternnamen wie Therese, Josefine oder Milda. Wer Karriere gemacht hat, trägt den Dienstgrad Oberin oder Generaloberin. An Deck der Herbstlust herrschen Ordnung und Sauberkeit, Schnelligkeit und Pünktlichkeit. Die wichtigste Regel der ehemaligen Schwestern lautet: Es wird nicht gejammert!

„Euch jungen Leuten tut immer etwas weh", sagen sie. „Als wir damals an der Ostfront standen ...“

„Da war die Westfront geradezu ein Urlaub.“

Zäh wie gegerbtes Leder sind die Frauen, gezeichnet von Selbstaufgabe, Krieg und Wiederaufbau. Jetzt, wo sie sich einfach aufs Deck legen könnten, um die Nase in die Sonne zu halten und den Wind durchs Haar wehen zu lassen, können sie es nicht.

„Wer rastet, der rostet", sagen sie.

„Müßiggang ist aller Laster Anfang", reden sie.

Was ist Müßiggang? Yakob kennt dieses Wort nicht, aber wenn er es hört, bekommt er ein schlechtes Gewissen, und wenn er stöhnt, dass er sieben Dienste hintereinander hatte, wundern sie sich nur. Sie arbeiteten früher vierzehn Tage für je zwölf Stunden ohne Unterbrechung, hatten einen halben Tag frei und gingen dann wieder auf die Krankenstation. Sie hatten einen halben Tag Freizeit? Wie kann man sich innerhalb von ein paar Stunden erholen? In dieser Zeit wäscht Yakob seine Wäsche, putzt die Wohnung und erledigt seine Post — und das würde er nicht als Erholung bezeichnen.

Seit fünf Jahren arbeitet Yakob als Altenpfleger. Er wollte unbedingt zur Herbstlust. Hier, im Süden von München, ist er von so viel Schönheit umgeben. Das ehemalige Jagdschloss hat sich der Landschaft angepasst. Seine Grundmauern sind schroff wie Bergfelsen, die Ornamente der schmiedeeisernen Türen ähneln rankendem Efeu und das Spitzdach zieren Türme und Gauben, als würden Gebirgsziegen auf ihnen stehen.

Drei Etagen hat die Herbstlust. Im Unterdeck werden die Bettlägerigen und stark verwirrten Damen betreut. Die Türen sind verriegelt und nur mit einem Zahlencode kommen Besucher und Personal hinein. Auf dem Mitteldeck wohnen die hilfsbedürftigen Damen, die mehrmals täglich Unterstützung brauchen. Auf dem Oberdeck leben die rüstigen Seniorinnen. Sie bewältigen noch die Stufen bis hoch ins Dachgeschoss. Dort sind ein Salon und eine Bibliothek und alles erinnert an das ehemalige Schloss: Schnitzereien, Trophäen und Bilder mit Jagdszenen.

Manchmal geht Yakob in das Dachgeschoss, um die Weite zu spüren. Er schaut über Baumwipfel bis zu den Alpen und liest in den Wolkenformationen die Wetterlage ab. Wenn kein Unwetter droht, schnappt er sich sein Fahrrad und schraubt sich die Serpentinen hoch.

Heute war er auch unterwegs. Er ist nach Bad Tölz geradelt, hin und zurück sind es achtzig Kilometer. Jetzt fühlt er sich frisch und munter für seine Nachtschicht. Er steigt die Stufen hoch bis ins Mitteldeck. Es ist ruhig im Haus. Nur eine Bewohnerin tippelt über den Flur.

Yakob öffnet die Tür zum Stationszimmer und der Geruch von Desinfektionsmittel und Schweiß schlägt ihm entgegen. Erschöpfung lastet auf seinen Kolleginnen aus der Spätschicht. Sie lümmeln auf den Stühlen und reiben sich ihre schmerzenden Gelenke.

„Was gibt's Neues?", fragt Yakob.

„Nichts. Alles wie immer."

Olga zählt auf: „Durchfall im Zimmer 1. Verstopfung im Zimmer 7. Schwester Josefine ist aggressiv und Schwester Therese geht im Nachthemd spazieren."

„Ich habe sie gesehen. Sie läuft über den Flur."

Olga grinst: „Ja, dann. Alles wie immer."

Sie zupft an ihrem Oberteil. Es ist voller Schweiß, klebt an ihren Armen und spannt über ihrem Busen. Oberschwester Olga ist die Chefin auf der Station. Sie verteilt die Aufgaben und packt selbst kräftig zu. Ihr russischer Akzent schneidet die Luft in Blöcke und ihre Rs und Ls rollen durch die Herbstlust.

„Ich wünsche dirrrrr eine rrrrrruhige Nacht." Olga verlässt das Dienstzimmer und die Rs kullern hinterher. Er hört sie im Treppenhaus rufen: „Schwesterrr Therrrrese, für heute rrrrrreicht es. Bitte gehen Sie ins Bett. Yakob, kommst du?"

Es geht los! Neun Nachtstunden liegen vor ihm und je mehr er zu tun hat, umso schneller vergeht die Zeit. Schwester Therese Thaler kreuzt mehrmals seinen Weg. Sie geht auf und ab. Sie müsste ins Zimmer, aber Aufforderungen nützen nichts. Sie am Arm zu packen, ist zwecklos. Sie zu führen, ist vergebens. Berührungen lösen bei ihr Widerstand aus, sie wehrt sich und schreit, wird zittrig und weinerlich. Schwester Therese läuft wie ein Aufziehmännchen die Flure entlang. Ihre Demenz scheucht sie durch das Haus. Sie läuft und läuft. Welche Erinnerungen treiben sie an? Will sie weglaufen?

Yakob will sie nicht zwingen, ins Zimmer zu gehen, also lässt er sie laufen, während er im Gang die Hygienewagen herrichtet. Er sortiert Feuchttücher und Pflegespray, Einmalwaschlappen und Handschuhe, Windelhosen und Einlagen. Schwester Therese läuft den Gang auf und ab. Wenn sie an Yakob vorbeischlurft, sagt er: „Sehr gut, Therese. Sehr gut!"

Dann strahlt sie, aber wenn er sie mit Schwester anspricht, reagiert sie überhaupt nicht. Ihr Gesicht bleibt starr. Würde die Heimleiterin hören, dass er sie nur Therese nennt, dann gäbe es einen Vortrag über Respekt und Würde. Ist es denn respektlos, jemanden beim Vornamen zu nennen, wenn es Freude bereitet?

Schwester Thereses Schritte werden kürzer und langsamer. Kurz vor Yakob kommt sie zum Stehen.

„Sind sie fertig?"

Sie reagiert nicht.

„Therese, ich bringe dich nach Hause."

Yakob geht zu ihrem Zimmer und öffnet die Tür.

„Bitteschön!"

Die alte Frau tippelt hinein und weiter bis zu ihrem Bett. Sie stützt sich auf die Matratze, doch Yakob sorgt sich, dass sie auf den Boden gleitet. So schief steht sie da. Schweigend kleidet er sie aus, legt ihre Brille auf das Nachtkästchen und streift ihr das Nachthemd über. Er hält ihr den Prothesenbecher entgegen, sie legt ihre Zähne hinein. Sie sprechen kein Wort.

Ein Leitsatz in der Pflegeschule hieß: Begleitet jeden Handgriff verbal! Yakob hatte es versucht, doch bei Schwester Therese funktionierte es nicht. Es regte sie auf. Seitdem hilft er ihr still. Statt eines Gute-Nacht-Grußes zieht er ihr die Decke hoch und stopft die Bettzipfel unter ihre Schultern. Nun liegt sie wie eine Schmetterlingslarve im Bett, schließt die Augen und ihre Gesichtszüge werden weich.

„Flieg mit deinen Träumen", flüstert Yakob und löscht das Licht. Mehrmals absolviert er seine Runde durch das Haus, geht durch die Zimmer, dreht und lagert steife Gliedmaßen, öffnet Fenster und lässt die Nachtfrische in muffige Räume. Sie vertreibt den Geruch nach Ausscheidung, Schweiß und Alter.

Am frühen Morgen besucht er die Damen auf den anderen Etagen. Sie sind selbstständig, brauchen nur etwas Hilfe mit ihren Stützstrümpfen oder beim Verbandswechsel. Gegen 5:30 Uhr wird es in der Herbstlust geschäftig. Die ehemaligen Rotkreuzschwestern haben die Fähigkeit verloren, auszuschlafen. Sie sind auf den Beinen, machen Morgenspaziergänge, gehen in die Kapelle oder helfen einer schwächeren Mitschwester. Noch immer tragen viele von ihnen ihre Tracht: ein graues Kleid mit weißem Kragen und der Brosche des Roten Kreuzes. Das Haar, egal wie dünn, ist akkurat zusammengebunden und verschwindet unter einer weißen Haube. Als würden Tauben auf ihren Köpfen sitzen. Manche Schwestern bewegen sich so zügig über die Flure, dass die Pfleger nicht hinterherkommen.

„Sie haben nicht nur die Fähigkeit verlernt, auszuschlafen, sie können auch nicht langsam laufen", murmelt Yakob, als ihn Schwester Edith überholt. Das Kleid raschelt und die Taube auf ihrem Haupt nickt ihm zu.

Die Kolleginnen für die Frühschicht sitzen im Dienstzimmer. Sie halten sich an heißen Kaffeetassen fest, starren mit glasigen Augen hinein und hören sich die Neuigkeiten der letzten Stunden an.

Yakob fasst zusammen: „Es ist alles in Ordnung auf Station. Nur Schwester Josefine Strahnewitz hatte eine unruhige Nacht. Sie ist erst gegen morgen eingeschlafen. Weckt sie bitte als Letzte."

„Nee, wir fangen immer hinten am Gang an und arbeiten uns vor. Die Strahnewitz bekommt keine Extrawurst." Nick pustet in den schwarzen Kaffee.

„Lasst sie noch etwas schlafen, vielleicht ist sie dann friedlicher."

„Wir schaffen so kaum die Arbeit. Wir können darauf keine Rücksicht nehmen." Olga hat gesprochen. Es grummelt in Yakob. Seine Kollegen haben recht. Der Zeitplan ist so eng und die Arbeit anstrengend, dass man nicht von der Routine abweichen kann. Es stört ihn und er will protestieren, allerdings hat er keine vernünftigen Argumente.

„Yakobchen, dann kümmere dich selbst um Schwester Josefine. Das ist allerdings Freizeit, verstehste?"

Klar, das versteht er. Das Überstundenkonto quillt bei allen über. Würde jeder seine Überstunden am Stück nehmen, wäre die Herbstlust wochenlang ohne Besatzung.

„Ich trinke erst noch meinen Tee und dann kümmere ich mich um Schwester Josefine", schlägt er vor. Olga verdreht die Augen.

„Ich weiß, wie lange es dauert, bis du deinen Wüstentee getrunken hast. Gießen und schütten, zuckern und schlürfen."

„Ich bringe dir einen vorbei, einen schönen heißen, starken Tee."

Olga nickt. „Yakob?"

„Ja?"

„Das darf keine Gewohnheit werden. Nachher denken die in der Verwaltung, wir könnten noch mehr ackern aus Nächstenliebe."

Olga ruft zum Dienstbeginn und die Pflegerinnen und Pfleger schwärmen aus, ausgerüstet mit Einlagen, Cremes und Moltonunterlagen.

In der Teeküche stellt Yakob einen Topf auf den Herd, füllt ihn mit Wasser und schaltet die Heizplatte an. Seine Teemischung steht im Schrank, niemand würde sich daran bedienen. Nicht, weil man so rücksichtsvoll ist, sondern weil seinen Kollegen dessen Zubereitung zu aufwendig ist. Ansonsten wird alles aufgefuttert, ob Joghurt, Nüsse, Schokoriegel oder Salamisticks, selbst wenn ein Name daraufsteht.

Das Wasser sprudelt und Yakob rührt den Tee ein. Er sieht zu, wie sich die dunkelgrünen Blättchen entfalten. Sein Vater hatte ihm gezeigt, wie man richtigen Amazigh-Tee kocht: grüner Tee, Zucker und Minze. Anschließend wird mit viel Gefühl und Schwung das Getränk von einem Gefäß in ein anderes gegossen, bis es schäumt. Wenn Yakobs Vater den Tee kochte, war es einer dieser seltenen Momente, in denen er von seiner Heimat sprach – dem Bergland in Libyen. Seine Eltern sind Berber oder wie sie sich selbst nennen: Amazigh.

Je mehr Yakob zuckert und gießt, umso schaumiger wird der Tee. Er schaut in die Bläschen und wartet, bis sie platzen. Er wäre gern ein Amazigh, würde gern in einer Oase unter dem weiten Wüstenhimmel leben. Er könnte sich um seine Sippe kümmern, statt in Oberbayern fremde alte Menschen zu pflegen. Die Sonne wirft helle Strahlen durch das Küchenfenster. Yakob blinzelt und schlürft seinen Tee.

„Ich dachte, du wolltest die Strahnewitz wecken?" Olga schüttelt den Kopf. „Du und dein Tee, wo sind nur deine Gedanken? Bei Aladin?"

„Hier!" Yakob drückt ihr eine Tasse in die Hand und verlässt die Küche. Olgas Pusten und Schlürfen begleitet ihn, bis er in den nächsten Gang abbiegt.

Er betritt das Zimmer von Schwester Josefine Strahnewitz. Noch immer haftet die Nacht an den dicken Vorhängen und Träume schweben über dem Bett. Die alte Frau liegt wie ein Kind zwischen Kissen und Decken. Sie hat die Knie angezogen, macht den Rücken rund und beugt ihren Nacken, bis das Kinn fast auf ihrem Brustbein ruht.

Yakob staunt, wie beweglich sie ist. Alles wirkt so friedlich: ihr Atmen, ihre Augenlider, die weichen Falten um ihre Mundwinkel. Ihre Gestalt erinnert ihn eher an ein junges Mädchen als an eine alte Frau.

„Ach, Josefine", seufzt Yakob. „Was löst nur diese Unruhe in dir aus?"

Yakob will sie noch nicht wecken, also geht er zuerst ins Badezimmer, putzt die Zahnprothese, legt frische Strümpfe über einen Stuhl, lässt das Wasser laufen, bis es warm wird, füllt das Waschbecken und gibt einen Spritzer Minzöl hinein. Aus irgendeinem Grund mag sie Minze. Ob der Geruch sie an etwas erinnert?

Er schiebt die Vorhänge ein Stück zur Seite. Die Morgensonne malt Kringel an die Wände. Er beugt sich über das Bett und berührt ihre Schulter.

„Josefine. Josefine? Ein neuer Tag wartet auf uns."

Berlin 1931

„Josefine. Josefine?"

Ich ziehe mir die Decke über den Kopf. Ich will noch nicht aufstehen.

„Beliebt das feine Fräulein aufzustehen?"

Die Ringe der dicken Gardinen klirren über den Vorhangstangen. Gerda reißt sie mit Schwung auf. Plötzlich ist der Raum hell. Die Morgensonne kitzelt meine Wimpern und schiebt sich durch die Augenlider. Sie vertreibt den letzten schönen Traum. Was hatte ich geträumt? Ich wühle mich durch meine Kissen und suche die Freiheit, die ich in meinen Träumen fand.

„Fräulein Josefine! Der Herr Vater wartet!" Gerda streicht mir über den Rücken, ruckelt an meinen Schultern und zieht an meinem Arm. Es hilft nichts. Ich muss aufstehen. Vati und Frühstück, Schule und Benimmregeln, weiße Strümpfe und Trägerkleid warten auf mich. Ich bin die Kleidung leid. Mit ihr kann man nicht auf Bäume klettern, nicht im Staub hocken und Murmeln schießen, nicht einmal Fußball spielen. Ich hätte gerne Hosen wie die Mädchen vom Ende der Straße.

„Sei froh, dass du so schöne Kleider hast, sonst müsstest du Hosen tragen, wie ein Arbeitermädchen", mahnt Gerda und reicht mir die gehäkelten Strümpfe aus weißem Garn. Sie rutschen. Sie rutschen den ganzen Tag, selbst wenn ich still sitze. Ich hasse diese Strümpfe. Schweigend ziehe ich sie an, weil ich weiß, dass ich dankbar sein sollte. Ich lebe in einem großen Haus in Charlottenburg, wir haben Dienstboten und Hausmädchen, Chauffeur und Gärtner. Unsere Nachbarn haben sogar Hauslehrer, aber Vati besteht darauf, dass ich in eine richtige Schule gehe. „Ein Kind muss unter Kinder", sagt er. Wenn ich an meine Schulfreundinnen denke, werde ich munter.

„Gerda, wo ist der lange Gummi?"

„Was?"

„Der lange Gummi für das Hopsspiel?"

„Zieh dich endlich an!"

„Ja, ja … kannst du bitte nach meinem Gummi suchen?"

„Das feine Fräulein kann selbst nach ihrem Gummi suchen."

Ich schlüpfe in Unterkleid und Bluse, Trägerrock und Schürze. Gerda zupft und schnürt, bindet Schleifen und richtet meinen Kragen.

„Kann das Fräulein mal stillstehen?"

Jetzt weiß ich, wo der Gummi ist. Ich will durch mein Zimmer zum Ranzen flitzen, aber Gerda hält mich fest, bis auch die letzte Schleife in meinem Haar sitzt.

„Guten Morgen Vati! Guten Morgen Mutter!"

Ich gebe meinen Eltern einen Kuss auf die Wange. Das stimmt nicht ganz, bei Mutter tue ich nur so, weil sie Puder auf ihrem Gesicht hat und das darf nicht verschmieren. Vati gebe ich einen fetten Kuss, dass es nur so schmatzt.

„Vati, darf ich heute zur Schule laufen?"

„Nein", antwortet Mutter.

„Bitteeeee!"

„Nein, du bist zu spät. Fritze fährt dich."

Ich schaue Vati an, aber er reagiert nicht. Er beißt in seine Schrippe mit Pflaumenmus und starrt in seine Zeitung. Wenn es ein guter Tag ist, erlaubt er mir mehr als Mutter. Heute scheint keiner dieser guten Tage zu sein. Er blättert hastig durch die Zeitung. Plötzlich ruft er: „Alles Doofköppe!"

„Aber Heinrich!", mahnt Mutter.

„Ist doch wahr … jetzt geht alles den Bach runter."

„Heinrich, doch nicht vor Fine. Willst du noch einen Kaffee?"

Mutter wird immer ganz hektisch, wenn Vati in der Zeitung liest oder Radio hört. Dann schickt sie mich weg, aber ich höre trotzdem, wie sie von schweren Zeiten sprechen. Mutter gibt Gerda und Fritze Mehl, Zucker oder Rüben mit. Dann sagt Gerda: „Der Herrgott möge sie segnen." Fritze nickt und murmelt: „Dankeschön gnädige Frau!"

Gerda nimmt auch meine Kleidung mit, aus der ich herausgewachsen bin. Was macht sie nur damit? Sie hat doch nur Söhne. Erst wollte ich sie fragen, aber dann habe ich mich nicht getraut. Ich habe Mutter gebeten, mir keine Blusen mehr mit Spitze zu kaufen, und auch mal in dunklen Farben. Die Oberteile lassen sich leichter zu Hemden schneidern.

„Beeil dir", sagt Vati.

„Beeile dich", verbessert Mutter.

„Ich muss mir nicht beeilen, aber die Fine."

Mutter verdreht die Augen. Sie will, dass wir ordentlich sprechen. Doch dann rutscht ihr doch ein Spruch über die Lippen: „Schnell, flitze zum Fritze. Auf Wiedersehen, mein Hosenmatz."

„Ach, Mutter, wenn ich doch nur Hosen tragen dürfte."

Sie gibt mir einen Kuss auf die Stirn und klopft mir auf den Po wie bei einem Kleinkind. Dabei bin ich schon neun Jahre alt, aber es gefällt mir trotzdem. Die anderen Mütter in den feinen Häusern machen das nicht mit ihren Kindern, weil es nicht schicklich sei.

Ich renne über den Flur und durch die Empfangshalle mit den schönen Bildern an der Wand. Es sind Gemälde mit Landschaften und Tieren und ich stelle mir vor, es wären Fenster. Dann würde ich auf blaue Pferde schauen, bunte Häuser und einen orangefarbenen Himmel.

Fritze öffnet mir die Autotür. Ich stoppe: „Darf ich neben dir sitzen? Bitte!"

Fritze salutiert, aber nur zum Spaß, schließt die hintere Tür und öffnet die Beifahrerseite. Wenn ich einmal groß bin, möchte ich selbst Auto fahren und mich nicht fahren lassen. Auch wenn er mir alles schon tausendmal erklärt hat, wird Fritze nicht müde, mir noch einmal die Hebel, Schalter und Knöpfe zu zeigen. Es ist großartig! Manchmal darf ich auf die Hupe drücken. Sie klingt wie ein altes Schaf und dann müssen wir lachen.

Die Oase in der Herbstlust

„Mäh-mäh-määääh." Yakob eilt zum Fenster. Schnell schließen! Schwester Josefine reagiert mit Unwillen auf laute Geräusche, doch diesmal rekelt sie sich im Bett und kichert. Die Tiere blöken und grasen, wie eine Wolke ziehen sie an der Herbstlust vorbei.

Hat Yakob richtig gehört? Ja, sie kichert und lächelt. Er lässt das Fenster geöffnet und hilft der Schwester aus dem Bett. Ob sie in Plauderlaune ist? Yakob überlegt, ob er sie anspricht oder besser schweigt. Josefine wirkt so vergnügt und weit weg in ihren Gedanken, dass er sie in ihrer Welt lässt. Wo immer und in welcher Zeit sie auch ist, es scheint eine schöne Erinnerung zu sein. Schweigend hilft er ihr bei der Morgentoilette und führt sie anschließend in den Sonnensaal.

Hier speisen die hilfsbedürftigen Damen. In dem hohen Raum hallt und klappert es, Stimmen wehen durcheinander, Stühle rutschen über das Parkett und falsch eingestellte Hörgeräte fiepen. Er schiebt Schwester Josefine den Stuhl unter den Hintern und wünscht allen Damen einen schönen Tag. Manche sitzen bis zum Mittagessen im Speisesaal und sind für jede Abwechslung dankbar. Die Frauen lächeln Yakob an und winken ihm zu. Jetzt ist er wieder der Steward, der ein Kompliment macht über ein flottes Halstuch, die besondere Brosche oder die schönen Schuhe.

„Ach, das ist doch nichts Besonderes", winken die Frauen ab, aber sie lächeln und Yakob weiß, dass es sie freut. Jeder freut sich über ein Kompliment – über ein ehrliches Kompliment. Manchmal halten sie ihn auf, packen seine Hand und staunen.

„Herr Yakob, Sie haben so eine glatte Haut."

„Waren Sie im Urlaub? Sie sehen so braun gebrannt aus."

Yakobs Haut sieht immer braun gebrannt aus, er sagt nichts. Auf viele Fragen erwarten die Bewohnerinnen auch keine Antwort. Sie möchten einfach etwas sagen und sich dann erinnern, vielleicht an die

Zeit, als sie selbst jung waren und noch glatte Haut hatten, oder daran, wie sich die Haut in der Sommersonne verändert hatte.

„Mein Bruder hatte auch so eine schöne Haut wie Milchkaffee", sinniert Schwester Milda.

Ja, da ist sie – die Erinnerung an einen lieben Menschen und das Gefühl und der Herzschmerz. Yakob holt Luft und ruft: „Ich wünsche einen angenehmen Vormittag. Wir sehen uns zur späten Stunde wieder." Er winkt und verlässt schwungvoll den Speisesaal.

„So ein netter, junger Mann", flötet ihm Schwester Milda hinterher.

Yakob eilt den Gang entlang. Jetzt will er sich nicht mehr aufhalten lassen, denn seit zwei Stunden hat er dienstfrei. Die Sonne scheint hell und warm. Es ist ein wundervoller Maimorgen, zu schön, um in einem verdunkelten Raum zu schlafen. Er geht über den Hof in den Wohnblock für Angestellte. In seinem Zimmer schält er sich aus der Kleidung, duscht und schlüpft in seine Rennradmontur. Das Wertvollste in seinem Zimmer ist das Rennrad. Was könnte sonst wertvoll in seiner Dienstwohnung sein? Tisch, Bett, Sessel und Kochnische waren vorhanden. Vorhänge und Teppich gab ihm seine Mutter. Eine Stehlampe und zwei Stühle fand er im Sperrmüll. Das ist ihm alles nicht wichtig, dafür umso mehr sein Fahrrad. Er stellt es nicht in den Schuppen aus Sorge, es könne geklaut werden oder Kratzer am Lack bekommen. Wenn er nicht damit fährt, steht es zwischen Tisch und Sessel. Sein Vater hatte sich gewundert, doch Yakob vermied es, über den Preis des Fahrrades zu reden, das weder Schutzblech noch Gepäckträger hat. Seine Eltern würden sagen, dass man davon drei Monatsmieten zahlen könne oder einen gebrauchten Kleinwagen bekäme oder in der alten Heimat Urlaub machen könne.

Ach ja, die alte Heimat … seine Eltern reden nur selten von den Bergen im Süden Libyens wie von einem Märchen aus Tausendundeiner Nacht. Er war nie da. Er weiß nicht, ob es stimmt, was sie erzählen. Seine Eltern und deren Sehnsucht nach vergangenen Tagen

erinnern ihn an die Seniorinnen. Je häufiger sie eine Erinnerung hervorholen, umso glänzender und schillernder wird sie. Mit jedem
Wort bringen sie die Vergangenheit auf Hochglanz. Seine Eltern
emigrierten, als die Unruhen zwischen der libyschen Regierung und
den Amazigh zunahmen. Keiner von Yakobs Freunden weiß, wer
Amazigh sind. Wenn er nach seinen Wurzeln gefragt wird, weil er so
südländisch aussieht, antwortet er: „Meine Eltern sind Berber aus
dem Stamm der Tega." Die Antworten ähneln sich: „Oh, die verschleierten Männer."

„Kannst du auf einem Kamel reiten?"

„Sag mal was auf Afrikanisch."

„Tedaga."

„Aha, und was heißt das?"

„Tedaga heißt unsere Sprache und jeder Stamm hat seinen eigenen
Dialekt."

Oh und Ah machen seine Freunde und keiner weiß, dass Yakob
noch nie im Land seiner Urahnen war. Seine Eltern wollten, dass er
voll und ganz in Deutschland integriert sei und die Ferien, wenn
überhaupt, an der Ostsee, im Harz und Allgäu verbrachte. Mama
sagte oft: „Yasser, du hast die Sehnsucht der Wüste in dir. Du suchst
den Horizont."

Das tut Yakob tatsächlich. Immer, wenn er sich auf sein Rennrad
schwingt, blickt er in die Weite, sucht sich einen Berg in der Ferne aus
und radelt los. Mal sind es siebzig, mal sind es hundert Kilometer und
er wünschte, er könnte immer weiter fahren. Unterwegs sein, um
anzukommen – wie ein Nomade.

Er hat sich den Kopf frei und die Beine hart geradelt. Mühsam stapft
er durch die Grünanlage der Herbstlust. Der Hintern schmerzt. Er
muss sich hinlegen. Yakob sucht sich einen Sonnenfleck, rollt seine
Jacke zusammen und schiebt sie unter die Beine. So wie er es bei
Schwester Berta macht, wenn sich das Wasser darin staut.

Der Boden ist noch kühl, doch die Sonne wärmt ihm die Vorderseite. Sein Blick wandert hoch zu den Wolken und verfängt sich im Geäst der Esche. Die Zweige wippen im Wind, Blätter rascheln und Vögel hüpfen über die Äste. Je länger Yakob zur Esche schaut, umso mehr Tiere entdeckt er. Käfer krauchen zwischen den Rillen der Borke. Spinnen seilen sich ab. Raupen wälzen sich vorwärts. Es ist wie fernsehen, es macht schläfrig. In drei Stunden beginnt seine Schicht. Es würde für ein Nickerchen reichen. Yakob gleitet in einen Traum aus Wärme, Weite, Wind.

„Frau Straaaaahnewitz! Schwester Jooooosefine Straaaahnewitz?"

Die Stimmen überrollen ihn wie Donnergrollen und katapultieren Yakob aus seinem Traum. Wo ist er? Was ist passiert? Olgas Stimme dröhnt wie ein Nebelhorn. Die Herbstlust ist in Aufruhr. Hektisch laufen Olga und zwei Ehrenamtliche über Gänge und Treppen, zwischen Rabatten und Hecken.

„Hast du die Strahnewitz gesehen?"

Olga strandet vor Yakob. Er blinzelt nach oben, sieht nur ihren Busen, aber keinen Kopf. Schläfrig dreht er sich auf die Seite und rappelt sich auf.

„Was?"

„Hast du die Strahnewitz gesehen?"

„Ist sie weg?"

Olga rudert mit den Armen. Die Aufregung hat ihr Gesicht rot anlaufen lassen. Jetzt leuchtet sie wie ein Lichtzeichen auf hoher See.

„Bitte komm! Wenn wir sie nicht gleich finden, müssen wir die Polizei benachrichtigen. Hoffentlich ist sie nicht gestürzt."

Yakob fegt sich eine Spinne von seiner Schulter, klemmt seine Jacke unter den Arm und eiert durch die Gartenanlage. Je länger er läuft, umso weicher werden seine Beinmuskeln. Wo könnte Josefine sein? Sie war doch heute so ausgeglichen, wieso sollte sie weglaufen? Yakob ruft sich alles in Erinnerung, was er von der Frau weiß. Sie war Rotkreuzschwester, stammt aus Berlin, guckt Schwarz-Weiß-Filme, wenn man sie lässt, mag Minzöl und hat Gemälde von Pflanzen und Tieren an der Wand hängen. Es sind seltsame Bilder, als hätte der

Maler nicht die richtigen Farben zur Hand gehabt. Wer malt blaue Pferde und gelbe Kühe?

Wenn Schwester Josefine Farben mag, wird sie Blumen lieben, überlegt Yakob. Die Blumenbeete hat Olga schon abgesucht. Die Bänke unter den Kletterpflanzen und am Rosenspalier sind nicht besetzt. Die Gartenanlage der Herbstlust ist riesig. Was die Herzöge im 18. Jahrhundert anlegten, war pure Verschwendung. Der Boden war nicht für Rüben und Kohl gedacht, sondern für blühende Sträucher und sinnliche Skulpturen.

Yakob sucht jede Bank ab, doch nirgends sitzt eine Josefine. Olga steht im Innenhof und lehnt sich an den Sockel einer Skulptur. Die Frühschicht, die Suche und die Sorge haben ihr die Kräfte geraubt. Sie holt das Telefon aus ihrer Kitteltasche.

Yakob ruft und winkt: „Warte. Nur fünf Minuten. Ich habe eine Idee."

Olga seufzt und lässt das Telefon sinken. Ihren Kopf lehnt sie an das Schienbein der steinernen Schönheit.

„Drei Minuten. Hast du gehört?"

Yakob rennt los, vorbei an Wirtschaftsräumen, ehemaligen Ställen und Komposthaufen. Wie ein Beiboot liegt das Gewächshaus im Trockenschilf. Die bunten Fenster sind stumpf, doch wenn Sonnenstrahlen sie treffen, schimmern sie rot, blau und grün. Die Scheiben werden von einem Skelett aus Eisen getragen, das man zu Ornamenten gebogen hat. Es ist ein schöner und geheimnisvoller Ort. Der Gärtner nutzt es als Geräteschuppen und stellt im Herbst die Orangenbäumchen hinein. Yakob tritt ein und schwere Luft umgibt ihn. Niemand ist hier. Er geht hinaus und atmet durch. Die Enttäuschung wirft Falten auf seine Stirn. Er kann Olgas Anruf nicht verhindern und trotzdem nimmt er den Weg an den dichten Sträuchern entlang. Einmal will er das Gewächshaus umrunden.

Er erreicht die letzte Ecke. Die Dattelpalmen in den Kübeln versperren ihm den Weg. Wie dicke Männer stehen sie da, die Köpfe gesenkt von der Blütenlast. Etwas raschelt zwischen den Kübeln.

Wahrscheinlich nur eine Plastiktüte, die sich in den langen Blättern verfangen hat. Yakob geht näher, streckt seine Hand aus und hält inne. Das ist kein Plastik. Es ist Stoff. Eine Silhouette zeichnet sich ab. Eine kleine Frau hockt zwischen den Kübeln. Sie hat den Kopf in den Nacken gelegt und schaut in die weißen Blüten der Dattelpalme. Sie streckt ihren Arm und lässt ihre Finger durch den Blütenhimmel wandern.

Yakob sagt nichts. Leise zieht er sich zurück. Eilt zu Olga. Nimmt ihr das Telefon aus der Hand.

„Ich habe Josefine gefunden. Es geht ihr gut. Sie ist in einer Oase."

Berlin 1933

Es regnet Blüten. Die Blüten sind klein wie Wassertropfen und wenn ich an dem Zweig schüttle, rieseln sie auf mich. Sie legen sich auf meine Stirn, verfangen sich in meinem Haar und schlüpfen in den Kragen meines Kleides.

„Fräulein Josefine, hör auf, an den Zweigen zu schütteln. Wenn du so weitermachst, ernten wir keine einzige Dattel."

Kurt reicht mir die Hand und zieht mich hoch. Er ist unser Gärtner und erklärt mir alles, was ich wissen möchte. Ich liebe das Gewächshaus. Wenn ich dort hineingehe, reise ich in eine ferne Welt – nach Südamerika, nach Asien oder in den Orient.

„Außerdem ziemt es sich nicht, mit dem schönen Kleid im Dreck zu liegen", mahnt Kurt.

„Ich hätte auch viel lieber eine Hose, so wie die Kinder am Ende der Straße."

„Sei froh, dass du kein Kind vom Ende der Straße bist." Kurt sieht mich an. Seine Augenbrauen bilden eine Linie. Falten dick wie Regenwürmer schlängeln sich über sein Gesicht. So sieht Vati aus, wenn er verärgert ist.

„Bist du sauer auf mich? Sind die Datteln jetzt kaputt?"

Kurt klopft mir den Staub von meinem Rücken. „Nein, nein … alles gut … es ist nur …"

„Was denn?"

„Ach nichts … Gerda hat Streuselkuchen gemacht."

„Oh fein", ich renne durch den Garten. Meine Haare wehen und der Rock rutscht mir bis über die Knie. Ich bin schnell. Ich bin schneller als die Jungs, die am Ende der Straße wohnen.

„Gerda, Gerda, kann ich Kuchen haben, ganz viel Kuchen?"

Die Hintertür schlägt gegen die Wand. Ich war wieder einmal zu wild, wie Mutter sagen würde. Gerda hantiert hastig in der Küche.

Kuchen stapelt sich auf den Platten und die feinen Tassen mit Goldrand stehen auf Tabletts.

„Das geht heute nicht, Herr Strahnewitz hat viele Gäste."

Ich drehe mich im Kreis, sodass mein Rock sich wie ein Teller dreht.

„Josefine, bitte. Hör auf mit dem Tamtam. Ich habe viel zu tun."

„Kann ich helfen? Ich kann servieren."

Gerda blickt von ihren Kuchentürmen auf und rümpft die Nase.

„Hände waschen, Haare flechten, frisches Kleid anziehen."

„Juchu!"

„Nicht rennen! Türen leise schließen!"

Zu spät. Die Tür kracht ins Schloss. Ich flitze die Treppen hoch und schaffe zwei Stufen auf einmal. Wenn ich nicht mit den Kindern vom Ende der Straße spielen kann, dann sind Vatis Gäste das Zweitschönste. Sie bereisen viele Länder und tragen besondere Kleidung. Die Frauen ziehen Hosen an und keiner meckert. Die Frauen rauchen Zigaretten an langen Spitzen und keiner schimpft. Mutter redet dann englisch und französisch und jeder tut so, als würden sie sich Küsse geben, aber sie hauchen sie nur in die Luft. Es sind Fotografen, Schauspielerinnen und Artisten, Sänger und Tänzerinnen. Alle wollen sie zu Vati. Sie umschwärmen ihn wie die Bienen die Dattelblüten. Sie hoffen, in Vatis Filmen mitspielen zu können. Zweimal bekam ich eine Rolle. Vati nahm mich mit nach Babelsberg und ich durfte ein Blumenmädchen spielen. Ich musste nichts sagen, und selbst wenn, hätte man es nicht gehört, weil es keinen Ton gab. Aber jetzt hört man die Schauspieler sprechen, das ist wie im Theater, nur besser.

„Ich bin so weit." Ich strecke meine Hände aus. Gerda nimmt jeden Finger, dreht und beugt ihn, inspiziert die Fingernägel und dann endlich gibt sie mir die Kuchenplatte.

„Du redest nur, wenn du gefragt wirst. Verstanden?"

Ich nicke eifrig und trage die süße Last nach draußen. Die Herren schnappen sich ein Kuchenstück und schieben es sich in den Mund. Die Damen winken ab und schicken mich weg. Nur Mutter nimmt sich ein Stück, lobt mich und genießt den Kuchen. Das mag ich so an Mutter. Sie kann genießen und zwängt sich nicht in Kleider, in denen man nicht sitzen kann. Bequem und chic solle es sein, sagt sie immer. Gerda meint, dass Mutter auch einen Kartoffelsack tragen könne und immer noch elegant sei, weil man Schönheit nicht machen könne. Schönheit komme von innen, sagt Gerda.

Die Gäste lachen nicht wie sonst, es ist ruhiger, als hätten sich Wolken vor die Sonne geschoben. Manche flüstern, als sorgten sie sich, belauscht zu werden. Andere sehen sich immer wieder um. Sie sind auf dem Sprung, als wenn es gleich zu regnen anfinge und sie davonrennen müssten. Dabei scheint die Sonne. Es ist ein wunderschöner Maitag. Was haben die Erwachsenen nur?

Ich schleiche mit meiner Kuchenplatte umher, versuche nicht aufzufallen und spitze die Ohren.

„Selbst Tucholsky haben sie verboten."

„Ja, aber der schreibt auch unter dem Namen Peter Panther."

„Und unter Theobald Tiger."

„Wenn wir das wissen, wissen es auch bald die da oben."

Wer sind die da oben? Ich gehe weiter. Eine Frau erzählt, dass die Dietrich jetzt in Amerika Filme dreht.

„Was? Hat sie alle Angebote abgelehnt?"

„Würdest du für die da oben arbeiten wollen?"

Die Frau zuckt mit den Schultern: „Wenn es Geld und Kaviar gibt, warum denn nicht?"

Es ist ein seltsamer Nachmittag. Es macht keinen Spaß. Wäre ich doch zu den anderen Kindern gegangen. Sie hätten Gerdas Kuchen gelobt und nicht abgelehnt, weil er zu viel Zucker enthält und der Linie schadet. Was denn für eine Linie?

Erst als die Gäste gegangen sind, erlaubt mir Gerda, den Kuchen zu verschenken. Sie packt ihn mir in eine Papiertüte.

„Mutter, ich gehe zu den anderen Kindern."

Sie nickt und winkt. Seltsam, sonst gibt sie mir noch immer Ratschläge mit, ich soll nicht so wild oder so laut sein und mich nicht mit

Peter raufen. Würde ich auch nicht machen, außer er zieht mir an den Zöpfen.

Sie spielen Murmeln, nur dass sie statt Murmeln runde Kiesel nehmen.

„Darf ich mitspielen?"

„Das feine Fräulein will mitspielen?", äfft mich ein Mädchen nach.

„Ich bin kein feines Fräulein."

„Doch, bist du", sagt Peter. „Aber wir haben dich trotzdem gern. Was hast du denn in der Tüte?"

Vorsichtig packe ich den Streuselkuchen aus. Die anderen Kinder machen große Augen und grapschen in die Tüte. Peter mahnt: „Mal nicht so gierig. Das muss für alle reichen." Er zählt die Kinder ab und dann den Kuchen. Teilt die kleinen Teilchen in noch kleinere. Es sieht nicht mehr wie Streuselkuchen aus, sondern eher wie Konfekt. Die Kinder genießen es, als sei es eine Delikatesse. Ich beobachte sie, wie sie aufpassen, dass kein Krümel auf den Boden fällt, wie sie ihre Finger ablecken, wie sie mit feuchten Fingerkuppen das Papier abtupfen und ihre Finger wieder in den Mund stecken.

Peter schließt die Augen und flüstert: „Ich kann mich nicht daran erinnern, jemals so etwas Wundervolles gegessen zu haben."

„Wieso? Backt deine Mutter keinen Kuchen?"

„Wovon soll sie denn Kuchen backen? Wir sind schon froh, wenn wir einmal am Tag Brot oder Grütze essen."

„Geht dein Vater nicht arbeiten?"

„Wo soll er denn arbeiten? Es gibt keine Arbeit. Muttchen wäscht für die feinen Pinkel die Buchsen und Bettwäsche."

Ich spüre, wie meine Wangen heiß werden. Plötzlich schäme ich mich, aber ich kann doch auch nichts dafür, dass meine Eltern Geld haben. Ich lasse den Kopf hängen und schweige.

„Finchen, alles gut. Wir sind froh, dass es so feine Pinkel wie dich und deine Eltern gibt, sonst würden wir alle verrecken." Peter zieht an meinen Zöpfen. „Komm, lass uns Murmeln spielen. Hast du deine dabei?"

Ich greife in meine Rocktasche. Die Glasmurmeln klackern. Ich halte sie fest in meiner Hand. Fünf kleine und zwei große Murmeln. „Vielleicht sollten wir erst alle Murmeln aufteilen", schlage ich vor.

Bevor die Kinder antworten, gebe ich jedem eine Murmel und drei Kiesel. Die kleine Uschi hält meine Murmeln vor ihre Augen. Das bunte Glas schimmert im Licht. Sie blinzelt in die Sonne und staunt. „Jetzt sieht alles schön aus", juchzt sie.

„Ja, jetzt sieht alles schön aus", wiederhole ich und spiele mit meinen Freunden.

„Gehst du mit deinen Eltern auch zu dem großen Feuer?", fragt mich Peter.

„Was für ein Feuer?"

„Auf dem Opernplatz."

„Es ist zu spät für ein Frühlingsfest und zu früh für ein Sommerfest. Was wird denn gefeiert?"

Peter zuckt nur mit den Schultern. Wir spielen weiter und ich muss mich anstrengen, um nicht meine Murmeln zu verlieren.

Ich bleibe, bis die Kirchturmuhr fünfmal schlägt. Mutter will, dass ich pünktlich bin. Ich packe meine Murmeln ein, zwei habe ich gegen Peter verloren. Uschi zupft an meinem Rockzipfel und zeigt auf meine Lieblingsmurmel.

„Darf ich sie noch einmal sehen?"

Ich reiche sie ihr. Sie hält sie wie einen Schatz, haucht sie an und poliert sie mit ihren schmutzigen Blusenärmeln.

„Uschi, kannst du mir einen Gefallen tun?"

Sie sieht mich mit großen Augen an und nickt eifrig.

„Kannst du gut auf meine Murmeln aufpassen? Ich lasse sie hier und dann können wir morgen weiterspielen." Sie hüpft auf und ab. Ihr blasses Gesicht leuchtet vor Freude. Ich lege ihr meine vier anderen Murmeln in die Hände, winke meinen Freunden zu und flitze nach Hause.

Im Salon steht ein Teller mit Butterstullen, Radieschen und Spreewälder Gurken. Ich habe so einen Hunger, dass ich mir eine halbe Stulle in den Mund schiebe. Meine Eltern sitzen neben dem Radio. Sie haben mich nicht bemerkt. Ich stibitze ein ganzes Radieschen. Es beult meine Wangen aus.

„Fine, hast du die Hände gewaschen?", fragt Mutter. Sie schaut mich nicht an, sondern starrt auf das Radio, als gäbe es dort etwas zu sehen. Ein Mann redet über Bücher, Schund und Feuer und über den Opernplatz.

„Was ist denn auf dem Opernplatz los?"

„Etwas Schreckliches", seufzt Vater. Er dreht am Regler, der Mann im Radio verschwindet und flotte Musik dudelt. Ich kenne das Lied und singe mit: „Wochenend und Sonnenschein …"

Mutter protestiert: „Heinrich, nicht."

Aber dann singt sie doch mit: „Und dann mit dir im Wald allein, weiter brauch ich nichts zum Glücklichsein, Wochenend und Sonnenschein."

Wir singen das Lied und ich hopse vor meinen Eltern hin und her. Ich reiche Vati die Hand, ziehe ihn aus dem Sessel und gemeinsam drehen wir uns im Kreis.

„Komm, Elisabeth!", ruft er Mutter zu und dann sagt er ganz geheimnisvoll: „Wer weiß, wie lange wir noch glücklich sind."

Wir tanzen zu dritt durch den Salon, hüpfen und singen, bis wir nach Luft schnappen müssen.

„Weiter brauch ich nichts zum Glücklichsein, Wochenend und Sonnenschein."

Die Herbstlust und ihre Musik

Musik tönt aus den Radios – alte Lieder über Wochenend und Sonnenschein, gute Freunde und einen grünen Kaktus. Wann immer eine Pflegerin oder ein Pfleger in ein Bewohnerzimmer kommt, stellen sie das Radio oder den Fernseher ein, als könnten sie die Stille nicht aushalten. Es gibt einen TV-Sender, der direkt von Bergstationen sendet. Kampenwand, Steinplatte, Brauneck – manchmal ist der Bildschirm grau, weil Nebel in den Gipfeln hängt. Dazu dudeln Schlager über Alpenglück, Liebestaumel und Kräuterwiesen. Würden die Damen diesen Sender wählen, wenn sie es sich selbst aussuchen könnten?

Olga schaltet am liebsten den Radiosender Alpenwelle an und lüftet Bettdecken zur Blasmusik, leert Nachttöpfe zu den Tölzer Spatzen und schiebt Zahnprothesen in Münder zu den Chiemgauer Madln. Die meisten Damen reagieren nicht auf das Gedudel. Wahrscheinlich haben sie sich so daran gewöhnt, dass es nicht mehr als ein Hintergrundgeräusch ist. Zu jeder Viertelstunde dringt aus dem Fernseher oder dem Radio die Zeitansage. „Es ist jetzt 6:30 Uhr. Wir wünschen einen guten Morgen." Die Uhrzeit ist ein ständiger Ermahner und Antreiber. Dreißig pflegebedürftige Damen brauchen Unterstützung bei der Morgentoilette. Drei Mitarbeiter mühen sich, den Bedürfnissen der Frauen gerecht zu werden. Im Durchschnitt sind das neun Minuten pro Dame. Wecken, lüften, Toilettengang, waschen, salben, anziehen, frisieren. Manchmal vergehen schon drei Minuten allein damit, eine arthritissteife Dame aus dem Bett zu hieven. Wahre Zeitschlucker sind die Medikamentengaben. Da bleiben die Pillen am Gaumen oder unter der Zunge kleben, Tabletten lassen sich nicht schlucken, lösen sich auf und der bittere Geschmack lässt die Damen spucken. Je mehr man auf Eile drängt, umso langsamer geht es.

„Eine alte Frau ist doch kein D-Zug", sagen sie.

Was ist denn ein D-Zug? Yakob kennt ICE und Schnellzüge, aber einen D-Zug? Nein, die Damen sind keine Maschine und sie lassen sich nicht wie ein Fahrplan tackten. Wenn die Deutsche Bahn ihre eigenen Pläne nicht einhält, dann entschuldigen sie sich. Fertig. Aber wenn einer Krankenschwester oder einem Pfleger ein Fehler unterläuft, dann gibt es keine Entschuldigung. Das ständige Gehetze auf der Station macht die Mitarbeiter dünnhäutig. Die Einzige, die Zeit zu haben scheint, ist die Fußpflegerin. Die sitzt und hobelt, plaudert und schält, massiert und cremt Füße, die viel zu viel gelaufen sind und viel zu viel tragen mussten.

„Hoffentlich kümmert man sich auch um uns, wenn wir mal alt sind", stöhnt Olga. Yakob will sich nicht hetzen lassen. Er will zügig arbeiten, aber er will sich nicht von der Zeit durch den Tag peitschen lassen. Was für seine Kollegen die Zigarettenpause ist, ist für ihn sein Tee. Er löffelt Zucker hinein, gießt und schüttet ihn von Becher zu Becher, bis Schaum entsteht. Das entspannt ihn. Er sieht den Blasen zu, wie sie platzen, und schlürft die Süße in den Mund.

„Dass du das heiße Zeug selbst bei Hitze trinken kannst!" Laura kippt sich eine kalte Cola hinunter.

„Es ist ein Wüstengetränk. Man muss es in der Hitze trinken." Sie winkt ab und hält sich die kühle Flasche an die Stirn. Laura arbeitet seit drei Monaten in der Herbstlust. Sie will alles richtig machen für die Damen, für Stationsschwester Olga und die Heimleiterin. Laura nimmt zu viel Koffein und Nikotin zu sich; wenn sie so weitermacht, ist sie in einem Jahr ausgebrannt.

„Ich habe schon fünf Kilo abgenommen", sagt sie.

„Das tut mir leid."

„Spinnst du? Je dünner, umso besser." Sie zwinkert ihm zu. „Bikinifigur! Wie in diesem Lied vorhin im Radio."

Yakob will wissen, was die Bikinifigur mit Dünnsein zu tun hat, doch er fragt: „Was für ein Lied?"

Laura summt, wackelt mit dem Po und lächelt. Sie sieht hübsch aus, wenn sie lächelt. Schade, dass es so selten passiert. „Oldies but

Goldies'. Kennst du das?" Sie summt und lässt die Hüften kreisen. Yakob trinkt seinen Tee.

„Erkennst du es noch immer nicht? Muss ein Jugendlied von unseren Damen gewesen sein." Sie wackelt und hopst.

„Nein, mach mal weiter."

Sie stemmt ihre Hände in die Hüften und schmollt: „Das machst du mit Absicht. Du kennst bestimmt dieses Lied. Du weißt doch immer, was den Damen gefällt."

„Itsy bitsy teenie weenie … Doch, das kenne ich, aber es ist kein Jugendlied von unseren Damen. Da musst du einen anderen Sender einstellen."

Sie gehen in den Speisesaal und Yakob fummelt am Radio. Es rauscht. Er zieht die Teleskopantenne weiter hinaus, dreht sie vorsichtig und lauscht. Laura summt noch immer Itsy bitsy, wischt die Speisetische ab und legt frische Servietten darauf.

„Wo sind die Lätzchen?"

„Speiseschürzen", korrigiert Yakob.

„Was?"

„Die Heimleiterin möchte, dass wir Speiseschürzen statt Lätzchen sagen. Das klingt besser."

Laura mault: „Wo sind die Schlabberdinger?"

Yakob deutet mit dem Kopf zum Schrank. Er dreht noch immer vorsichtig am Rädchen des Radios. Dann ertönt ganz klar die Musik der Comedian Harmonists: „Weiter brauch ich nichts zum Glücklichsein, Wochenend und Sonnenschein."

Laura seufzt: „Mehr bräuchte ich auch nicht."

Die Dienstübergabe ist eine Wohltat, denn endlich können alle Mitarbeiter der Pflege- und Betreuungsstation sitzen. Jeder versucht, einen Platz hinter dem Tisch oder in der Ecke zu bekommen. Die Letzten, die das Stationszimmer betreten, werden die Ersten sein, die auf ein Klingeln reagieren müssen.

Olga lässt sich auf den Drehhocker plumpsen. Die Federung gibt nach. Sie bewegt ihr Hinterteil und biegt ihren Rücken nach rechts und links, vor und zurück. Sie hat Rückenschmerzen. Alle, die länger in der Pflege arbeiten, haben Schmerzen im Kreuz, in der Hüfte, an den Schultern. Olga zieht sich das Wägelchen mit den Patientenmappen heran. Sie sind nach Bewohnerin, Zimmer und Pflegegrad sortiert. Sie liest einen Namen und alle anderen ergänzen, falls es etwas zu ergänzen gibt. Wie schön sind die Tage, an denen es keine besonderen Vorkommnisse gibt: kein Sturz, kein Durchfall, kein Tod.

Olga seufzt: „Mit Schwester Josefine Strahnewitz kann es nicht so weitergehen. Gestern ist sie weggelaufen."

„Naja", wendet Yakob ein, „sie ist nicht weggelaufen, sie war im Garten."

„Wir haben sie gesucht, weil sie weg war, und sie hätte sich ernstlich verletzen können."

„Hat sie aber nicht."

Olga verdreht die Augen. „Yakob, bitte! Wir haben nicht die Kraft und Zeit für Versteckspiele. Wenn wir ihre Betreuung nicht gewährleisten können, muss sie auf die geschützte Station ins Erdgeschoss."

„Aber sie braucht doch keine intensive Pflege, sie ist einfach nur sehr ...", Yakob sucht nach dem richtigen Wort.

„Sie ist was?" Im Türrahmen steht die Heimleiterin. Sie kommt nur zu Dienstübergaben, wenn Veränderungen anstehen.

„Agil. Sie ist agil. Es wäre nicht richtig, sie auf die geschlossene Station zu bringen."

Die Heimleiterin verschränkt ihre Arme vor der Brust. „Yakob, ich bitte Sie. Wie Sie es sagen, klingt es, als wollten wir sie wegsperren. Wir müssen sie vor sich selbst schützen und uns auch. Wen hatte sie letztens geschubst?"

Laura meldet sich.

„Josefine Strahnewitz ist weglaufgefährdet, verwirrt und aggressiv. Seit Wochen haben wir keinen verständlichen Satz von ihr gehört. Wahrscheinlich ist sie dement. Sie gehört ins Erdgeschoss. Bitte dokumentieren Sie alles ganz genau, damit wir unsere Maßnahmen rechtfertigen können."

Die Worte der Heimleiterin dulden keine Widerrede. Sie ist die Oberbefehlshaberin der Herbstlust. Sie ist Frau Kapitänin des Seniorendampfers unter der Flagge der Rotkreuzschwesternschaft. Yakob rollt seine Unterlippe nach innen und kaut langsam darauf herum. Was kann er tun? Schwester Josefine darf nicht auffallen. Sie muss sich ruhig verhalten. Wie kann er das erreichen?

Yakobs Gedanken schweifen ab. Olga will mit dem Team über Dienstpläne, Feiertage und Urlaub sprechen. Ihm ist es egal, wann er Urlaub hat. Er würde sowieso nur zu seinen Eltern fahren und seinen Eltern ist es egal, wann er kommt. Denn sie fahren auch nie in den Urlaub. Für seine Mutter ist es Urlaub, wenn sie ihren Sohn verwöhnen kann, für ihn kocht oder die Wäsche macht. Sein Vater verbringt seine Zeit mit Kreuzworträtseln, die zu schwer sind und deren Lösungen er aus einem Buch abschreibt. Welchen Job hat Vater gerade? Flickt und bügelt er Hemden im Schnellservice oder knetet er Pizzen für Antonio? Sein Vater ist erstaunlich. Egal welchen Job er bekommt, man könnte denken, er würde das schon sein ganzes Leben tun. Bei Antonio denken die Gäste, Vater sei Italiener. Beim Hemdenservice denken die Kunden, er sei ein türkischer Schneider. Vater lässt sich von jedem Job assimilieren. Hat er denn nichts Eigenes, worauf er stolz ist? Doch, auf seinen Sohn ist er stolz, dass er so viel weiß und dass er eine ehrenwerte Arbeit macht.

Ehrenwert? Momentan fühlt es sich nicht so an, vor allem wenn Josefine ins Erdgeschoss muss. Er muss es verhindern. Er muss wachsamer sein. Er muss herausfinden, was sie beschäftigt.

„Na, von wem träumst du?" Laura stupst ihn an die Schulter. „Komm, steh auf. Noch eine Runde Toilettentraining für alle und dann ist Feierabend."

Sie rutscht mit ihrem Hintern auf dem Stuhl herum, schüttelt ihren Oberkörper, sodass ihre Brüste wackeln. Dabei singt sie: „Itsy bitsy teenie weenie … Strandbikini."

„Honolulu."

„Was?"

„Du hast Honolulu vergessen."

Laura lacht. „Ich wünschte, ich wäre dort und nicht hier."

„Ich glaube, die alten Schwestern wären auch gern an anderen Orten."

Schwester Therese kommt ihnen entgegen. Ihr Bewegungsdrang ist so stark, dass sie alle paar Wochen neue Hausschuhe braucht. Unermüdlich geht die alte Dame den Flur auf und ab. Sie hält sich am Handlauf fest. Wenn sie das Ende erreicht, dreht sie sich um und macht eine Kehrtwende.

Laura staunt: „Sie sieht aus wie eine Sportlerin – eine Sprinterin auf der Aschebahn."

Yakob nickt. Schwester Thereses Bewegungen wirken nicht verwirrt oder zufällig. Sie sehen gewollt und fast präzise aus, wenn man von den steifen Gelenken mal absieht.

Die nächsten Wochen vergehen in einer Routine, die keiner gewohnt ist. Es ist wohltuend: Keiner stirbt, kein Mitarbeiter wird krank oder fällt aus. Besucher bestaunen die Herbstlust, die sich mit Heckenrosen, Klematis und Rhododendron schmückt. Wer durch den Innenhof geht, wird von Dattelpalmen und Orangenbäumchen begrüßt. Angehörige sind dankbar und legen Pralinenschachteln in das Stationszimmer. Die Heimleiterin ist bester Dinge. Es ist Frühsommer und das Leben ist schön.

Yakob radelt stundenlang durch das Voralpenland. Er startet vor dem Sonnenaufgang, um den Tag auf einer Alm oder an einem See zu beginnen. Bevor die Touristen kommen, genießt er die Stille, das aufbrechende Licht und die Frische. Er kann sich an den Farben nicht sattsehen. Blau, so viel Blau in allen Nuancen – der Himmel, die Berge, das Wasser. Grün legt sich wie ein Teppich über Felsen und seine Fransen hängen in Bächen und Rinnsalen. Blau, Grün, Gelb. Ja, das ist die Flagge seiner Urahnen. Wie kommt er jetzt darauf? Das Feld mit den blühenden Senfpflanzen hat ihn daran erinnert. Ob die Wüste auch solch ein Gelb hat? Blau, Grün, Gelb sind die Farben der Wüstenstämme. Blau wie der Himmel und das Mittelmeer, Grün wie die Oasen und Gelb wie die Wüste. Wieso denkt er jetzt an die Amazigh?

Yakob stoppt und setzt sich auf die Bank, die neben einem Wegkreuz steht. Eine welke Rose wurde der Jesusfigur zwischen die gekreuzigten Füße gesteckt. Aufgemalte Blutstropfen und Rosenblätter sammeln sich an der Holztafel mit der Aufschrift INRI. Jetzt fällt es ihm wieder ein. Vater erzählte ihm von den gewalttätigen Auseinandersetzungen zwischen Amazigh und der libyschen Regierung. Wieder und wieder spülen Nachrichten durch die Medien, wie Minderheiten unterdrückt werden, ob Uiguren, Rohingyas oder Amazigh.

Yakob lässt sich gegen die Rückenlehne fallen. Seine Schultern drücken gegen das spröde Holz. Er fühlt die einzelnen Latten an seinem Rücken. Er legt den Kopf in den Nacken. Schaut nach oben: Bergspitzen piksen in den Himmel, Flugzeuge hinterlassen Kratzer am Horizont. In sein Gesichtsfeld ragen die Füße des Gekreuzigten. „Einer von uns" steht auf einem kleinen Messingschild.

„Du scheinst glaubwürdig zu sein", flüstert Yakob. Mit den Fingern schnippt er ein einzelnes Rosenblatt weg. Einer von uns. Der Satz geht ihm nach. Er verfolgt ihn, als er sich wieder auf sein Rad schwingt. Selbst als er durch den Torbogen der Herbstlust radelt, klebt der Satz in seiner Seele. Einer von uns. Dieser Jesus wusste wenigstens, wohin er gehörte; Yakob fühlt sich heimatlos als deutscher Staatsbürger in Deutschland und mit der Wüstenseele seiner Urahnen.

Die Sonne senkt sich hinter den Bergen, als Yakob in die Einfahrt der Herbstlust radelt.

„Nicht schon wieder, nicht schon wieder!" Laura rennt über den

Hof. Obwohl die Abendluft kühl ist, kleben ihr die Haare schweiß-nass an Stirn und Nacken. Ihr weißer Kittel flattert um ihre Beine. Wie ein aufgescheuchtes Huhn gackert sie: „Nicht schon wieder."

„Was ist passiert?" Yakob radelt zu Laura, steigt mühsam ab und versucht seine Beinmuskeln zu lockern.

„Die Strahnewitz ist weg. Jetzt muss sie aber ins Erdgeschoss."

„Laura, warte. Ich helfe dir suchen. Kümmere du dich um die Station."

Sie nickt, wischt sich die Haare aus dem Gesicht und streift ihren Kittel glatt. Yakob eilt in seine Wohnung. Seine Rennradschuhe klackern wie Damenabsätze auf den Steinen und auf den Dielen. Das Rennrad klemmt unter seinem Arm. Er stellt das Rad in die Wohnung, schlüpft in seine Schlappen und rennt in das Haupthaus. Ruhig, ruhig, mahnt er sich. Mit Schnelligkeit erreicht er nichts. Josefine hat noch nie allein die Herbstlust verlassen. Sie hat sich höchstens versteckt und das auch nicht aus Hinterlist. Wo würde sie hingehen?

Es dämmert. Ein geheimnisvolles blaues Licht wölbt sich über das ehemalige Jagdschloss. Die blaue Stunde. Es wird schwierig, Josefine im Zwielicht zu finden. Yakob beginnt seine Suche am Gewächshaus. Die Taschenlampe seines Handys strahlt die großen Pflanzkübel an, leuchtet Mulchhaufen aus und scheint zwischen Regentonnen. Niemand ist zu sehen. Die Dattelpalmen stehen trotzig und zerzaust neben dem Gewächshaus. Yakob macht einen Bogen um sie. Ihre Blätter sind spitz wie Dornen. Im Lichtschein leuchten ihre Früchte gelb. Bald kann man sie ernten. Ob Josefine gern Datteln isst? Wo könnte sie sein? Was mag sie?

Yakob ruft sich ihr Zimmer in Erinnerung. Es ist sparsam eingerichtet, wie fast alle Zimmer der Rotkreuzschwestern. Für Nippes und Schnickschnack haben die Frauen wenig Sinn und kein Geld. Josefine Strahnewitz besitzt einen Kleiderschrank, einen Sessel, ein paar Fotos, auf einem Regal stehen kleine Tassen und Bücher. Buchdeckel an Buchdeckel reihen sie sich zwei Meter lang. Yakob ist noch nie auf die Idee gekommen, sich die Titel anzuschauen. Wenn sie Bücher mag, dann liebt sie Bibliotheken.

Ob sie bis zur Bibliothek ins Dachgeschoss gegangen ist? Yakob geht die Stufen hoch; weil bis hierhin kein Aufzug fährt, besuchen nur wenige diesen Ort. Dabei gehört er zu den schönsten im Schloss. Die Wände sind getäfelt. Jagdszenen wurden in das Holz geschnitzt. Selbst auf dem Fußboden werden Tiere in unterschiedlichen Holztönen abgebildet. Im Zwielicht wirkt alles etwas bedrohlich: die Trophäen, die Erker und Nischen, die klobigen Möbel und schweren Holztüren mit Eisenbeschlägen

Yakob schaltet die Deckenbeleuchtung ein. Das Licht spiegelt sich in den Butzenglasfenstern und bricht sich an den Wandleuchtern. Auf einmal wirkt der Raum leicht und schön. Hunderte von Büchern stehen nebeneinander. Alle zusammen bilden ein Mosaik aus Farben, Leinen und Goldschnitten. Yakob geht an den Regalen vorbei. Er kann nicht anders, er muss die Bücher berühren. Staub wirbelt auf und tanzt im Lichtstrahl. Sie sind Kostbarkeiten aus einer anderen Zeit.

Vor den Fenstern stehen Sofas und Sessel mit gedrechselten Löwenfüßen. Dort würde sich kein alter Mensch hineinsetzen. Sie sind durchgesessen und viel zu niedrig. Man käme nicht mehr heraus. Wenn Josefine hier wäre, würde sie auf einem Stuhl sitzen. Er geht weiter und schaut in die Nischen. Bei jedem Schritt knarzen die Dielen. Hier kann er sich an niemanden heranschleichen. Wäre Josefine hier, hätte sie ihn schon längst gehört. Die Schnitzereien an den Wänden wirken so echt, dass sich Yakob erschreckt, als er in ein Eulengesicht schaut. Er fühlt sich beobachtet. Sind es nur die Holztiere oder ist dort noch mehr? Drei Stufen führen in ein Lesekabinett. Er nimmt sie mit einem Schritt. Erschrocken bleibt er stehen. Auf einem Lehnstuhl sitzt ein Kind und baumelt mit den Beinen. Das Deckenlicht aus dem Saal erhellt nur seinen Kopf. Es hat blondes glattes Haar. Yakob schlägt die Hände vor seiner Brust zusammen und murmelt: „Himmelherrgottsakrament."

„Amen", haucht das Kind.

„Hallo? Was machst du da?"

„Verreisen."

Yakob ist nun ganz nah vor der kleinen Person. Er atmet auf und fragt: „Wo geht die Reise hin?"

„In ein fernes Land."

„Darf ich dich begleiten?"

Die kleine Person nickt. Das Haar wippt wie Daunenfedern um ihren Kopf. Es ist weißes Haar und nicht blondes. Die Füße stecken in Pantoffeln mit Klettverschluss. Yakob reicht Josefine die Hand. Sie packt zu und lässt ihn nicht mehr los. Er staunt über ihre Kraft.

„Frau Strahnewitz, ich begleite Sie in Ihr Zimmer." Sie rührt sich nicht. Nicht einmal ihre Beine schaukeln.

„Frau Strahnewitz?" Keine Reaktion. Yakob wechselt die Anrede, obwohl man das nicht sollte. So steht es in den Lehrbüchern: Duze niemals einen Klienten.

„Josefine, ich begleite dich in dein Zimmer." Sie bleibt sitzen wie ein trotziges Kind. Ob er sie mit einer Melodie locken kann? Er summt zu Wochenend und Sonnenschein, doch die schnelle Melodie raubt ihm den Atem. Es ist leichter, es laut zu singen. „Wochenend und Sonnenschein und dann mit dir im Wald allein …"

Josefine lächelt. Sie rutscht mit den Pobacken bis zur Stuhlkante und lässt sich in Yakobs Arme fallen. Sein Gesang passt sich ihren Bewegungen an. Er wird immer langsamer. „Weiter brauch ich nichts zum Glücklichsein …"

Gemeinsam tänzeln und tippeln sie durch den Saal, gehen Arm in Arm das Treppenhaus hinunter und den Gang entlang. Es ist ein Tanz in Zeitlupe. Das Lied singen sie nur halb so schnell. Aber sie kommen vorwärts. Schritt für Schritt. Takt für Takt. Der moosige Duft von alten Büchern folgt ihnen, bis er vom stechenden Geruch der Desinfektionsmittel überlagert wird.

Berlin 1934

Ich könnte mit geschlossenen Augen durch das Haus gehen und wüsste, in welchem Zimmer ich wäre. Die Vorratskammer riecht nach Äpfeln und immer seltener nach Schinken, die Empfangshalle nach Blumen, die Stube nach Mutters Parfüm, der Salon nach Vatis Pfeife und die Bibliothek nach einer Mischung aus Staub, Papier, Wissen und Abenteuer. Manchmal nehme ich mir ein Buch aus dem Regal, lass die Seiten durch meine Finger fliegen und atme den holzigen Geruch oder streiche vorsichtig über die goldbezogenen Ränder der Bücher. Wie Schätze stehen sie in der Bibliothek.

Vati erlaubt mir, dass meine Bücher auch in der Bibliothek stehen, selbst die mit den bunten Bildern. Am liebsten mag ich „Pünktchen und Anton", weil es in Berlin spielt. Ich bin wie Pünktchen und Peter ist wie Anton, aber meine Eltern sind nicht so doof wie Pünktchens Eltern. Seit dem großen Feuer auf dem Opernplatz darf das Buch nicht mehr im Regal stehen. Es ist verboten. Vati sagte: „Bücher verbrennt man nicht! Das ist ein Verbrechen." Viele tat er in eine Truhe und schleppte sie auf den Dachboden. Mutter murmelte immerzu „Heinrich, Heinrich." Dann packte sie die Truhe am Griff und half Vater. Ich stand im Treppenhaus und staunte. Normalerweise schleppt Fritze alles durch die Gegend, was sperrig und schwer ist.

Vati stöhnte unter der Last und wenn er nicht stöhnte, dann schimpfte er.

„Die Politiker haben sich wohl mit dem Klammerbeutel gepudert."

Da musste ich lachen, weil ich mir vorgestellt habe, wie die Holzklammern Beulen auf den Gesichtern der feinen Männer hinterlassen. Ansonsten gibt es nicht mehr so viel zu lachen wie früher. Nur noch selten sehe ich die Kinder vom Ende der Straße. Mutter sagt, dass ich nun eine junge Frau sei und stricken und nähen sollte. Ich bin zwölf Jahre alt und kann mich nicht entscheiden, ob ich gern eine Frau wäre oder besser noch ein Kind.

Die Mädchen in der Schule tragen keine Zöpfe mehr. Sie stecken sich die Haare hoch. Das sieht hübsch aus, aber wenn man springt und rennt, löst sich der Dutt. Ich trage Zöpfe. Es ist mir egal, wenn sie mich ärgern. Sie machen auch blöde Sprüche, weil ich noch keine Brüste habe. „Flach wie eine Flunder", feixen sie. Dabei drücken sie ihr Kreuz durch und schieben ihren Oberkörper vor. Sie wollen zeigen, was sie haben. Bei Peter und den anderen Kindern vom Ende der Straße ist das nicht so. Wir lachen miteinander, aber nicht übereinander. Wenn ich Äpfel oder Brötchen mitbringe, teilen wir es gerecht. Peter fragt mich manchmal, ob ich Stoffreste hätte oder Schnur oder Draht. Er bräuchte es zum Reparieren. Ich staune, was er alles kann. Ich will auch mehr können als nur Gedichte aufsagen und Schönschrift.

„Mutter, zeigst du mir, wie man näht?"

Sie holt ihren Stickrahmen, dankt dem Herrgott und erklärt: „Wir fangen mit dem Kreuzstich an. Er ist einfach und damit kannst du alles hübsch verzieren."

„Ich will nichts hübsch verzieren, ich möchte reparieren."

„Himmel", ruft Mutter, aber dann strahlt sie und bringt einen Korb mit Wolle, Stoffen und Fäden. Es macht viel Spaß, mit Mutter zu nähen. Sie wollte, dass wir für meine Puppe ein Kleidchen machen, aber ich sagte, dass Uschi ein Hemdchen braucht. Mutter ist eine strenge Lehrerin.

Sie sagt immer: „Nichts verschwenden. Du kannst alles verwenden." Oder: „Langes Fädchen, faules Mädchen." Aber ich höre, wie sie dabei lächelt. Ja, ein Lächeln kann man hören. Wenn die Lippen weich sind, kann man keine harten Worte sagen, deswegen kommen gern Gäste in unser Haus, deswegen arbeiten Gerda, Fritze und der Gärtner gern bei uns, deswegen bitten die Leute meine Eltern um Hilfe.

Die Not ist groß vor allem bei den Familien am Ende der Straße. Es gibt keine Arbeit, zumindest keine, bei der sie Geld verdienen können. Der Hunger nagt ihnen Löcher in die Bäuche. Vater sagt, dass Hunger auch Löcher in den Verstand und die Seele frisst. Es sind gefährliche Zeiten, weil Dösköppe die Hungernden mit Versprechen füttern, die keiner halten kann. So redet Vater und ich spüre, dass es ernst ist.

„Finchen, beschäftige dich allein. Ich habe zu tun." Mutter schickt mich weg. Sie sitzt an ihrem Schreibtisch und starrt auf einen Bogen Papier.

„Ich bin ganz leise."

„Josefine!"

Ich gehe aus dem Salon und schlendere durch das Haus. Es ist zu kalt und zu feucht, um im Garten zu sein. Fritze ist unterwegs. Gerda hat Dienstschluss. Peter hilft seinem Vater. Keiner hat Zeit für mich. Mir ist langweilig, so langweilig. Eine Weile stehe ich an Mutters Frisiertisch. Ich schaue mir ihren Schmuck an. Es sind lange Perlenketten, goldene Ringe und Stirnbänder mit Federn. Die mag ich am liebsten. Wenn Mutter sie trägt, hüpfen die Federn bei jeder Bewegung auf und ab. Ich lege mir die Ketten um den Hals. Sie reichen mir bis zu den Knien. Ich zähle mit, wie oft ich sie um den Hals schlingen kann. Sieben Mal. Irgendwann ist selbst der schönste Schmuck langweilig. Was mache ich denn jetzt? Ich gehe in die Bibliothek. Man sieht die Lücken, die die verbotenen Bücher hinterlassen haben. Ich schiebe ein Buch etwas nach links, ein anderes nach rechts. Plötzlich purzelt eins aus dem Regal und klatscht auf den Fußboden. Es ist schmal, hat weder Farben noch Gold auf dem Einband. „Die treue Dienerin" heißt es und auf den ersten Seiten steht eine Jahreszahl: 1866. Es ist alt, viel älter als meine Eltern. Ich lese die ersten Zeilen, den ersten Absatz, die erste Seite und kann nicht aufhören. „Prachtvolle Blumen, wie wir sie nur dürftig in unseren Gewächshäusern sehen, blühten da in brennenden Farben, und leichte Schlingpflanzen rankten sich um den Balkon."

Die Zeilen tragen mich aus Berlin bis hin zu einer geheimnisvollen, schönen, südlichen Insel. Es ist unbequem, im Stehen zu lesen, also gehe ich zum großen Fenster, setze mich auf den Fußboden und kuschle mich in die dicken Vorhänge. Ich lese von zwei kleinen Kindern und Daphne, ihrer Dienerin. Daphne – was für ein ungewöhnlicher Name.

Plötzlich wehen tiefe Stimmen in meine Gedanken. Sie passen nicht in die Geschichte und langsam begreife ich: Ich bin nicht alleine in der Bibliothek! Vater und drei andere Männer haben sich in die Sessel gesetzt. Sie rauchen dicke Zigarren und halten große, klobige Gläser in den Händen, die nur einen Schluck Flüssigkeit enthalten. Das müffelt wie bei Fritze in der Garage, wenn er Benzin in das Auto füllt. Wenn Vati gelacht hätte, wäre ich aus meinem Versteck gehopst, aber er sieht ernst aus. Ich erkenne ihn fast nicht wieder. Sein Lächeln wird von schweren Falten nach unten gezogen und nicht nur der Zigarrenqualm verfinstert sein Gesicht. Ich bleibe auf dem Boden hocken und traue mich nicht, umzublättern.

Die Gespräche ergeben keinen Sinn. Sie reden nicht über Babelsberg und Kino, Amerika und Stars, sondern über Arbeitslosigkeit und Revolution, über einen österreichischen Blödian und die Olympiade. Oja, die Olympiade! In zwei Jahren wird sie in Berlin stattfinden und Vati wird als Regisseur dabei sein. Bestimmt nimmt er mich mit, wenn die Athleten mit ihren Flaggen in das Stadion laufen und die Sprinter an der Startlinie antreten. Ich muss mir die Hand vor den Mund halten, um nicht zu juchzen. Komisch, dass Vater sich nicht auf die Olympiade freut.

Die Herbstlust und der Badetag

Yakob wischt den Nachttisch in Schwester Thereses Zimmer ab, räumt benutzte Gläser, Brillenetui und den Wecker beiseite. Ein kleines Foto, nicht größer als eine EC-Karte, segelt auf den Boden. Er hebt es auf und betrachtet die Schwarz-Weiß-Aufnahme: Siegerehrung, drei Frauen stehen auf einem Podest.

Sie tragen enge Anzüge und Kappen. Ein Gesicht wurde herausgekratzt. Man erkennt nur, wie die gesichtslose Frau einen Arm in die Höhe streckt. Yakob dreht das Foto. In zackigen Buchstaben steht dort: „Finale Freistil, Sommer 1936, Berlin". Ist Schwester Therese eine von ihnen?

„Yakob! Kommst du?", ruft Olga

Rasch legt er das kleine Foto zurück auf den Nachttisch und schiebt eine Ecke unter den Wecker, damit es nicht wieder heruntersegelt.

Olga und Laura stehen vor dem Waschraum mit der Hubbadewanne. Einmal in der Woche werden die hilfsbedürftigen Bewohnerinnen gebadet. Der Waschraum wird aufgeheizt, Wasser eingelassen und der gekachelte Raum verwandelt sich in eine Sauna.

„Ich schaffe das nicht", stöhnt Olga. „Das ist mir zu warm. Yakob, würdest du ... ?"

„Aber Nick oder Maria können auch mal die schwere Arbeit machen", schlägt Laura vor.

„Wirklich?" Olga zieht eine Augenbraue nach oben. „Bevor der faule Nick oder die blöde Maria das machen, bade ich die Bewohnerinnen selbst."

„Schon gut ... ich mache das. Die Hitze stört mich nicht." Yakob hat gesehen, wie Nick die Frauen behandelt, als wären sie ein Sack Kartoffeln. Er spritzt sie nur ab und taucht sie dann einmal in die

Wanne. Nick will nicht ihre schlaffen Brüste heben, um die Haut darunter abzutrocknen und einzucremen. Maria macht ihre Arbeit gewissenhaft, aber sie redet, als wäre sie im Kindergarten. „Heben Sie mal das Beinchen und jetzt den Popo. Das haben wir fein gemacht." So redet sie. Mit jedem Satz kratzt sie den Frauen die Selbstachtung von der Seele.

Yakob bindet sich ein Stirnband um und schiebt sein schwarzes Haar aus dem Gesicht, dann krempelt er die Ärmel bis über die Ellenbogen, zieht die Socken aus und schlappt wie ein Bademeister in den gekachelten Raum. Als Erste bringt Laura Schwester Therese.
    „Sie dürfen sich jetzt ausziehen."
    Doch Schwester Therese reagiert nicht.
    „Hier!" Laura öffnet den ersten Knopf der Bluse, führt die Hand der Dame bis zum nächsten Knopf, doch die Finger bleiben starr.
    „Danke Laura. Ich komme zurecht." Yakob wendet sich zu Schwester Therese. Er betrachtet das zerfurchte Gesicht und die knorrigen Gelenke. War diese Frau mal eine Sportlerin?
    Das Badezimmer heizt sich auf. Wasserdampf steigt auf und umnebelt die beiden. Was würde passieren, wenn er Schwester Therese behandelt wie eine Sportlerin?
    Yakob räuspert sich. „Therese, gleich beginnt das Training. Du solltest dich umziehen." Obwohl niemand in das Badezimmer kommen würde, dreht sich Yakob um. Die Heimleiterin würde ihn ermahnen, dass es respektlos sei, eine Bewohnerin zu duzen.
    Schwester Therese knöpft ihre Bluse auf. Yakob streift sie ihr von den Schultern. Vorsichtig zieht sie die Hose runter und Yakob hilft ihr.
    Der Lift hebt Therese in die Wanne. Mit den Füßen rührt sie im Wasser mit dem Salbeizusatz.
    „Beinahe hätte ich eine Medaille gewonnen", sagt Schwester Therese. Yakob lässt sie tief in das Wasser gleiten. Sie streckt einen Arm nach vorn und einen nach hinten, dann schaufelt sie mit den Handflächen durch das Badewasser, als würde sie kraulen.

Mit einem Schwamm reibt Yakob ihr den Rücken ab. Das Wasser und die Bewegung wecken ihre Lebensgeister. Sie kommt ins Plaudern: „Die Arendt war schneller. Der Führer gab ihr eine Bronzemedaille. Mir hat er die Hand geschüttelt. Ich hätte lieber eine Medaille gehabt." Yakob bürstet ihr die Fingernägel.

„1940 hätte ich gewonnen, aber da war keine Olympiade. 1944 auch nicht. Schade." Yakob bedient den Lift, hebt Schwester Therese hoch und legt ihr ein weiches Handtuch um die Schultern.

„Ich wollte nur schwimmen, einfach nur schwimmen. Im Wasser bin ich frei."

Yakob reibt ihre Gelenke mit Salbe ein. Er versucht, sich die Jahreszahlen und Namen zu merken. Später wird er im Internet nachlesen, was 1936 in Berlin war.

Er kleidet sie an und föhnt ihr die Haare.

„Wie möchtest du das Haar tragen?" Yakob bürstet durch das dünne Haar. Daraus lässt sich keine Frisur machen.

„Nach hinten mit einer schönen Außenwelle." Als sie Welle sagt, kichert sie. Yakob föhnt, kämmt und legt das Haar in Form.

„So! Gefällt es dir?"

Schwester Therese schaut die weißen Fliesen an, dreht ihren Kopf, neigt ihn zur Seite und sagt: „Ja."

Im großen Baderaum gibt es keinen Spiegel.

Vier Stunden lang ist Yakob der Bademeister. Plaudert oder schweigt, wäscht und bürstet, trocknet und cremt, frisiert und versprüht Deo. Er ist so erschöpft, als hätte er ein Ausdauertraining absolviert. Auf dem Flur gönnt er sich eine Verschnaufpause.

„Verrückt geworden! Was soll der Blödsinn?"

Schimpfen und fremde Laute dringen durch die Tür. Es ist Schwester Josefines Zimmer. Yakob zögert, dann geht er hinein. Er sieht, wie Nick über den Boden krabbelt und dabei schimpft. Josefine läuft unruhig hin und her.

„Was ist passiert?"

„Nichts. Die ist einfach ausgeflippt und schreit unverständliches Zeug." Nick rappelt sich hoch.

Yakob ist sich unsicher: „Einfach ausgeflippt?"

„Mir ist ihre blöde Brosche aus der Hand gerutscht und da fing sie an zu schreien und hat mich gekratzt. Hier!"

Als Beweis wedelt Nick mit seiner Hand vor Yakobs Augen. Zwei feine rote Linien ziehen sich über seinen Handrücken. Eine Katze würde tiefere Spuren hinterlassen.

„Wenn du schon hier bist, kannste ja weitermachen." Ohne abzuwarten, verlässt Nick den Raum.

Schwester Josefine hält sich am Tisch fest und versucht in die Knie zu gehen.

„Nein, warten Sie. Ich finde die Brosche."

Yakob krabbelt unter den Tisch und hebt das Schmuckstück auf. Das soll eine Brosche sein? Sie ist viel zu groß und schwer, um an eine Bluse gesteckt zu werden.

Schwester Josefine nimmt sie ihm aus der Hand und tippelt zum Fenster. Sie sagt kein Wort. Kaum denkbar, dass sie vorhin so seltsame Laute gemacht haben soll. Sie drückt sich in die Vorhänge, rafft mit einer Hand die Falten zusammen und versucht mit der anderen die Brosche daran zu befestigen. Es ist mühsam, doch die Beschäftigung scheint sie zu beruhigen. Ihr Atem wird gleichmäßig. Das Schmuckstück hängt schief im Vorhang. Ihre Fingerkuppen wandern darüber, langsam und bedacht – so wie sehbehinderte Menschen es tun, wenn sie Blindenschrift lesen.

Während der Dienstübergabe kämpft Yakob gegen die Müdigkeit an. Seinen Kopf stützt er mit den Händen auf der Tischplatte ab.

„Die Strahnewitz ist heute wieder ausgetickt und quatscht Dünnschiss."

„So reden wir nicht über unsere Bewohnerinnen." Olga ist verärgert. Nick verzieht sein Gesicht. Er atmet tief ein und sagt ganz langsam: „Alsoooo, Schwester Joooosefine war heute aaaaagressiv und redet unverständlich, außerdem hat sie mich verletzt." Er grinst. „Wir sollten die Heimleiterin informieren."

„Nein", Yakob richtet sich auf.

„Wie, nein? Die hat mich gekratzt, nur weil mir so eine dämliche Brosche runtergefallen ist. Das lass ich mir nicht bieten." Nick haut mit seiner Hand auf die Tischplatte. Der Kaffee in den Tassen kräuselt sich. Olga hebt beschwichtigend die Hand.

„Mach eine Notiz in die Akte. Wenn jemand die Heimleiterin informiert, dann bin ich das."

Nick ist zufrieden. Yakob brodelt. Jeder würde unter Nicks Schikanen aggressiv werden. Was hat der Typ hier verloren? Inzwischen wird jeder Hilfspfleger genommen, egal ob er geeignet ist oder nicht. Nick packt an und räumt auf. Doch es macht für ihn keinen Unterschied, ob er eine Zimmerpflanze verrückt oder einer Dame in einen Stuhl hilft. Die Zimmerpflanze lässt Blätter, der Mensch lässt Wohlbehagen.

Olga müht sich, die Stimmung aufzuheitern. Sie spricht über das Wetter, die schönen Blumen und dass man die Bewohnerinnen alle auf die Terrasse führen könnte.

„Vielleicht habt ihr Zeit, euch einen Moment dazuzusetzen." Sie lächelt, aber keiner reagiert. Niemand wird Zeit haben, einer der Damen Gesellschaft zu leisten. Das Pflegepersonal hat ja nicht einmal Zeit für eine Toilettenpause.

Yakob schleppt sich durch den Dienst. Immer wieder trudeln seine Gedanken zu Schwester Josefine. Wieso reagiert sie so heftig auf Nicks Malheur? Warum spricht sie manchmal unverständlich?

Yakob wartet, bis er mit Olga alleine ist.

„Es gibt für alles einen Grund. Ich glaube, ich weiß, warum Schwester Therese über die Flure läuft. Sie schwimmt."

„Was tut sie?" Olga zieht eine Augenbraue in die Höhe.

„Schwester Therese denkt, sie schwimmt. Offenbar beruhigt sie das. Sie war mal eine Leistungssportlerin. Wenn wir herausfinden, was Schwester Josefine antreibt, dann wird auch sie ruhiger werden."

Olgas Augenbraue steht wie ein Fragezeichen auf ihrer Stirn.

„Es gibt doch dieses Konzept ..."

„Ja, ich weiß. Validation. Wir fühlen uns in die Welt der Demenzkranken hinein. Theoretisch ist es ein wunderbares Konzept, nur wir haben keine Zeit dafür." Olgas Augenbrauen werden zu einer Linie – gefrustet, genervt, übermüdet.

„Bitte, Olga. Gib Josefine etwas Zeit ... und mir."

Olga seufzt, ihr Oberkörper weitet sich und ihr Kittel spannt, bis die Knöpfe über ihrem Busen zu reißen drohen.

„Aber beim nächsten Vorfall muss ich der Heimleiterin etwas sagen. Nick ist bei allen unbeliebt, aber wenn ..."

„Schon gut, es wird nichts passieren."

Yakob folgt seinen Kollegen und nach und nach geleiten sie die Damen auf die Terrasse. Nick spannt Sonnenschirme auf und rückt Stühle zurecht. Da kann er wenigstens nichts falsch machen.

Yakob geht in das Zimmer von Schwester Josefine. Sie steht immer noch am Fenster oder schon wieder und kuschelt sich in die Vorhänge. Sie sind zusammengerafft und werden von dieser länglichen Brosche gehalten.

Yakob berührt ihre Schulter, doch sie reagiert nicht. Er summt das alte Lied, doch sie bleibt stumm. Er schaut sich im Zimmer um, geht zum Bücherregal und liest die kleine Schrift auf den Einbänden. Wahrscheinlich waren es mal Goldbuchstaben, jetzt sind sie fast völlig verblasst: *„Sternstunden der Menschheit"*, *„Kopflohn"* oder *„Pünktchen und Anton"*. Am Regalende stapeln sich kleine Tassen aus Messing und eine bauchige Kanne. Sie haben ihren Glanz verloren und sind stumpf von der Zeit. Einzig der Umhang über dem Sessel leuchtet in bunten Farben. Josefine schlingt ihn sich gern um die Schultern. Yakob nimmt ihn. Der Stoff ist ungewöhnlich und doch so vertraut. Er scheint alt zu sein und doch strahlt er in Blau, Grün und Gelb. Rote Muster wurden in den Stoff geknüpft. „Fast, wie ein Webteppich der Amazigh", denkt er und schüttelt gleichzeitig den Kopf. Die Sehnsucht nach Himmel und Horizont gaukelt ihm etwas vor – oder ist er einfach nur übermüdet?

Schwester Josefine drückt sich tief in die Falten des Vorhangs. Yakob schlägt ihr Tuch auseinander, öffnet seine Arme und ist bereit, sie in das Tuch zu wickeln. Sie löst sich vom Vorhang, hält den Blick gesenkt und den Kopf gebeugt.

„Es ist zu warm, um den Kopf mit einem Tuch zu bedecken", erklärt Yakob. Doch Josefine greift das Tuch und zieht es sich über ihr Haupt, bis es Schulter und Rücken bedeckt. Dann setzt sie sich in Bewegung und Yakob lenkt sie zur Terrasse. Sie blinzelt in die Sonne. Ihren Kopf lässt sie bedeckt.

„Sie sieht aus wie ein Kind", sagt Laura. „Ein Kind mit silbernen Haaren wie aus einem Märchen."

Nick schiebt Josefine einen Stuhl in die Kniekehlen und ruft: „Sitz!"

Schwester Josefine plumpst auf den Stuhl. Nick lacht.

„Depp", ranzt Yakob.

„Uh, ist unser Yasser verärgert? So heißt du doch in Wirklichkeit. Yasser. Sag, bist du auf die Kleine scharf? Yasser und Josefine. Yasser und Josefine." Nick singt sein hässliches Lied. Es kostet Yakob viel Kraft, sich zurückzuhalten und Nick nicht eine zu scheuern. Es kostet ihn noch mehr Kraft, schweigend die Terrasse zu verlassen.

Er hört noch, wie eine Dame sagt: „Woas singa der Hirndiwü?"

Hirndiwü. Nun muss Yakob grinsen. Die Spannung löst sich. Solange die Damen erkennen, dass Nick ein Idiot ist, ist nicht alles verloren.

Berlin 1936

Ich hatte mich so sehr auf die Olympiade gefreut. Es war nur ein kindlicher Wunsch, dass sich die Welt friedlich in Berlin trifft, dass Vater einen Film macht und ich Jesse Owens die Hand schütteln kann. Vater hat das Filmangebot abgelehnt. Nun haben wir kein Geld, aber viel Ärger. Leni Riefenstahl dreht den Film und könnte den Sprintern Owens, Stoller und Glickman die Hand schütteln.

„Das wird sie nicht tun", sagt Vater.

„Owens ist schwarz, Stoller und Glickman sind Juden. Es würde mich sehr wundern, wenn die überhaupt antreten. Es kommen schlimme Zeiten auf uns zu."

Wenn Vater so redet, fällt Mutter ihm ins Wort. „Heinrich, das darfst du nicht sagen."

„Man darf vieles nicht sagen und wenn doch jemand etwas sagt, gibt es Ärger."

„Heinrich, bitte, nicht vor Fine."

„Mutti, ich bin fast erwachsen."

„Du bist erst vierzehn Jahre alt", widerspricht sie.

„Die Kinder am Ende der Straße müssen schon mit zwölf Jahren erwachsen sein."

Mutter seufzt und faltet die Hände. Das macht sie oft, wenn sie nicht weiterweiß. Als ich sie frage, warum Miriam nicht mehr zur Schule kommt, seufzt sie und faltet die Hände noch fester. Als ich frage, warum Doktor Friedländer nicht mehr als Arzt arbeiten darf, seufzt sie und faltet die Hände, bis ihre Fingerknöchel weiß werden.

Miriam ist meine beste Freundin. Zuletzt hatten wir uns in den Osterferien gesehen. Sie war aber nicht so fröhlich wie sonst. Zum Abschied nahm sie mich ganz lange in die Arme. Sie und ihre Familie kamen nicht mehr nach Berlin zurück. Ich verstehe es nicht. Meine

Klassenkameradinnen munkeln, dass sie nach Amerika ausgewandert sind.

„Warum denn?"

„Weil sie Juden sind, ist doch klar wie Kloßbrühe", schlaumeiern sie.

Ich finde, dass überhaupt nichts klar ist. Nur weil sie andere Feste feiern und samstags in den Gottesdienst gehen, sind sie keine Deutschen mehr? Ich vermisse meine Freundin. Wir wollten doch zusammen studieren, auch wenn das für Frauen angeblich Zeitverschwendung sei.

„Vater, ich will Ärztin werden!" Als ich das zum ersten Mal sagte, stellte ich mich auf eine Diskussion ein.

„Ja, wenn du das möchtest", war Vaters Antwort. Dabei hatte er noch nicht einmal von der Zeitung aufgeschaut. Inzwischen ist so viel passiert. Nichts scheint vorhersehbar zu sein. Ich möchte, dass mir meine Eltern Sicherheit geben.

„Vater, ich werde auch ohne Miriam studieren."

Er lässt die Zeitung sinken. Betrübt blickt er über das Berliner Tagblatt.

„Das wird schwierig. Wir sollten überlegen, was du anstelle eines Studiums machen könntest."

„Warum denn?"

„Wir können nicht in Berlin bleiben. Ich bekomme keine Aufträge mehr und noch schlimmer: Ich werde beobachtet. Es wird immer gefährlicher. Mutter und ich haben eine Idee."

Vaters Stimme klingt brüchig und tief. Er scheint von seiner eigenen Idee nicht begeistert zu sein. Er räuspert sich. Mutter steht hinter mir. Ich höre sie seufzen. Wahrscheinlich hat sie die Hände gefaltet.

„Wenn du deinen Abschluss hast …"

„Ja, mein Abitur", falle ich ihm ins Wort.

„Nein, wenn du die achte Klasse beendet hast, trittst du in die Schwesternschaft ein. Dort kannst du viel lernen, was dir im Studium nützlich sein wird. Vor allem … dort bist du in Sicherheit."

„Ich werde keine Nonne!"

„Nein, nein, du wirst eine Rotkreuzschwester. Wir möchten, dass du nach München gehst. Hier in der Hauptstadt sitzen wir auf einem Pulverfass. Vielleicht kommen Mutter und ich nach, dann könnte ich in den Bavaria-Filmstudios drehen. Wir wären weit weg vom Reichskanzler."

Ich schüttle heftig mit dem Kopf. „Der Döskopp liebt München und die Berge. Den wirst du nicht los."

Mutter streicht mir über den Rücken. „Aber du wärst in Sicherheit. Die Schwesternschaft passt auf dich auf. Du könntest dir einen neuen Namen aussuchen … einen Schwesternnamen … und Vati hat recht, du wirst viel Medizinisches lernen."

Mutter reibt mir so heftig über den Rücken, als wolle sie die Worte in mich einmassieren. Ich will sie abschütteln, aber sie nimmt mich in den Arm und weint. Dann kommt Vater. Er breitet seine Arme aus und schlingt sie um uns beide. Vater laufen Tränen über die Wangen. Ich habe ihn noch nie weinen sehen. Es müssen wirklich schlimme Zeiten sein. Wie ein Stein legt sich die Vorahnung auf mein Herz, dass es eine lange Weile schlimm sein und immer böser werden wird. Ich protestiere nicht gegen meine Eltern. Vielleicht ist es sogar gut, dass ich weiß, wie eine Krankenschwester arbeitet, bevor ich Ärztin werde. Solange ich in der Schwesternschaft bin, wird mich niemand drängen, mich zur Partei zu bekennen. Als Schwester dient man dem Vaterland.

Bayern soll schön sein. Man könnte wandern gehen. Man könnte nach Österreich fahren. Man könnte. So rede ich mir die Zukunft schön.

Ich hätte nie gedacht, dass ich mir Bayern und die Schwesternschaft herbeisehne. Doch seit Vater als Pazifist auf einer Liste neben Kommunisten, Asozialen und Homosexuellen steht, wird das Leben unerträglich. Es wird einsam in unserer Villa. Gerda und Fritze bezahlt Mutter mit Lebensmitteln und Kleidung. Dabei brauchen wir keine

Hilfe im Haushalt, denn wir haben keine Gäste. Fritze poliert trotzdem das Auto oder friemelt im Garten. Gerda wäscht Vorhänge und klopft Teppiche aus, die weder schmutzig noch staubig sind. Früher kamen die Männer im Anzug und mit Melone auf dem Kopf, nun schreiten sie in Uniform durch den Salon. Wenn sie gegangen sind, hängt der Geruch nach Leder und Schuhwichse in der Luft.

Nach und nach verkauft Mutter die bunten Gemälde. Den Jawlensky wird sie nicht los, weil er ein Russe ist und Kommunist sein könnte. Mutter ist nicht traurig, weil sie das Bild mag.

„Schau Fine, so sieht es in Bayern aus." Die Farben passen weder zum Himmel noch zu den Bergen; was blau sein sollte, ist orange; was grün sein sollte, ist blau; und was rot sein sollte, ist gelb. So sieht Bayern aus?

„Nein, so wirkt die Natur", erklärt Mutter. Sie schwärmt über die Künstler, München und den Staffelsee. Ich beginne, mich auf die neue Zeit zu freuen. Schließlich ist die Schwesternschaft kein Kloster. Ich würde ohne meine Eltern leben, muss sie nicht um Erlaubnis fragen und kann in meiner Freizeit ausgehen.

Unser Besitz schmilzt dahin. Vater versucht, aus allem Geld zu machen. Zum Schluss erlaubt er Gerda und Fritze, sich aus Garten, Geräteschuppen und Speisekammer zu bedienen. Die Villa ist leer. Sie ist seelenlos geworden. Traurigkeit überrollt mich, wenn ich den Ort meiner Kindheit betrachte. Es war schön hier.

„Kimmst Fine? Auf nach Minga!" Vater winkt. Die Autotür hat er schon für mich geöffnet.

„Wenn du weiterhin versuchst, bayrisch zu sprechen, werden sie uns gleich wieder verjagen."

„So a Schmarrn, wir müssen uns anpassen."

Vater startet den Motor und wir lachen, obwohl uns allen zum Weinen zumute ist.

Die Herbstlust und der Humor

Tausendmal hat Yakob das Bild gesehen. Während seines Dienstes läuft er ständig daran vorbei. Vielleicht sind es zwanzig Mal pro Tag und bei zwanzig Diensttagen im Monat ist es wie oft? Yakob rechnet, dabei müsste er sich auf die Medikamentenausgabe konzentrieren, Schwester Bertas Rücken einreiben und auf Schwester Josefine achten. Wieso beschäftigt er sich mit Zahlen?

„Mach mal Pause", sagt Laura.

„Was?"

„Mach mal eine Pause. Du siehst erschöpft aus."

„Das geht jetzt nicht."

„Klar geht das. Wenn du mit dem Rauchen anfängst, dann hast du einen Grund, um jede Stunde fünf Minuten am Aschenbecher bei der Kapelle zu stehen."

Laura stapft ins Speisezimmer, gibt den Stühlen einen Schubs und reißt die Fenster auf.

„Ich kann riechen, wer hier zuletzt im Saal saß", sagt sie und hängt ihren Kopf in die frische Luft.

Yakob grinst. „Schwester Else?"

Sie nickt und lacht.

„Komm, wir richten den Sonnensaal gemeinsam her. Es wird ein schöner Dienst." Yakob schiebt die Tische über das Parkett. Er richtet sie so aus, dass Rollstühle und Rollatoren Platz finden, damit Gehstöcke sich nicht an Stuhlbeinen verheddern.

„Wieso wird es heute schön?", fragt Laura.

„Es ist Mittwoch."

„O ja, daran habe ich nicht gedacht. Immer wieder mittwochs …",
singt sie. Sie schüttelt Stoffservietten aus und drapiert Lätzchen über Stuhllehnen. Sie ist wie ausgewechselt.

Die Spätschicht am Mittwoch gehört zu den schönsten Diensten in der Woche. Alle wirken entspannt und fröhlich. Keiner hätte es für möglich gehalten, dass die Clowns eine so positive Wirkung auf Bewohnerinnen und Mitarbeiter haben würden. Selbst die Heimleiterin wirkt weniger griesgrämig und streng. Manchmal bilden sich kleine Fältchen um ihre Lippen und dann heben sich ihre Mundwinkel. Sie lächelt. Es beruhigt Yakob, dass in der korrekten und sauberen Dienstkleidung ein humorvoller Mensch steckt. Wenn sich die Heimleiterin beobachtet fühlt, hält sie sich beim Lachen die Hand vor den Mund, als wäre Lachen eine Schwäche.

Vor vier Jahren kamen die Clowns zum ersten Mal. Yakob hatte alles organisiert und hätte nie mit so viel Ablehnung gerechnet.

„Wir sind kein Kindergarten! Die Schwestern haben einen würdevollen Umgang verdient. Sind wir denn im Zirkus? Witze auf Kosten der Bewohnerinnen werden nicht geduldet", so redete die Heimleiterin und die pensionierten Schwestern flöteten es nach.

Auf einer Fortbildung lernte Yakob die Clowns kennen. Susi alias Barbara Rhabarber und Matze alias Pille Palle wussten alles über Humor und Komik, aber wenig über Erkrankungen und Einschränkungen von Senioren. Gemeinsam lernten sie, die Stimmung der alten Menschen zu lesen, an Erinnerungen anzuknüpfen und sie zu mobilisieren. Yakob suchte mit ihnen Schlager heraus. Sie übten Lieder von Marlene Dietrich, Hans Albers und Lale Andersen. Sie gingen in Bibliotheken und kramten sich durch Archive nach Gedichten und Anekdoten der 1940er-Jahre. Es ist schwer, gute Nachrichten aus dieser Zeit zu finden. Doch wer sucht, findet sie.

Inzwischen wird jeden Mittwoch die Ankunft der Clowns sehnlichst erwartet. Kurz nach vierzehn Uhr besetzen die rüstigen Bewohnerinnen Sofas und Sessel in der Empfangshalle. Etwas später kommen die Damen mit dem Rollator. Sie ziehen die Bremsen fest, klappen ihren Sitz herunter und schieben ihn sich unter den Po. Die Eile wäre nicht nötig, denn die Clowns laufen durch das ganze Haus, besuchen die Bettlägerigen, die Bedürftigen und die Aktiven. Doch die Frauen genießen die Vorfreude. Sie wollen Barbara Rhabarber und Pille Palle begrüßen, sich ein Kompliment abholen und einen kecken Kommentar geben. So sitzen sie und warten. Der einen ist es zu stickig, der anderen zu zugig. Fenster werden geöffnet und wieder geschlossen. Strickjacken werden um Schultern gelegt oder beiseitegetan. Jede Dame hat eine andere Empfindung von Temperatur und Zeit, aber wenn die Clowns kommen, sind sie alle im Jetzt. Dann tobt das Leben in der Herbstlust. Dann ist die Herbstlust wirklich lustig.

Yakob und Laura führen auch die letzten Damen von der Station in den Speisesaal. Schwester Berta hängt der Mittagsschlaf noch in den Haaren und Hautfalten. Sie bewegt sich so langsam, als würde sie träumen. Ihre Füße schiebt sie über den Boden. Während sie einen Meter vorwärtskriecht, hat sie Schwester Therese schon zweimal überholt.

„Bravo Therese", ruft Laura.

„Gleich ist Trainingspause", erinnert Yakob. Schwester Therese nickt, atmet tief ein und gleitet über den Gang. Seit Yakob sich über Berlin 1936 und die Olympiade informiert hatte, ist es leichter, mit ihrer Unruhe umzugehen. Sie war tatsächlich eine Leistungsschwimmerin und gewann Landesmeisterschaften. Immer wenn man sie mit Therese anspricht, reagiert sie. Wenn man sie für ihre Leistung lobt, blüht sie auf. Wenn sie ihre Bahnen zieht und man feuert sie an, wirkt sie entspannt.

„Bestzeit!", sagt Yakob. „Nun schwimm mit Berta." Er legt Thereses Hand in die Ellenbeuge von Schwester Berta. Die eine wird etwas langsamer, die andere etwas schneller. Synchron schwimmen sie in den Speisesaal.

Laura und Yakob stehen auf der Terrasse des Speisesaals. Durchatmen. Kräfte sammeln. Dem fröhlichen Miteinander zuschauen. Pille Palle zupft an seiner Mandoline. Die Töne tanzen durch den Saal, vibrieren auf der Haut der Frauen und gleiten in ihre Hände und Füße. Sie klatschen, sie schunkeln und singen. Ihre Stimmen finden nicht den richtigen Ton, sie sind zu tief und brüchig. Pille Palle singt, spielt und nickt seinem Publikum zu. Fordert zum Mitsingen auf. Barbara Rhabarber hat kleine Glöckchen an ihrer Weste. Sie läuft in einer Gebimmelwolke. Ihr Fuß bleibt an einem Stuhlbein hängen, sie stolpert auf Schwester Berta zu, doch bevor sie auf deren Schoß landet, fängt sie sich.

„Geht es Ihnen gut?", fragt Schwester Berta. Sie klopft ihr auf den Rücken.

„Ja, ja … danke."

Die Frauen geben ihr Ratschläge, dass sie vorsichtig laufen müsse, dass sie sich gut umschauen muss, dass die Glöckchen ablenken, sie könne sich sonst etwas brechen oder prellen.

Yakob lächelt und schüttelt gleichzeitig den Kopf. So ist es, wenn das Publikum aus ehemaligen Krankenschwestern besteht, die sich eher um andere sorgen als um sich selbst. Aber vielleicht ist es ja Absicht, dass Barbara stolpert, denn die Schwestern freuen sich, wenn sie Ratschläge geben können. Singen, reden und lachen. Die Frauen wirken munter. Selbst die blassesten Wangen zeigen eine leichte Röte.

„Sag zum Abschied leise Servus …" Das Lied weht über den Gang. Je länger es geht, umso langsamer wird es. „Doch das kleine Wörtchen Servus ist ein lieber letzter Gruß, wenn man Abschied nehmen muss …"

Yakob eilt in den Sonnensaal. Manche Frauen bleiben für das Abendbrot sitzen, andere müssen in ihr Zimmer geführt werden. Die Clowns werden wie Liebhaber und Geliebte verabschiedet mit Kusshänden, Winken und feuchten Augen. Ein Hauch von Schwermütigkeit umgibt die Frauen. Schwester Josefine sitzt im Speisesaal und hat die Augen geschlossen. Sie schläft nicht, dafür geht ihr Atem zu schnell. Yakob sieht, wie sich ihre Pupillen hinter den Augenlidern bewegen. Träumt sie? Er streckt seine Hand aus, um sie am Unterarm zu berühren, um sie in das Jetzt zu holen. Er hält in seiner Bewegung inne. Wozu sollte er sie stören? Sie wirkt zufrieden, nahezu glücklich. Spätestens das Scheppern von Tellern und das Klappern von Besteck wird sie zum Abendbrot wecken.

München 1940

Es ist ein schlechter Platz. Ich sehe nur Rücken, Schultern und Köpfe. Wenn ich hin und her wackle, erhasche ich einen Blick. Selbst wenn ich mich auf Zehenspitzen stelle, bin ich zu klein.

„Na, Madl, so spät noch auf?", sagt ein Mann mit Hut und lässt mich eine Reihe vor. Es ist mir recht, dass er denkt, ich sei ein Kind. Jetzt kann ich endlich den Clown Grock sehen und nicht nur hören. Obwohl mir die Beine von der langen Schicht auf Station schmerzten, stand ich an der Kasse, um einen Stehplatz im Zirkus Krone zu ergattern. Schmerz und Müdigkeit verblassen, wenn ich nur herzlich lache. Clown Grock springt auf einen Stuhl und kracht ein. Doch noch bemerkenswerter ist es, wie er aus dem Stuhl heraushüpft und auf der Rückenlehne balanciert. Ich lache, bis mir der Bauch wehtut. Wann habe ich zuletzt gelacht? Ich weiß es nicht mehr. Seit die Deutschen in Polen einmarschiert sind, gibt es nichts mehr zu lachen. Meine Eltern habe ich schon lange nicht mehr gesehen, aber es geht ihnen gut. Sie schreiben mir regelmäßig. Mutter bemüht sich um Unbeschwertheit und Vati schreibt über die Orte, die sie besuchen. Sie führen ein Nomadenleben, kommen bei Freunden unter oder mal in Gästehäusern. Die letzte Postanschrift war eine Pension in Österreich. Ich würde gern wissen, ob Vati arbeitet. Wie geht es Mutter ohne ihre Heimat Berlin, ohne Gerda und ohne mich? Das große Haus und die Dienstboten wird sie nicht vermissen, aber die Geborgenheit. Mutter schrieb, dass sie Butter geschlagen und Brot gebacken habe, dass die Hofkatze um ihre Beine streifte, bis Mutter Butter auf die Fingerspitze tat und das Tier sie abschleckte. Ich sehe sie alle vor mir und ich wäre so gern bei ihnen. Aber Vater hatte recht, ich bin in der Schwesternschaft sicher. Wer beim Deutschen Roten Kreuz ist, wird in Ruhe gelassen. Dessen Gesinnung wird nicht überprüft und niemand muss in die Partei eintreten. Ich bin in Sicherheit, doch dafür musste ich alles ablegen, was mich mit meiner Familie und Berlin verband. Sie wollten mir sogar einen neuen Namen geben, aber weil Josefine christlich und fromm klingt, durfte ich ihn behalten. „Schwester Josefine", rufen sie mich und jagen mich über die langen Gänge der Klinik.

„Fini", sagen meine Mitschwestern.

„Geschleckte Stodterer", sagen die, die mich nicht leiden können, weil ich aus *Preißn* komme, weil mir meine Eltern Päckchen mit Seife und Bonbons schicken, weil ich in den Zirkus gehe und Clown Grock liebe.

Grock lässt seine Geige singen. Ihre Töne schwingen sich hoch in das Zirkuszelt. Sie schwappen über die Sitze mit den feinen Leuten, die Broschen und Nadeln mit dem hässlichen Kreuz tragen. Sie spülen über Beamte und Geschäftsleute, bis zu uns auf den billigen Stehplätzen. Die Musik bleibt wertvoll. Sie macht keinen Unterschied zwischen ihren Hörern. Alle genießen. Alle klatschen. Alle tänzeln aus dem Zirkuszelt.

Ich gehe zu Fuß zurück zum Mutterhaus, überhole Männer und Pärchen. Sie schlendern. Ich eile. Ich habe verlernt, wie man schlendert. Uns Schwestern erkennt man schon am Gang. Große Schritte. Zack, zack, zack. Die kühle Luft tut gut. Heute gehe ich mit schönen Eindrücken ins Bett. Ich werde auf sie aufpassen. Wer weiß, wann ich wieder so schöne Musik und so lautes Lachen höre?

Ich biege in die Nymphenburger Straße. Die Lichter des Mutterhauses sehe ich von Weitem. Nymphenburg. Nymphe. Ein ganzes Schloss wurde nach den weiblichen Fabelwesen benannt, die halb nackt in der Gartenanlage stehen. Sie necken, locken und sind frei. Ich verstecke mich unter einer Schwesternhaube, verberge meine Berliner Sprechweise und versuche, wie eine Katholikin zu beten. Von der alten Josefine ist nicht mehr viel übrig und das ist gut so. Keiner wird erfahren, dass Vater im Widerstand ist.

Ich raffe mein Kleid und nehme zwei Stufen auf einmal. Würde mich die Generaloberin sehen, würde sie mich ermahnen. Bei diesem Gedanken versuche ich drei Stufen auf einmal zu nehmen. Ein Geräusch lässt mich innehalten. Ich greife das Treppengeländer und lausche. Ist das ein Igel? Eine sterbende Ratte? Ich beuge mich über das Geländer und blinzle in die Dunkelheit.

„Hallo?" Keine Reaktion. „Servus?" Das Schluchzen wird lauter. Ich hüpfe die Stufen wieder hinunter, schiebe mich an Sträuchern vorbei und finde ein Mädchen. Es ist jünger als ich.

„Was hast du? Tut dir etwas weh." Sie nickt, weint und deutet auf ihre Brust.

„Biste meschugge, dann musst du auf die Krankenstation." Ich berühre sie am Ellenbogen und will sie hochziehen, aber sie weigert sich.

Sie klopft wieder auf ihre Brust und sagt: „Heimweh. Es tut so weh. Vater hat mich hergeschickt. Ich wollte nie hier sein."

„Warum?" Was frage ich so dumm? Die wenigsten Schwestern sind freiwillig hier. Diejenigen, die wirklich Krankenschwestern sein wollen, sind im *Dritten Orden* oder bei den *Barmherzigen Schwestern*.

„Bestimmt hat dein Vater es gut gemeint", versuche ich zu trösten. Sie schüttelt heftig den Kopf.

„Nein, er sagte, dass ich nur Geld koste und nichts verdiene, dass mich kein Mann zur Frau will, weil ich nichts Anständiges kann. Bei der Olympiade in Berlin war er noch stolz auf mich, aber jetzt tauge ich zu nichts mehr."

„Du warst bei der Olympiade in Berlin?"

Sie zögert. Wahrscheinlich wundert sie sich, wieso ich so fröhlich klinge. Sie erzählt mir von ihrem Kummer und ich schwärme von Berlin. Ich zügle mich: „Das tut mir leid. Vielleicht kannst du nach der Ausbildung etwas anderes machen. Als Schwestern verdienen wir unser eigenes Geld. Wir brauchen keinen Mann, der uns abgezähltes Haushaltsgeld zusteckt." Ich zwinkere ihr zu. Sie lächelt.

„Komm, wir gehen ins Haus. Es ist kalt. Was passiert, wenn man zu lange auf dem kalten Boden sitzt?"

„Blasenentzündung", antwortet sie. Wir lachen. Arm in Arm gehen wir die Treppe hoch.

„Ich bin Josefine. Wie heißt du?"

„Therese. Nenn mich Resi."

„Und jetzt rück mal raus, warum warst du in Berlin?"

Und Resi erzählt. Je mehr sie erzählt, umso lebendiger wird sie. Wir laufen Arm in Arm und im Gleichschritt durch die Flure. Wir sind wehmütig und fröhlich zugleich. Wehmütig, weil uns vieles genommen wurde. Fröhlich, weil wir uns gefunden haben.

Als Schwesternschülerinnen besteht unsere Hauptaufgabe im Putzen. Wir scheuern Böden, reinigen Nachttöpfe, kochen Verbände, sterilisieren Kanülen, säubern Waschschüsseln und Geschirr. Meine Hände sind von der Lauge wund und rissig. Wenn ich die Faust balle, blutet die Haut über meinen Knöcheln. Also versuche ich, nicht wütend zu sein. Resi gab mir etwas von ihrem Honig. Ich solle es auf meine Wunden schmieren. Es fällt mir schwer, die Süßigkeit auf meine Hände statt auf meine Zunge zu tun. Der Honig ist Balsam. Wenn er lang genug auf meiner Haut war, lecke ich ihn ab.

Am liebsten bin ich in der Kammer. Dort werden die Operationsbestecke und Verbände gereinigt. Für den Kammerdienst werden wir zu zweit eingeteilt. Manchmal melde ich mich freiwillig, um mit Resi dort zu arbeiten. Wir haben so viel Stoff von Verbänden gewickelt, dass es von München bis nach Berlin reicht. Meter um Meter. Kilometer um Kilometer. Dann reden wir uns meterweise durch die Zeit. Resi erzählt, wie sie im *Müller'schen Volksbad* schwimmen lernte. Ihre Mutter nahm sie mit.

„Dabei wollte ich nicht im Damenbecken wie eine alte Ente schwimmen. Ich schlich mich zu den Umkleiden und beobachtete die Schwimmer im Herrenbecken. Die Buben glitten durch das Wasser wie Fische. Das wollte ich auch. In unseren Badeanzügen und Kappen sahen wir gleich aus. Ich schlich mich einfach zu den Buben und schwamm mit. Als man feststellte, dass ich ein Mädchen bin, war ich schon zu gut, um weggeschickt zu werden.

Resi strahlt. Ich sehe ihr an, wie sehr sie das Schwimmen vermisst. „Was fehlt dir?", fragt sie mich.

Ich überlege. Ich will nicht sagen, dass mir das schöne Elternhaus und mein weiches Bett fehlen, dass ich Gerda und Fritze vermisse, dass ich es vermisse, mit Vati in der Bibliothek zu sitzen.

„Komm, sag", drängt Resi.

„Ich vermisse das Fremde."

Resi zuckt nur mit den Schultern. Eifrig wickelt sie die Verbände auf. Sie ist viel schneller als ich.

„Ich vermisse die Menschen, die meine Eltern besuchten. Sie kamen aus anderen Ländern, sahen anders aus, sprachen anders, bewegten sich anders. Sie machten Musik und wir tanzten. Die Frauen kleideten sich in Hosen und ... stell dir vor ... sie trugen keinen Stützbüstenhalter."

Resi kichert. „Bei deinen kleinen Brüsten brauchst du auch keinen Stütz-BH."

Ich werfe eine Verbandsrolle nach ihr, treffe ihre Haube und die segelt zu Boden. Wir lachen. Leider zu laut. Die Dienstschwester kommt in die Kammer und weist uns zurecht. Nun muss ich den Stationssaal scheuern. Resi wickelt weiter die meterlangen Binden zu Rollen auf.

Ich knie auf den Dielen. Den Wischeimer mit Lauge schiebe ich mühsam vor mir her. Der Saal ist groß. Zwanzig Betten stehen an den Wänden. In der Mitte ist ein langer Tisch, an dem die Patienten speisen. Dort sitzt die diensthabende Schwester und hat alles im Blick. Mich auch.

„Schwester Josefine, der Saal ist nicht rund. Die Ecken werden auch geputzt."

Wie ich das hasse. Das einzig Gute daran ist: Ich kann die Gespräche der Patienten hören.

„Der hat sich den Fuß mit der Sense abgesäbelt."

67

„So a Depp."

„Das war mit Absicht, damit er nicht eingezogen wird."

„Doch koan Depp, er is a Duselbruada."

So reden die Männer und die Angst vor der Front flattert um ihren Körper wie das Nachthemd. Manchmal versuche ich, ganz leise zu putzen, um die Herren Doktoren bei den Visiten zu belauschen. Sie reden über Medikamente und neue Operationsmethoden. Sie können Leid mindern und gar heilen. Ich sehne mich nach dem Tag, an dem ich Ärztin werden darf. Immer häufiger reden sie von völkisch rein oder völkisch wertvoll. Mich graust bei diesen Worten.

Ich stehe kurz vor dem Staatsexamen. Lehrschwester Julietta wollte uns auf die Prüfung vorbereiten, aber sie darf nicht mehr kommen. Sie ist eine Ordensschwester der *Barmherzigen Schwestern*. Sie lebt wirklich nur für ihren Dienst.

„Beten, pflegen, lieben. Ihr müsst die Menschen und selbst die Wunden lieben, sonst heilen sie nicht", sagte sie uns.

Schwester Julietta kann an Geruch oder Hautfarbe eines Patienten eine Krankheit benennen, bevor es der Arzt diagnostiziert. Sie ist eine gerissene Detektivin und entlarvt jedes Leiden. Ihr ist nichts peinlich. Letztens sagte sie dem Herrn Geheimrat, dass er unter Tripper und nicht unter einer Harnwegsentzündung leide. Falls er regelmäßigen Verkehr mit seiner Frau habe, solle sie sich auch behandeln lassen. Der Kopf des Herrn Geheimrats glühte vor Scham. Der Arzt wippte unruhig von einem auf den anderen Fuß und wir Schülerinnen grinsten. So ist Schwester Julietta. Sie kann reden, ohne Ärger zu bekommen. Eine Ordensschwester, die mit dem Herrgott arbeitet, weist man nicht zurecht. Aber man kann ihr ein Lehrverbot erteilen. Religiöse Schwestern dürfen jetzt nicht mehr unterrichten.

„Es sei Aufgabe des Staates, den Volkskörper zu schützen", so redet die Leitung des Roten Kreuzes. Sie sind die Lakaien des Führers. Uns nennen sie: die weiblichen Soldaten des Führers. Ich will das nicht sein.

Ich lerne ohne Schwester Julietta, aber mit Resi. Sie fragt mich ab. Ich zähle Symptome zu Krankheitsbildern auf und leite daraus Therapien ab. Das Lernen und selbst die Prüfungen machen mir so viel Freude, dass ich mehr tue, als ich müsste. „Mit Bravour bestanden", schrieb ich meinen Eltern auf die Postkarte. Bald, hoffentlich bald werde ich mein Medizinstudium beginnen. Resi dämpft meine Vorfreude. Sie meint, dass die schweren Zeiten erst noch kommen. Manchmal ist sie ganz schön pessimistisch.

Es ist Herbst 1940. Nun arbeite ich als Gemeindeschwester und Resi begleitet mich auf meiner Runde durch die Wohnviertel. In unserer Tracht werden wir von allen erkannt und begrüßt. Unterwegs zu sein, ist ein kleines Stück Freiheit. Raus aus dem Krankenhaus. Weg von den strengen Blicken der Oberin. Resi hat ein Fahrrad und wir benutzen es wie einen Karren. Verbandszeug, Salben, Stoffreste, Kartoffeln, hartes Brot, ausgelatschte Schuhe … es scheint, dass die Menschen alles gebrauchen können. Die Armut ist groß. Wir besuchen Alte und Kranke, Wöchnerinnen und ihre Säuglinge. Viele Kinder haben Rachitis. Die kleinen dünnen Körper sind verformt; Beine, mit denen sie nicht rennen können; Brustkörbe, die sich beim Atmen nicht heben. Ich werde wütend, wenn ich das sehe. Es gäbe Heilung. Doch es fehlt an allem, selbst Milch für die Kinder gibt es nicht.

Ohne Resi hätten mich die Menschen nicht so schnell akzeptiert. Sie hören, dass ich keine Münchnerin bin. Ich übe, bis mir der Zungenschlag gelingt. Statt Hühner sage ich *Hiehner*, statt Meister sage ich *Moaster*, statt alles sage ich *oiss*. Ich lerne Bayrisch, Pardon, *Boarisch*, wie eine Fremdsprache. Mehr und mehr fühle ich mich wie ein *Minga Madl*.

Wir besuchen die Menschen, die in viel zu kleinen Wohnungen leben, in feuchten Kellerräumen oder auf zugigen Dachböden. Nasse Wäsche hängt schwer im schattigen Innenhof. Ob sie hier überhaupt trocknet? Man kann sie nicht als Wäsche bezeichnen. Es sind eher Lumpen. Sie sind löcherig, faserig und grau. Ein Weidenkorb steht auf dem Boden. Ich höre ein Glucksen und beuge mich darüber. Ein Säugling strahlt mich an. Spuckebläschen bilden sich an seinen Mundwinkeln. Seine Zunge scheint viel zu groß zu sein für den kleinen Mund. Er liegt wie hineingegossen da, als hätte er keine Kraft seine Händchen und Füßchen zu bewegen.

„Na, kleiner Mann? Geht es dir gut?" Ich lege meine Hand auf den Babybauch. Der Kleine juchzt.

„Haut ab!" Eine Frau rast auf uns zu. „Haut ab! Haut ab!"

Ich richte mich auf. Hebe beschwichtigend die Hand. Die Frau drängt mich zur Seite und nimmt das Baby aus dem Korb.

„Wir wollen nur helfen. Geht es Ihnen gut?"

„Niemand nimmt mir mein Kind weg!"

Ich will protestieren, beruhigen, die richtigen Worte finden. Doch sie bleiben mir im Hals stecken. Der Kleine weint. Er spürt die Angst seiner Mutter. Resi summt ein Lied, mehr für die Frau als für das Kind. Sie beruhigen sich.

„Wie heißt er?", fragt Resi.

Keine Antwort. Die Frau weint und drückt das Kind an ihre Brust.

Ich versuche es erneut. „Wir nehmen das Kind nicht mit." Resi atmet schwer. Wir wissen, dass wir eine Regel brechen, denn die Rotkreuzschwestern sind *weibliche Soldaten des Führers* und keine barmherzigen Schwestern. Behinderte Kinder müssen wir melden. Sie werden abgeholt. Die deutsche Frau soll erneut schwanger werden, um ein gesundes Kind zu gebären, statt sich um ein behindertes zu kümmern. Das deutsche Volk soll rein, gesund und stark sein. Ich würde mir am liebsten die Brosche von meinem Kragen reißen. Ich will dieses Kreuz nicht mehr tragen. Ich sehe Resi lange an. Sie nickt. Wir sind Verschworene. Wir werden unsere Schwesterntracht nutzen, um den Schwachen zu helfen, so wie es Schwester Julietta gelehrt hat.

Ich gehe auf die Frau zu und berühre das Baby am Rücken.

„Der Kleine hat schwache Muskeln. Versuche, das Kind anders zu halten. Darf ich es dir zeigen?" Sie reicht mir das Kind und ich lege es über meinen Arm. Er bemüht sich, seinen Kopf zu heben, und zappelt mit den Füßchen.

„Er hat Schlitzaugen. Es ist diese Krankheit", die Mutter seufzt.

„Es ist keine Krankheit. Es ist ein Syndrom. Dein Kind braucht mehr Fürsorge als andere. Wer weiß noch davon?"

„Die Nachbarn. Sie würden mich weder verraten noch mir helfen."

„Wir helfen dir."

Resi holt aus unserer Tasche Stoffwindeln und eine Mütze hervor. Wir zeigen ihr, wie sie das Kind am besten warm hält, wie sie es am besten mit dem Löffel füttert, damit es sich nicht verschluckt, wie sie seine Arme und Beine bewegt, damit seine Muskeln stark werden.

Die Frau lächelt uns an. Dann flüstert sie: „Schorsch ... er heißt Schorsch."

„Wie der Drachentöter", antwortet Resi. „Dann ist der heilige Georg euer Schutzpatron." Resi zeichnet ein kleines Kreuz auf die Stirn von Schorsch. Während ich meine Tasche herrichte, bete ich still, dass der Kleine alle Drachen und Monster besiegen wird, die sich ihm in den Weg stellen wollen.

Die Menschen wachsen mir ans Herz. Ich trage ihre Geschichten mit mir. Resi mahnt mich, dass wir uns nicht um alle kümmern können und uns nicht aufopfern dürfen. Doch es geht ihr wie mir. Sie spart sich ihre Semmeln auf, um sie dem alten Hubsi zu geben, der zwischen Pappkartons lebt. Sie lässt Verbände unter ihrer Schürze verschwinden, um die verstümmelte Hand vom Sepp zu verbinden. Keiner von diesen Menschen gehört zum *gesunden arischen Volkskörper*. Wie ich diese Sprache hasse!

„Ich habe meinen Marschbefehl erhalten." Resi steht vor mir. Der Brief zittert zwischen ihren Fingern.

„Das kann nicht sein. Du hast doch gerade erst deinen Abschluss gemacht!"

„Immerhin habe ich einen Abschluss. Es werden Männer zum

Sanitätsdienst beordert, die lediglich Friseur oder Drogist sind. Jetzt wird jede Schwester gebraucht."

Ich reiße Resi den Brief aus den Händen. Ja, da steht es: „Schwester Therese Thaler erhält den Marschbefehl mit Bestimmungsort Krakau." Ich schnappe nach Luft.

„Du musst an die Ostfront?" Ich falle meiner Freundin um den Hals. Der Brief mit dem hässlichen Kreuz segelt auf den Boden. Wir halten uns lange fest. Dann versuche ich, ihr Mut zu machen. „Vielleicht muss ich auch nach Krakau. Gemeinsam schaffen wir das."

Nur Stunden später erhalte ich meinen Brief. Ich muss an die Afrikafront. Spöttisch zitiere ich: „Um unseren italienischen Verbündeten bei der körperlichen Genesung zu dienen."

„Ich will nicht an die Ostfront. Da ist es kalt", schluchzt Resi.

Ich antworte: „Ich will nicht an die Afrikafront. Da ist es heiß."

Wir überlegen, was schlimmer und was besser ist. Aber es ist alles furchtbar. Zwar versichert die Generaloberin, dass sie kein Mädchen in Gefahr bringt, doch manchmal wiegen politische Interessen schwerer oder die Eitelkeit. Was soll nur die Öffentlichkeit über das Rote Kreuz denken, wenn die Schwestern sich nicht um den deutschen, verletzten Mann kümmern? Schließlich gesundet ein Mann besser unter der Fürsorge einer Frau als unter den groben Handgriffen eines Sanitäters. Ich könnte schreien, wenn sie so reden. Professor Dr. Oskar Schröder vom Luftwaffensanitätsdienst behauptet, dass die pflegerische Betreuung durch Frauen nicht von einer Männerhand ersetzt werden könnte. Ich drohe zu platzen, wenn ich das höre. Können Männer keinen Verband wechseln oder eine Bettpfanne ausleeren? Die Rotkreuzschwester soll mütterliche Geborgenheit schenken und gleichzeitig jung sein. Alles Dösköppe da oben! Die wollen und können uns nicht beistehen.

„Resi, glaubst du, dass der Herrgott auch auf dem Schlachtfeld ist?"

„Das muss er." Sie greift meine Hand. Unsere Finger verschlingen sich ineinander. Trotzig sagt sie einen Vers aus der Bibel auf: „Auch wenn wir durch ein Tal des Todes gehen, ist er bei uns."

Ich fühle Resis Haut, die von der Lauge rissig ist. Wir halten uns fest. Unsere Finger und Herzen sind zu einem Gebet verschlungen. Wir halten uns fest, bis die Angst vor der Zukunft nicht mehr in uns flattert, bis wir wieder atmen können.

Ich wage nicht, Mutter zu schreiben, dass ich zu einem Einsatz muss. Ihr letzter Brief erreichte mich aus Bozen. Sie wollen in Südtirol bleiben, aber sie schrieben nicht, was sie machen oder mit wem sie sich treffen. Wahrscheinlich sorgen sie sich, dass Fremde den Brief lesen. Aber sie schreiben, dass sie mich lieb haben, ich vorsichtig sein soll und nicht vergessen darf, wer ich bin – die eigensinne, mutige und großzügige Fine. Immer wieder lese ich Mutters Worte, bis ich sie fast glaube.

Plötzlich haben wir mehr zu tun als je zuvor. Wir packen, planen, richten her. Die Arbeit lenkt uns ab. Wir vertrauen auf die Aussage der Generaloberin, dass die Schwestern nach vier Monaten ausgetauscht werden.

„Vier Monate vergehen schnell", rufen wir uns zu und verdrängen, wie unerträglich lang das sein kann. „Im Herbst sehen wir uns wieder", muntert mich Resi auf und ich nicke heftig.

„Ja", erwidere ich, „und dann soll das neue Schwimmbad in Schwabing öffnen. Du wirst trainieren und ich plansche am Beckenrand." Wir mühen uns, die Zukunft zu sehen.

Noch einmal müssen wir zur Eignungsprüfung gehen. Insgeheim hoffe ich, dass ich nicht geeignet bin. Bei mir werden Kreislauffunktionen und Zahnzustand geprüft und ob ich in der Hitze leistungsfähig sei. Meine Zähne sind hervorragend und ich weiß nicht, ob ich Mutter und Gerda dafür dankbar sein soll. Ständig haben sie mich erinnert: „Finchen, Zähne putzen!" Wenn ich nicht gehorchte, dann mahnte Gerda: „Josefine!"

Ich hasste es, wenn sich Haare aus der Bürste lösten und an meinem Gaumen klebten. Gerda ignorierte meine Proteste. Ich hasste es, dass ich nach einem Stück Schokolade meine Zähne putzen musste.

Ich wollte den feinen Schokogeschmack im Mund haben und nicht die beißende Zahnpasta. Nun habe ich Zähne, über die sich der Stabsarzt freut. Ach ja, seelisch belastbar sei ich auch. Wie hat er das so schnell erkannt?

Resi strotzt nur so vor Gesundheit. Sie ist leistungsfähiger als die Sanitäter. Das Schwimmtraining hat ihren Körper modelliert: ein breites Kreuz, ein fester Nacken und starke Muskelstränge ziehen sich über ihre Arme. Sie muss nicht einmal die Arme anspannen, damit sich Deltamuskel, Trizeps und Bizeps abzeichnen. Resi hat Disziplin. Ich bin mir sicher, dass sie den Einsatz gut übersteht.

Die Zeit fliegt dahin und die Stimmung im Mutterhaus wird immer angespannter. Es gibt tatsächlich ein paar Schwestern, die sich auf den Einsatz in Frankreich freuen. Haben die Rosinen im Kopp? Ein Diensteinsatz ist doch keine Urlaubsreise. Manche schlüpfen in ihre neue Tracht und drehen sich vor dem Spiegel, als hätten sie ein Kleid von Dior an. Obwohl die Hausmutter alles dafür tut, dass ihre Schwestern keusch leben, kann sie nicht viel ausrichten. Die Schwestern treffen sich mit Soldaten und Ärzten. Alles ist eine Riesengaudi, bis plötzlich eine von uns das Haus verlassen muss, weil sie schwanger ist.

Seit dem Vorfall im Tanzlokal gehe ich nicht mehr mit meinen Freundinnen aus, obwohl wir Musik und Geselligkeit lieben. Ich tanzte mit Resi, als mich ein Soldat an der Hüfte packte, sein Becken gegen meins drückte und fragte, ob ich Spaß hätte. Hatte ich nicht. Ich konnte ihn nicht abschütteln, selbst Resis fester Griff störte ihn nicht. Er war so nah, dass ich die Hautporen auf seiner Nase zählen konnte.

Die umstehenden Männer amüsierten sich, aber dann kam Berta, drängte sich zwischen uns und schubste den Soldaten weg. Berta ist die größte und stärkste Frau, die ich kenne. Sie ist Sennerin und redet von Suse, Friedl und Gusti, als wären es ihre Schwestern. Dabei sind es die Kühe auf ihrer Alm. Immer wieder sagt sie, dass sie sich lieber um Viehzeug als um kranke Männer kümmern möchte. Männer sind wehleidig und undankbar und nehmen sich, was sie wollen. Für gewöhnlich widerspreche ich, dass man das nicht verallgemeinern könne. Doch nach dem Zwischenfall im Tanzlokal sage ich nichts mehr.

Unser letzter gemeinsamer Abend soll nicht wie ein gewöhnlicher verstreichen. Ich habe eine Flasche Wein besorgt, Berta Zigaretten und Resi Kekse. Unsere Mitbewohnerin Vroni begleitet uns in den Nymphenburger Park. Wir flanieren nicht durch den Garten. Wir hocken uns auf eine Bank neben einem Wirtschaftsraum der Schlossanlage. Es ist ein kühler Apriltag und beinahe höre ich Mutter sagen, dass ich eine lange Unterhose anziehen soll und nicht auf einer kalten Bank sitzen dürfte. Wir nippen am Wein. Er ist sauer wie Essig. Dann nehmen wir große Schlucke und langsam erhitzt uns der Alkohol. Wir werden albern. Berta erzählt Witze, die nicht lustig sind, und nur sie lacht darüber. Ihre Stimme dröhnt und steckt uns an. Erst lachen wir über Berta und dann mit ihr. Wir werden übermütig.

„Veronika, der Lenz ist da", singe ich und fordere Vroni zum Tanz auf.

Sie zögert: „Pst, das darfst du nicht singen."

„Wieso? Die ganze Welt ist wie verhext …"

„Es ist entartet und … anzüglich."

Ich fasse ihre Taille, wirble sie herum und singe weiter: „ … Veronika, der Spargel wächst."

Resi tanzt mit. Berta will nicht. Wir hüpfen im Kreis und Berta klatscht den Takt. Wir singen uns die Angst aus der Seele und schwitzen uns die Furcht aus dem Körper.

Wie Backfische fassen wir uns an den Händen und gehen zurück zum Mutterhaus. Wir geben ein seltsames Bild ab: die brave Vroni, die robuste Berta, die sportliche Resi und ich, die … ja, wer oder was bin ich? Die Berliner Göre? Das reiche Mädchen? Die Zugereiste? Die DRK-Schwester? Ich bin Fine, die Tochter von liebevollen Eltern.

Ich bringe Resi zum Bahnhof. Wir gehen zu Fuß. Je näher wir zur Arnulfstraße kommen, umso mehr Menschen sind unterwegs. Eltern begleiten ihre erwachsenen Söhne. Ehefrauen hängen in den Armbeugen ihrer Soldatenmänner. Es herrscht eine Stimmung voller Zerrissenheit. Man will einerseits den lieben Menschen nicht loslassen und andererseits den Abschied hinter sich bringen. Resis Eltern wollten kommen, doch Resi gab sich unbekümmert und schließlich sähe man sich bald wieder. Resi hat ihre Eltern angelogen. Denn dass wir uns bald wiedersehen, ist überhaupt nicht sicher.

In der Bahnhofshalle überschlagen sich die Stimmen, Trillerpfeifen und das Dröhnen der Loks. Bahnangestellte teilen den Menschenfluss. Uniformierte fluten die Züge. Zivilisten werden zurück in die Bahnhofshalle gespült. Die weißen Hauben der Krankenschwestern wippen und leuchten über dem Meer aus Menschen, bis sie sich mit den Uniformierten vermischen. Die Soldaten machen ihre Späße mit uns, tun so, als wären sie unsere Verehrer, als wären wir alle auf einer Kirmes. Dabei versuchen sie nur ihre eigene Angst wegzulachen. Resi steigt in den Waggon. Die Männer reichen ihr die Hand. Sie greift den Türgriff und zieht sich selbst hinauf.

Der Zug rollt los und ich winke und winke. „Meine liebe gute Resi", flüstere ich. „Wir werden uns wiedersehen. Wir werden uns wiedersehen. Wir werden uns wiedersehen." Ich winke noch immer und schicke meinen innigsten Wunsch nach Frieden in den Himmel.

Die Herbstlust und viel Aufregung

„Auf Wiedersehen! Servus! Bis zum nächsten Mal!" Der Neffe einer Bewohnerin geht winkend durch die Empfangshalle. Immer wieder blickt er zu seiner Tante, die oben auf der Treppe steht. Yakob sorgt sich, dass der Neffe stolpert oder gegen einen Sessel läuft. Schließlich ist er mit seinen siebzig Jahren auch nicht mehr der Jüngste.

„Auf Wiedersehen, Tantchen!" Endlich ist er verschwunden. Tantchen geht in den Speisesaal. Nur Schwester Josefine steht noch am Treppengeländer und winkt.

Yakob geht auf sie zu. Sie winkt noch immer. Er staunt, dass sie so lange ihren Arm hochhalten kann. Ihr Blick ist sorgenvoll. Als er neben ihr steht, hört er sie flüstern: „Wir werden uns wiedersehen."

„Kommen Sie, Schwester Josefine. Es ist Essenszeit." Yakob streicht ihr über den Rücken. Sie zuckt zusammen. „Kommen Sie!" Plötzlich schüttelt sie sich, dreht sich um und schubst Yakob von sich.

„Nein! La! La!"

„Was hat denn die Strahnewitz?" Nick kommt über den Flur. „Singt die ein Lied? La, la, la." Er stellt sich vor Josefine und macht Tanzbewegungen, aber keine wie bei einem Gesellschaftstanz. Er lässt sein Becken kreisen, wackelt mit dem Hintern und macht Geräusche.

„Hey, lass das. Das ist unanständig." Yakob will den Affentanz beenden. Doch Nick geht immer näher an Schwester Josefine heran.

„Vor siebzig Jahren warst du bestimmt … wie sagt man … ein heißer Feger oder ein steiler Zahn." Nick lacht und greift nach ihrer Hand. Doch sie zieht sie zurück und holt aus. Sie schlägt ihn mit der flachen Hand. Er zuckt zusammen und erstarrt. Kein Ton. Keine Bewegung. Nur die Wange färbt sich langsam rot. Blut bildet sich an Nicks Mundwinkel. Er scheint sich auf die Lippe gebissen zu haben.

Schwester Josefine zittert. Ihre Hände greifen ins Leere, als wolle sie sich festhalten. Ihr Mund kräuselt sich und die Augenlider flattern.

Weint sie? Yakob ist sich nicht sicher. Die Augen der Seniorinnen tränen häufig. Schwester Josefine steht so sehr unter Anspannung, dass sie ihre Füße nicht bewegen kann. Ihre Ohrfeige hat nicht nur Nick erstarren lassen. Ihr Brustkorb hebt und senkt sich hektisch. Wenn sie ausatmet, klingt es wie: „Kala, 'arjūka!"

Yakob schüttelt den Kopf. Das kann nicht sein. Die stressige Situation spielt seinen Sinnen einen Streich. Nick glüht vor Wut. Bevor er explodiert, fordert Yakob ihn auf, ins Dienstzimmer zu gehen und sich frisch zu machen. Keiner außer ihnen hat den Vorfall bemerkt. Schwester Therese kommt anmarschiert. Rhythmisch atmend geht sie an Yakob vorbei.

„Therese, warte bitte." Sie wartet, atmet aber weiter, als wäre sie im Training. Yakob nimmt Schwester Josefines Arm und legt ihn in Thereses Ellenbeuge. Er hakt die zwei Frauen ineinander, nickt Schwester Therese zu und sie startet. Gemeinsam trippeln die Frauen in den Speisesaal.

Die Dienstübergabe ist so chaotisch, wie Yakob befürchtet hat. Sogar die Heimleiterin ist anwesend.

„Weglauftendenz ist das eine, Aggressivität ist das andere. Wir müssen handeln."

„Ja, und ob wir handeln müssen. Sie hat mich geschlagen." Nick dreht seine Wange, damit es jeder sehen kann. Sie ist gerötet.

„Schwester Josefine hatte Angst. Nick hat sie provoziert."

„Provoziert? Ich habe mit ihr gescherzt."

Yakob richtet sich auf. „Aber sie fand es nicht lustig. Es machte ihr Angst."

„Sie hat mich geschlagen. Sie ist gefährlich und muss fixiert werden."

Die Heimleiterin unterbricht. „Beruhigen Sie sich. Wir finden eine Lösung. Wir können Schwester Josefine nicht einfach fixieren. Das muss erst vom Arzt genehmigt werden. Wichtig ist, dass hier keiner verletzt wird, weder die Bewohnerinnen noch die Mitarbeiter."

Nick grinst. Dabei rollt seine Oberlippe nach oben. Er sieht aus wie ein Pferd. Das Pferd beginnt zu sprechen: „Wir können sie in den Lehnstuhl setzen und die Tischplatte einhängen oder wir tun sie ins Bett und ziehen das Gitter hoch."

Yakob schüttelt heftig den Kopf. „Das ist doch wie einsperren."

„Nein, ist es nicht", korrigiert die Heimleiterin. „Das ist eine gute Idee und dient der Sicherheit. Nun konzentrieren Sie sich wieder alle auf Ihre Arbeit." Ihr Ton kühlt die erhitze Luft im Dienstzimmer ab. Yakob friert.

Die Spätschicht läuft in gewohnter Routine ab. Yakob tröstet sich, dass Schwester Josefine von Laura ins Bett gebracht wird und nicht von Nick. Bei jeder Gelegenheit erzählt er seinen Kolleginnen, was ihm die Strahnewitz angetan hat. An der Spülstation hält er seine Rede, während Kollegen gefüllte Urineimer ausleeren. An der Kapelle palavert er während einer Zigarettenpause. In der Wäschekammer ereifert er sich, während sie Laken in die Regale räumen. Er wird nicht lockerlassen, bis man ihm zustimmt, ihm, dem coolen Nick.

Schwester Josefine ist unruhig. Sie zerwühlt ihr Bett. Selbst die festen Spannlaken löst sie von der Matratze. Sie schiebt ihre Arme und Füße durch das Gitter und schubst alles um, was ihr in die Quere kommt. Der Nachttisch steht neben dem Bett. Den Becher mit Tee fegt sie herunter. Sie ruckelt am Bettgitter. Der Krach dringt über die Flure. Yakob bittet die Putzfrau, alles aufzuwischen.

„Nee, das mache ich nicht", protestiert sie.

„Aber es ist doch nur Tee und kein Urin." Yakob redet auf sie ein, doch die Putzfrau bleibt standhaft.

„Nee, die ist wild wie ein Tier. Außerdem hat der Nick gesagt, dass sie ihm das Gesicht zerkratzt hat."

„So war das nicht." Yakob seufzt. Die Putzfrau zieht ab. Er holt nun selbst Wischeimer und Mopp. Die Zeit drängt. Immer drängt die Zeit. Nie wird bei der Planung bedacht, dass etwas Unvorhergesehenes passieren kann. Stürzt eine Dame, ist die Routine dahin.

Sucht eine alte Schwester verzweifelt nach ihrem Portemonnaie, ist die Routine dahin. Versagt die Spülmaschine für Urineimer, ist die Routine dahin. Wird jemand aus dem Team krank, ist die Routine dahin. Schwester Josefine bringt alle aus dem Takt. Selbst Schwester Therese kommt ins Stocken. Sie läuft nicht mehr über den gesamten Flur, sondern geht in Schleifen vor Schwester Josefines Zimmertür.

„Flotti, Schwester Therese", ruft Nick. Er drückt seine Hand auf ihren Rücken, als wolle er sie anschubsen. Doch sie lässt sich nicht anschubsen und entfernt sich nicht weiter als zwei Meter von Josefines Zimmer.

„Alle verrückt geworden?", fragt er.

„Lass sie doch." Yakob schleppt Putzeimer und Mopp über den Flur zu Josefine. Mit dem Ellenbogen drückt er die Türklinke, mit dem Fuß stößt er sie auf. Schwester Therese folgt ihm.

„Bitte nicht! Hier ist alles feucht." Yakob wischt und putzt. Er hat keine Zeit, sich um die durch den Tee tapsende Therese zu kümmern. Womöglich stürzt sie noch.

„Bleib dort stehen!", ruft er und übertönt Josefine, die immer noch am Bettgitter ruckelt. Das Metall scheppert und klackert in den Schienen. Doch das Gitter senkt sich nicht. Therese bleibt stehen. Sie stützt sich auf das Bettgestell. Ihre Füße heben und senken sich noch immer, aber sie tritt auf der Stelle wie ein Aufziehmännchen. Sie streckt ihren Arm aus und beugt sich hinab, bis ihre Hand Josefines Bein berührt.

„Finchen, Finchen", flüstert Schwester Therese.

Plötzlich ist es ruhig. Yakob schaut von seinem Wischzeug auf. „Kennen Sie sich?", fragt er. Dann schüttelt er den Kopf. Was für eine dumme Frage. Natürlich kennen sie sich, die Frauen leben seit zwanzig Jahren in diesem Haus.

„Kennt ihr euch von früher?" Josefine liegt ruhig in ihrem Bett. Sie hat sich auf die Seite gedreht und die Augen geschlossen.

Schwester Thereses Hand zupft an der Bettdecke, so als wolle sie sie zudecken. Yakob wringt den Lappen aus. Seine Hände trocknet er an seinem Shirt ab. Rührend, wie sich Schwester Therese kümmert. Was hatte sie geflüstert?

Yakob will es auch probieren. „Finchen? Finchen, geht es dir jetzt besser?"

Schwester Josefine öffnet die Augen. Sie blickt ihn an und auf einmal sieht sie nicht mehr verwirrt aus. Ihre Augen wirken klar. Sie sagt: „Salam."

Schwester Therese zupft ein letztes Mal an der Zudecke. Sie dreht sich zur Tür und tippelt aus dem Zimmer.

Es ist Ruhe eingekehrt. Yakob ist erleichtert. Es scheint etwas zu geben, was die Frauen verbindet. Dann wird es auch etwas geben, was Schwester Josefine beruhigen kann – außer Medikamenten.

Yakob bringt das Putzzeug in die Kammer. Als er über den Flur geht, kommt ihm Schwester Therese wieder entgegen. Sie läuft ihre Bahnen, als wäre nichts gewesen.

Langsam glaubt Yakob, dass er sich bei Schwester Josefines Ausruf „Kala, ’arjūka" nicht verhört hatte. Sie hat doch gerade *Salam* gesagt, oder etwa nicht?

Von München nach Nordafrika
1941

„Salam aleikum", übe ich und verbeuge mich leicht vor dem Spiegel im Waschraum.

„Was soll der Schmarrn?"

„Nein Berta, du musst antworten: Wa aleikum assalam."

„Bist spinnert?"

„Vati sagt, man solle immer die Sprache der Einheimischen können, wenn man in ein fremdes Land geht."

Berta kräuselt ihre Stirn und zieht eine Schnute. Sie braucht nichts zu sagen, ich sehe ihr an, dass sie meine Lernversuche für Unsinn hält. Berta war noch nie in einem fremden Land. Ihre Reise von der Alm in die Schwesternschaft nach München glich einer Weltreise. Berta hatte zuvor noch nie in einer Stadt gelebt. Sie ließ alle Mitschwestern wissen, dass sie von der Stadt nichts hält und keine Kranken pflegen will, sie will ihre Schafe auf die Weide bringen. Sie will keine Verbände anlegen, sondern der Kuh beim Kalben helfen. Sie will keine Bettpfannen ausspülen, sondern Kräuter für ihren Käse sammeln. Sie ist nur hier, weil ihr Vater das so wollte – wie bei mir, wie bei so vielen jungen Frauen. Auch wenn sie es nicht wahrhaben will, Berta ist eine gute Krankenschwester. Sie ist fürsorglich.

Stattliches nordisches Weib nannte der Oberarzt Berta und schaute zu ihr hoch. Berta sah auf ihn hinab und sagte: „I kimm aus Garmisch. I bin ned nordisch." Von da an wusste ich, dass wir Freundinnen werden. Ich stellte mich auf Zehenspitzen und tippte auf ihre Schultern. „Ick komme aus Berlin", sagte ich.

„Ja mei", antwortete sie. Wir wurden Zimmergenossinnen, Kameradinnen und nun sind wir Vertraute. Ich bin froh, wenigstens Berta in meiner Nähe zu haben. Wir gehen gemeinsam nach Afrika.

Viele der Soldaten des Afrikakorps sind freiwillig dabei und es gab noch mehr Willige, aber sie wurden aussortiert, weil sie nicht tropentauglich waren. Die Männer dieser Einheit fühlen sich als Elite und benehmen sich auch so – eitel und stolz.

In Potsdam stellt man die Versorgung zusammen: Ersatzteile für Autos, Essen, Verbandsmaterialien und Medikamente gegen Schlangenbisse.

Hier in München gibt ein Chefarzt den jungen Ärzten und Sanitätern die letzten Einweisungen für den Einsatz. Wir dürfen auch im Hörsaal sein, aber nur ganz hinten stehend und ohne Wortmeldungen. Das fällt mir schwer. Der Chefarzt referiert über Tropenmedizin. Ich hebe den Arm. Berta drückt ihn mir nach unten. Ich hole Luft. Berta gibt mir einen Klaps. „Pssst. Du sagst nichts!"

Ich beiße mir auf die Zunge, obwohl doch nur Zentralafrika tropisch ist. Die italienischen Kolonien könnte man als winterfeuchte Tropen bezeichnen.

Berta raunt mir zu: „i-Tüpferl-Reiter."

„Was?"

„i-Tüpferl-Reiter oder sagen das die feinen Leute in Berlin nicht?"

Ich muss kichern, dann ergänze ich: „Korinthenkacker."

Berta nickt: „Ja, das bist du und nun pass auf, was wir bei Schlangenbissen machen sollen."

Ich bin aufmerksam und zugleich seltsam fasziniert von den Tieren. Unscheinbar gleiten sie durch den Sand, töten leise mit nur einem Biss und ohne ihre Beute zu zerfetzen. Der Vortrag geht lang. Mein Rücken schmerzt von der Steherei. Die Männer dürfen sitzen. Wir sind seit zwölf Stunden auf den Beinen.

Plötzlich kommt Bewegung in den Saal. Man könne sich jetzt die neuen Uniformen mit Tropenhelm abholen und solle sie mit Stolz tragen, allerdings nicht in der Freizeit. Ich lehne mich an die Wand und versuche, meinen verspannten Rücken zu lockern.

„Das sind nicht die Tropen", maule ich.

Wir Schwestern bekommen auch eine neue Tracht.

„Gott sei Dank, die Haube ist kein steifes Ding. Schau mal, Fine. Es ist eher ein Kopftuch."

Berta reicht mir das Häubchen. Der Stoff ist weich. Die Stickerei mit rotem Garn sieht beinahe hübsch aus. Ich muss gestehen, dass ich es kaum erwarten kann, den Rock anzuziehen. Er hat Knöpfe an der Seite von ganz oben bis ganz unten. Ob man sie alle öffnen kann? Das wäre sehr gewagt. Statt einer Schürze gibt es eine sandfarbene Bluse mit Taschen und einem Gürtel. Damit ließe sich sogar eine Taille schnüren. Was ist mit uns passiert, dass wir uns über eine Uniform für Frauen freuen? Mutter hatte noch Kleider, die glitzerten, die Fransen am Saum hatten und Federbüschel an den Ärmeln. Kriegsmode ist eintönig und Gleichmacherei.

Mit dem Zug fahren wir nach Italien. Die Bahn quält sich die Berge hoch und kriecht durch dunkle Täler. Sobald wir den Brennerpass überwunden haben, strahlt die Frühlingssonne. Wir fahren durch Bozen und ich drängle mich ans Fenster. Ob Mutter und Vati hier in der Nähe sind? Ich suche Männer und Frauen, die meinen Eltern ähneln, die Händchen halten oder sich gar einen Kuss geben. Obwohl Mutter sagt, dass Küsse nicht in die Öffentlichkeit gehören, genoss sie Vaters Zärtlichkeiten.

Unsere Reise führt uns nach Süditalien. In Brindisi besteigen wir ein Lazarettschiff. Ich bin erleichtert, als ich das rote Kreuz auf weißem Grund am Schornstein sehe. Schon vor Jahren hatten Staatsoberhäupter vereinbart, dass Krankentransporte und Lazarettschiffe nicht angegriffen werden dürfen. Was für ein Irrsinn! Wie wäre es, wenn Staatsmänner gleich den Krieg ganz abschaffen würden?

Wir hocken auf dem Schiff und wiegen uns in Sicherheit. Ein Fremder schleppt eine große Kiste über die schmalen Gänge an Deck. Seinen Kopf hat er mit einem Tuch umhüllt und er trägt ein langes Gewand. Wenn er sich bewegt, weht seine Kleidung. Ich beneide ihn. Meine Unterkleider, die Uniform und die engen Strümpfe kleben auf meiner Haut. Ich gehe beiseite. Er grüßt mich.

„Wa aleikum assalam", antworte ich.

„Was gibst du dich mit dem ab?" Die Soldaten lachen mich aus. Sie werden übermütig. Wenn ich nicht wüsste, dass Krieg ist, könnte man meinen, es sei eine Vergnügungsfahrt über das Mittelmeer. Die Sonne strahlt. Das Wasser glitzert. Männer necken die Schwestern und die geben kecke Antworten. Es ist warm. Berta drückt sich im Schatten herum. Wie will sie nur das Wüstenklima überstehen?

Den oberen Knopf meiner Bluse habe ich geöffnet, obwohl es gegen die Vorschriften ist. Die kleine Kuhle zwischen meinem Schlüsselbein sei aufreizend, sagen die alten Schwestern. Jugulum nennen es die Anatomen, diese Stelle, die angeblich Männer erhitzt. Hätte die Lehrschwester das nicht gesagt, würde ich mir darüber keine Gedanken machen. Nun denke ich über das Jugulum nach: Tränen könnten sich darin sammeln, Lippen könnten sie kosen und Wein oder Honig daraus schlecken. Habe ich schon einen Sonnenstich? Ich kremple mir die Ärmel hoch. Die Männer sind im Vorteil – wieder einmal –, sie haben ihre Hemden und Schuhe ausgezogen. Ich kann zusehen, wie sich ihre blasse Haut rot färbt. Sie werden Schmerzen haben, wenn sie sich wieder ankleiden müssen, wenn sie ihre Rucksäcke und Waffen tragen.

Ich stehe an der Reling. Der Fahrtwind zupft Haarsträhnen aus meinem Zopf und pustet durch die Knopflöcher meiner Uniform. Ich genieße die kühlen Augenblicke. Der Fremde steht ebenfalls an der Reling, ob er mich beobachtet? Ich wende mich ab und schließe den obersten Knopf meiner Bluse. Ich will ja niemanden mit meinem Jugulum reizen.

„Muselmann, bring Wasser." Der Soldat deutet auf seinen leeren Becher. Der Fremde reagiert nicht. Wieso sollte er? Er ist kein Steward. Die Männer machen unflätige Bemerkungen über ihn, über seine Kleidung, seine Sprache. Ich schäme mich für sie. Diese Schifffahrt wird der letzte ruhige Moment sein, bevor ich Wunden verbinde, Gelenke einrenke und Entzündungen lindere.

Ich verdränge die Zukunft und träume mir eine andere Gegenwart herbei. Josefine Strahnewitz geht auf Entdeckungsfahrt. Sie trägt ein Sommerkleid und hat einen Strohhut auf. Musiker spielen zum Tanz auf. Jemand reicht ihr ein kühles Getränk. Sie trinkt, genießt und schaut über den Horizont. Herr Strahnewitz stellt sich neben sie und sagt: „Da liegen die griechischen Inseln und dort ist Ägypten." Er beginnt ein Gespräch mit dem Fremden. Herr Strahnewitz ist es wichtig, dass seine Tochter viele Fremdsprachen kennt, um mit Einheimischen zu sprechen, ihre Literatur zu lesen und ihre Geschichte zu verstehen.

Ich schließe die Augen und schüttle den Kopf. Meine Spinnerei macht mich nervös. Ich gehe nicht auf Entdeckungsfahrt. Ich vergeude mein Leben, um den Lagerbestand der italienischen Verbündeten zu kontrollieren, Mullbinden abzuzählen und Lösungen in bauchige Flaschen zu füllen.

Unternehmen Sonnenblume heißt die Truppenverschiffung von Italien nach Tripolis. Der Führer hatte sie im Februar 1941 ausgerufen, um seinem Verbündeten Mussolini zu helfen. Sonnenblume? Was für ein Hohn. Wo die Deutschen hinkommen, wird nichts gedeihen, wachsen und blühen. Rotterdam ist zerstört, Frankreich besetzt, selbst die nordischen Länder sind unter deutscher Herrschaft. Dabei liebt der Führer die Nordmenschen. Das Nordische sei arisch, edel und erstrebenswert. Der Süden ist nicht erstrebenswert, aber notwendig, um Wege im Mittelmeerraum zu sichern und den Feldzug bis nach Indien auszudehnen. Wir werden jämmerlich in der Sonne und unter dem Beschuss der Alliierten verglühen. Möge Feldmarschall Rommel in seiner Uniform schmelzen!

Immer wieder muss ich an Resi denken. Der Zug hat sie bis nach Russland gebracht. Die Soldaten erzählen Schauergeschichten über erfrorene Gliedmaßen. „Man kann die Zehen wie Himbeeren vom Fuß pflücken", sagen sie. „Nachts nagen die Ratten an frisch versorgten Wunden oder sie knabbern dir im Schlaf ein Ohr ab."

Ich sorge mich und schicke Resi meine Wünsche und Gebete über die Wellen: „Bitte halte durch! Herrgott, schenke uns ein Wiedersehen!" Was auch immer mich an der Afrikafront erwartet, ich werde helfen. Ich werde jedem helfen, der Hilfe braucht. Basta!

„Bourj Al-Shiba'a."

Ich zucke zusammen. Der Fremde steht zwei Meter neben mir.

„Wie bitte? Prego?"

Der Fremde streckt seinen Arm aus. Ich folge der Linie, die sein Zeigefinger in die Luft zeichnet.

„Al-Mina", sagt er.

Wir unterhalten uns auf Italienisch wie Kleinkinder, die nur einfache Sätze können. Trotzdem verstehe ich ihn. Das Land, das sich am Horizont zeigt, ist Tripolitanien oder vielmehr die italienische Kolonie Libia italiana. Al-Mina ist der Hafen von Tripolis. Bisher kannte ich nur die Ostseeküste mit ihren Kreidefelsen, hellen Dünen und trotzigen Kiefern. Hier dominiert ein Braunton – Ufer, Felsen, Häuser, Boote. Alles ist braun. Nur ab und zu leuchtet etwas Grün von einer Palme auf. Eine Landzunge leckt weit in das Meer hinein. Je näher wir kommen, umso klarer werden die Umrisse. Aus der braunen Kulisse zeichnet sich eine Festung ab. Ein wuchtiger Turm erhebt sich wie ein Wächter.

„Bourj Al-Shiba'a", sagt der Fremde. Er wiederholt seine Worte auf Italienisch. Testa del Leone und ich verstehe: Löwenkopf. Die Einheimischen nennen den Turm Löwenkopf.

Unser Einmarsch in Libia italiana soll die Menschen beeindrucken, obwohl wir überhaupt nicht beeindruckend sind. Die Panzer kriechen von den Kriegsschiffen und rollen zum Palast des Generalgouverneurs. Dreimal lenken die Fahrer ihre Kampfwagen um den Gebäudekomplex, um dreimal mehr Truppenstärke zu demonstrieren. Ich warte mit den Schwestern an den Krankentransportern. Unternehmen Sonnenblume ist ein Ringelreihen aus Panzern um einen orientalischen Palast.

Die meisten von uns Schwestern bleiben im Krankenhaus von Tripolis. Es gibt dort siebenhundert Betten und nun werden sich dort dreiundzwanzig Schwestern um die Patienten kümmern. Momentan werden nur Patienten mit Kreislaufkollaps oder Atembeschwerden behandelt. Das fremde Klima drückt uns auf den Brustkorb. Offenbar sind Berta, ich, vier weitere Schwestern und eine Oberin für den Einsatz in Darna vorgesehen. Ich weiß nicht, wo Darna liegt. Wie lange werden wir unterwegs sein?

Die Nacht verbringen wir in Tripolis. Es ist fast dunkel, als wir zu unserer Nachtstätte aufbrechen. Langsam fahren wir durch die Stadt. Die Nacht schluckt Uniformen und Militärautos, verschleiert das Kriegsgeschehen. Ich sehe flackernde Lichter an der Festung und Palmen, die sich wie zottige Tiere hin und her bewegen. Unser Konvoi schleicht durch die Gassen, aber kein Bewohner ist zu sehen. Ich strecke mich, um in ein Fenster schauen zu können. Doch Tücher verhindern die Sicht. Manchmal sehe ich eine Silhouette. Vielleicht ist es eine Mutter, die ihren Säugling in den Schlaf wiegt, oder ein Großvater, dem die Unruhe durch die Glieder fährt.

In einer Lagerhalle verbringen wir die Nacht. Die Überfahrt steckt mir in den Knochen. Ich schaukle von einem Schlafmoment in den nächsten und von einer Frage in die andere. Ist es weit nach Darna? Ist es dort wie in einer Oase? Wie geht es Resi? Wie wird es sein, einen Sterbenden zu begleiten? Was machen Vati und Mutter? Wie bekomme ich den Sand aus meiner Kleidung? Wenn ich nur so furchtlos und schön wie Scheherezade wäre, dann … Ach, ich muss nicht schön sein, Hauptsache ich bin furchtlos.

Ich bin erleichtert, als mich die aufgehende Sonne von meiner Dunkelheit befreit. Ich bin erleichtert, als die Fahrt weitergeht.

Unsere Karawane besteht aus sieben Lastwagen mit ihren Fahrern, Materialien, Proviant, Sanitätern und uns Frauen.

„Einsteigen!", brüllt einer.

Berta steht unschlüssig da. Ich packe sie am Arm und ziehe sie mit mir.

„Was soll der Schmarrn!", schimpft Berta.

Ich eile zu einem bestimmten Wagen, öffne die Tür und schiebe Berta hinein.

„Hetz mich nicht!"

Doch, denke ich und schließe die Tür.

Berta beugt sich zu mir und flüstert: „Wieso ausgerechnet dieses Auto? Die anderen wären besser gewesen."

Ich zwinkere Berta zu. „Wer würde sich besser um deine Kühe kümmern, ein Städter oder der Bergbauer?"

Berta zieht ihre Nase kraus. Ihre Lippen heben sich und bevor sie fragt, deute ich mit dem Kopf zum Fahrer. Jetzt versteht sie und grinst. Der Fremde ist unser Fahrer.

Ich hatte schon Sorge, dass wir auf die Ladefläche müssen, weil für den Soldaten, der uns begleitet, kein Platz frei ist. Doch er setzt sich wie selbstverständlich auf den Kotflügel. Die Waffe hängt über seiner Schulter.

„Himmelherrgott", stöhnt Berta.

Auch auf den anderen Wagen sitzt jeweils ein Soldat wie eine Galionsfigur auf dem Radkasten.

Ich frage den Fremden: „Pericoloso? Gefährlich?"

Er bewegt den Kopf. Es ist ein Nicken und Schütteln zugleich. Ich versuche es noch einmal und deute mit dem Finger nach oben: „Pericolo?"

„No. La."

„Hä?", fragt Berta.

Der Fremde deutet nach draußen. „Strada!"

Ich erkenne keine Straße. Es sieht aus wie der Strand am Wannsee. Überall ist Sand, feiner, rieselnder Sand.

Ich beruhige Berta: „Die Soldaten beobachten die Straße."

„Welche Straße? Hier ist doch nur Sand."

„Eben."

„Wieso tragen die Soldaten Waffen, wenn sie nur nach dem Weg schauen?"

Ich wiege den Kopf, wie es der Fremde tat. Dann geht die Fahrt los.

Langsam begreife ich, dass es nach Darna schrecklich weit ist. Stundenlang, tagelang sitzen wir im Auto und dörren vor uns hin. Auch wenn der Sandweg als Küstenstraße bezeichnet wird, wir sehen keine Küste. Schade. Wir übernachten zweimal in Städten. Ich sehe nur Besatzer: Italiener und Deutsche. Nach über drei Tagen sind wir endlich am Ziel. Darna. Von hier aus ist es nicht mehr weit nach Ägypten.

„Keine vier Stunden", sagt der Soldat.

„Woher weißt du das?", fragt ihn Berta.

Der Soldat zwinkert und deutet einen Kuss an. „Da ist ein Bordell."

Berta zuckt nur mit den Schultern und meint: „Ja mei, wenn du gamsert bist."

Wir nehmen unsere Taschen und der Sanitätsleiter führt uns durch das Lager. Ich versuche mich zu orientieren. Die Sonne versinkt hinter einer Düne und taucht alles in oranges Licht. Es ist keine Oase aus Tausendundeiner Nacht. Der Platz erinnert mich eher an ein Zeltlager. Der Sanitätsleiter erklärt und zeigt abwechselnd auf Zelte, die einander ähneln: Krankenzelt, Offizierszelt, Verwaltungszelt, Soldatenzelte, Materialzelt, Versorgungszelt. Wir passieren zwei Hütten aus Lehm. Sie sehen aus wie Container mit einem kleinen Loch als Fenster und einer Holztür.

„Die waren schon hier. Haben die Wilden gebaut", sagt er. „Da stellen wir unseren Proviant, Süßwasser und Konservendosen hinein, denn innen ist es erstaunlich kühl. Hier lagert ihr das medizinische Material. Es ist nicht so sandig wie in einem Zelt."

„Wie gut, dass die Wilden die Lehmhütten gebaut haben. Wie gut, dass sie kühl sind", kommentiere ich. Er schaut mich irritiert an, zeigt dann aber auf Palmen, Büsche und einen Brunnen.

„Wir haben nur wenig Süßwasser. Das dürft ihr nicht verschwenden. Die Fahrer bringen Salzwasser in Kanistern vom Meer, das kocht ihr ab und könnt damit unsere Wäsche waschen."

Ich verdrehe die Augen, Berta grunzt und selbst die Oberin sagt: „Dafür sind wir nicht da."

Unter den Palmen steht ein Gatter. Ich stupse Berta an. Sie hat die Tiere längst entdeckt und strahlt.

„Um die Kamele und Ziegen kümmern sich die da." Der Sanitätsleiter deutet auf die Einheimischen in den langen Gewändern. Immerhin hat er nicht Wilde gesagt.

Inzwischen ist es dämmrig. Petroleumleuchten werden entzündet und vor dem Versorgungszelt prasselt ein Feuer.

„Bitteschön! Das Schwesternzelt. Richten Sie sich ein. Morgen beginnt der Dienst. Frau Oberin, Sie schlafen in dem kleinen Zelt."

Berta schiebt die Plane beiseite und geht geduckt hinein. Wir folgen ihr. Warme Luft schlägt uns entgegen. Pritschen und Kisten stehen dicht an dicht und ich frage mich, wie wir hier leben sollen.

Wir sind müde von der langen Fahrt und ich lasse mich auf die nächste Liege fallen. Sie ist so schmal, dass ich mir vorher überlegen muss, wie ich am liebsten schlafen möchte. Denn sobald ich mich auf ihr drehe, drückt sich der Metallrahmen in meinen Körper. Schlaf ist das Kostbarste, das wir haben. Und ich will ihn auf keinen Fall durch eine unbequeme Schlafposition verlieren.

„Sei froh, dass du so klein und dünn bist", sagt Berta.

„Ach Berta."

„Weißt du, was ich vermisse? Mein Federbett ... Milch, Butter, Käse, Kräuter, Quellwasser ..."

„Schluss jetzt!", unterbreche ich sie. Jeder hat Heimweh. Bertas Gerede von den Leckereien macht es nicht besser.

„Gute Nacht", sage ich.

„Behüt di Gott", antwortet Berta. Ihre kräftige Stimme bringt die Zeltplane zum Schwingen. Auch unsere Mitschwestern legen sich hin, als hätte Berta gerufen: „Ab in die Falle!"

Ab in die Falle sagte Mutter immer. Dann habe ich mich auf die Matratze gestellt und ließ mich fallen. Mutter schimpfte, aber eher zum Spaß. Dann nahm sie meine Hand und betete: „Guten Abend, gute Nacht, von Engelein bewacht."

Bitte, bitte, bitte. Ich möchte von Engeln bewacht und von Gott behütet werden.

Es quietscht und knarzt, als sich Berta eine Schlafposition sucht. Wenn sie sich ausstreckt, ragen ihre Füße über die Liege. Wenn sie auf der Seite liegt, drückt das Gestell gegen ihren Busen.

„Schlaf gut", flüstere ich Berta zu.

„Himmelherrgott." Ihre Stimme klingt dumpf und wallt über den Boden. Die große, starke Berta, die den Widrigkeiten auf einem Berg trotzt, hat Angst – und ich auch.

Ich finde keinen Schlaf. Wie eine Mumie liege ich auf der Pritsche, bin starr vor Kälte. Ob mir Resi glaubt, dass ich in Afrika gefroren habe? Ich versuche, meine Zehen zu krallen und wieder zu öffnen, um den Blutfluss anzuregen. Doch mich friert es noch immer und ich wünsche mir die Hitze herbei, die wir tagsüber hatten. „Mach dir warme Gedanken", hatte Mutter gesagt, wenn mir kalt war. Das hatte damals schon nicht geklappt. „Mach dir warme Gedanken", sagte sie auch, wenn ich traurig war. Dann zählten wir auf, was alles wärmt: die Sonne, das Federbett, die heiße Suppe, der Kachelofen, die Umarmung … und Liebe. Mutter strich mir über den Kopf oder nahm mich in den Arm. Zuneigung ist wie ein weiches Federbett und schöne Erinnerungen wärmen. Ich schließe die Augen und träume mich in meine Heimat und in das Elternhaus, zu Mutter und Vati, zu Gerda und Fritze, zu Kakao und Keksen.

„Herrschaftszeiten. Das ziehe ich nicht an", dröhnt es an meinem Ohr.

Nein, ich will nicht aufwachen. Ich will in meiner Welt bleiben.

„Die Strümpfe lasse ich weg." Berta schimpft. Sie hasst die Strümpfe und Strumpfhalter. Auf ihrer Alm ging sie barfuß, in München trug sie Holzpantinen.

Ich rekle mich auf meinem Feldbett.

„Steht das feine Fräulein auch mal auf?", muffelt Berta.

„Du redest wie Gerda."

„Wer ist denn Gerda? Deine Dienerin?"

„Nein." Ich versuche abzulenken und sage: „Wenn du keine Strümpfe trägst, scheuerst du dir die Füße wund."

„Ich hasse die Strümpfe und die Schuhe."

„Und Soldaten, Befehle, Gehorsam", ergänze ich.

Berta lächelt. Sie schlüpft in den Strumpf, zieht ihn aber nicht hoch, sondern wickelt den restlichen Stoff um ihren Knöchel.

„Das wird der Oberin nicht gefallen", überlege ich.

„Weil es unordentlich ist?"

„Nein, weil deine Fesseln aufreizend sein könnten." Wir lachen. Berta zieht ihren Rock bis zu den Knien hoch und tänzelt hin und her. Ich glaube, sie war noch nie auf einem Tanzabend. Hat sie überhaupt ein schönes Kleid? Gäbe es einen Mann, der es mit ihren Kühen aufnehmen könnte?

Berta streicht ihr Kleid glatt und richtet ihre Haube. Dann scheucht sie mich auf, als wäre ich eins ihrer Viecher. „Schick dich an! Dienstbeginn."

Sie zwängt sich durch die Zeltöffnung und stapft zum Lazarettzelt. Ich schlüpfe in meine Kleidung und eile hinterher. Das Sonnenlicht blendet. Ich kneife die Augen zusammen und warte. Vorsichtig öffne ich die Lider. Die Strahlen flitzen durch meine Wimpern und bohren sich in mein Auge. Ich müsste meine Haube verkehrt herum aufsetzen. Dann wäre sie ein Sonnenschutz. Überhaupt ist dieses Ding auf meinem Kopf unsinnig. Es erfüllt keinen Zweck, außer dass es ein Signal ist, dass ich eine Krankenschwester bin.

Langsam gewöhne ich mich an das Licht und schaue mich um: Lastwagen, Transportkisten, Zelte, zwei Lehmhütten, ein freier Platz. Das ist meine Bleibe für die nächsten Monate? Ich drehe mich im Kreis. Wo ist die Oase? Da! Da drüben. Bäume, Büsche, Gräser. Das Lebensgrün inmitten der Wüste tröstet mich. Die Dattelpalmen ragen in die Höhe und selbst aus der Entfernung erkenne ich ihre Früchte. Sie hängen eng und schwer und erinnern mich an reife Holunderbeeren. Ein Mann in einem Gewand ähnlich dem des

Fremden verschwindet zwischen den strauchhohen Feigenbäumen. Er gehört hierher. Alles ist im Einklang: seine Bewegungen, seine dunkle Hautfarbe und seine Kleidung. Er ist hier richtig. Wir sind falsch. Die Deutschen haben inzwischen rote Nasen. Die ragen wie ein Vogelschnabel des Austernfischers hervor. Austernfischer in der Wüste. Das ist absurd. Die italienischen Soldaten scheinen die Hitze besser zu vertragen, aber sie marschieren auch nicht im Stechschritt durch das Lager.

„Schwester Josefine! Dienstbeginn! Sofort!"

Die Oberin ruft und ich gehorche, aber in meinem Tempo oder eher im Wüstentempo. Ich schleiche von Schatten zu Schatten, drücke mich an Zeltwänden entlang bis zum Lazarett.

„Generalleutnant Rommel hat Anweisungen gegeben. Der deutsche Afrikatruppenverband wird mit unseren italienischen Verbündeten gestärkt. Das Lager wird bestückt. Sie räumen alles vorschriftsmäßig ein. Die sensiblen Materialien kommen in die Lehmhütte neben dem Lazarettzelt. Im Ernstfall muss jeder Handgriff sitzen. Verstanden?"

Alle Schwestern nicken. Ich habe noch keinen Handgriff getan und bin schon verschwitzt. Unsere hellbraunen Hauben saugen den Schweiß auf und hinterlassen dunkle Ränder. Wir öffnen Holzkisten und sortieren Verbandszeug, Scheren, Alkohol und Medikamente. Manche Kisten tragen eine Palme mit Hakenkreuz. Dafür haben die Flitzpiepen in Berlin Zeit? Überall klatschen sie das hässliche Kreuz drauf. Das Motto des Afrikafeldzuges lautet: „Ritterlich im Kriege, wachsam für den Frieden". Wie können sie nur Krieg und Frieden in einem Satz gleichstellen?

„Das ist Schmarrn", schimpft Berta.

„Was ist Schmarrn?"

„Wir räumen und putzen. Gleich wird alles wieder sandig sein. Guck doch nur, wie fein der Sand ist, wie Grieß. Stell dir nur mal vor, wie der an blutigen Wunden kleben wird."

Ich will es mir nicht vorstellen.

Die Zeit vergeht ereignislos. Wir hören von Kämpfen mit den Alliierten im Grenzland zu Ägypten. Ab und zu berichtet man uns von den Aufständen der Einheimischen. Sie wollen die Gelegenheit nutzen, um ihre Kolonialherren loszuwerden. Ich kann sie verstehen, am liebsten würde ich ihnen helfen.

Manchmal ziehen sie durch unsere Oase. Der Fremde vom Schiff spricht mit ihnen, steckt ihnen etwas zu und bietet ihnen einen Schlafplatz an.

„Sind das Berber?", fragt mich Berta.

„Ja, aber sie selbst nennen sich nicht Berber."

„Wie sonst?"

Ich zucke mit den Schultern. Ich habe das Wort vergessen.

Obwohl es kaum Verletzte gibt, haben wir trotzdem viel zu tun. Alle haben das Klima unterschätzt. Deutschland hat falsch geplant. Wir haben Unmengen an Medikamenten gegen Schlangenbisse, doch die Tiere sind so scheu, dass keiner von uns gebissen wurde. Wir haben aber nichts, um Wunden zu reinigen und Utensilien zu desinfizieren. Wir haben nicht einmal ausreichend Wasser. Mühsam kochen wir Salzwasser, um die Kranken zu waschen oder Geschirr zu spülen.

„In meinem Stall hat es nie so gestunken wie hier", Berta ist verärgert. Sie leert einen Nachttopf nach dem nächsten. „Wie kann man nur das Dosenfutter fressen? Tiere sind vernünftiger. Sie meiden, was ihnen nicht guttut."

Berta hat recht. Die Männer ernähren sich von dem Proviant. Das sind Konserven mit dicken Bohnen und Speck, Linsen oder Sauerkraut. Das Zeug gärt in der Hitze, bis sich die Dosen ausbeulen. Die Männer löffeln es trotzdem und ächzen dann unter Durchfall. Sie sind dehydriert und bekommen Nierensteine, dann können sie nur noch unter Schmerzen pinkeln.

Uns Schwestern geht es gut. Berta hatte sich von Anfang an geweigert, aus der Dose zu essen. Ich hätte es sogar getan, wenn ich es aufkochen könnte. Wir haben zwar Kocher, aber keinen Brennstoff.

Berta sagt immer, wir müssen von der Natur lernen. Sie gibt uns, was uns guttut.

Wachsam gehe ich durch unser Lager, streife zwischen den Pflanzen und beobachte die Fremden an ihren Feuerstellen. Berta hält ihre Nase in den Wind wie ein Tier, als könne sie gutes Essen wittern.

„Was riechst du?"

„Zwiebeln und Kümmel. Die Wilden garen ihre Speisen langsam in Tongefäßen."

„Das sind keine Wilden. Es sind Einheimische."

„Ja mei."

Ich bedaure es, dass es nur einheimische Männer gibt. Als Frauen hätten wir uns verbünden und voneinander lernen können. Die Fremden wenden sich ab, sobald sie uns sehen. Es nützt nichts, wir können nur beobachten und versuchen, es ihnen gleichzutun. Berta ist geschickt. Sie geht durch die Oase, pflückt ein Kraut, zerreibt es zwischen ihren Fingern, riecht und spürt die Konsistenz.

„Wenn es giftig wäre, würde es nicht in einer Oase wachsen", sagt sie und sammelt Knollen und Früchte ein. Wir kochen sie heimlich, weil die Oberin uns schimpfte, dass es sich für eine ehrbare Frau nicht geziemt, wie Wilde zu essen. Doch nach der ersten Kolik bat die Oberin uns, auch für sie und die Schwestern zu kochen. Es ist nicht viel. Wir werden nicht satt, aber wir sind gesund. Sehnsüchtig streife ich um die Dattelpalmen und wenn ich eine dunkle, glänzende Frucht sehe, stecke ich sie mir gleich in den Mund. Ich lutsche sie wie ein Bonbon.

Die Tage vergehen ohne besondere Vorkommnisse. Wir kühlen erhitzte Körper mit feuchten Tüchern, schmieren Salben auf Sonnenbrände und putzen Erbrochenes auf.

Ich bin immer froh, wenn es Abend wird. Es frischt auf. Ich pelle mich aus meiner Kleidung und versuche mir den Schweiß, Sand und Geruch von der Haut zu waschen. Ganz sparsam bin ich mit dem Wasser. Ich beuge mich über die Schüssel und wasche mir das Gesicht.

Wasser rinnt zurück und ich wasche mir den Oberkörper. Wieder und wieder, bis ich das Gefühl habe, rein zu sein.

„Sei froh, dass du so klein bist. Dir reicht deine Wasserration." Berta motzt. Sie hebt ihre vollen Brüste und wäscht gründlich ihren Oberkörper.

„Kannst du mir den Rücken abrubbeln?"

Ich wringe den Lappen aus und bearbeite Bertha. Auf Zehenspitzen muss ich mich stellen, um an ihren Nacken zu kommen.

Sie seufzt: „Das tut gut."

„Und jetzt du!" Ich reiche ihr den Lappen. Sie bearbeitet mich, als wäre ich ein schmutziges Kalb.

Die Herbstlust und ihre Regeln

„Tut das gut?" Yakob rubbelt mit dem Waschlappen über Josefines Rücken. Manche der Damen mögen es, wenn er reibt, bis die Haut rot wird.

„Ist da noch Sand?"

„Wie bitte?" Yakob beugt sich zu Josefine.

„Bin ich sandig?"

„Nein, nein. Sie sind doch gerade aufgestanden. Ich helfe Ihnen beim Anziehen und dann gibt es Frühstück."

„Ich möchte nur wenig Ful."

„Schwester Josefine, ich glaube, Sie träumen noch. Es gibt frische Semmeln mit Erdbeermarmelade."

„Und nur wenig Laban."

Yakob weiß, dass es vergebens ist, mit den Bewohnerinnen zu diskutieren, wenn sie verwirrt sind. Wieso will sie Bohnenbrei und Sauermilchjoghurt? Wie kommt sie nur darauf?

Früher machte Yakobs Mutter oft Laban und Ful zum Frühstück. Bis sein Vater sagte, sie sollten nicht nur deutsch sprechen, sondern auch deutsch essen. Dabei lagen die hellen Brötchen ihnen wie Steine im Magen. Manchmal holt sich Yakob an einer Dönerbude Hummus oder Ful, aber es schmeckt nie so gut wie Mutters Variante. Plötzlich hat Yakob Appetit auf die nordafrikanische Küche. Er kleidet Josefine an und denkt an Couscous. Er hilft Josefine in die Hausschuhe und denkt an Milchpudding mit gemahlenen Nüssen. Er setzt Josefine in den Lehnstuhl und denkt an starken Mokka.

„Nein, nicht." Schwester Josefine stemmt sich gegen die Tischplatte, die Yakob am Lehnstuhl befestigt.

„Sie brauchen die Tischplatte. Ich stelle Ihnen das Frühstück darauf."

„Nein, nicht."

„Doch, Schwester Josefine, das muss sein."

„Kala, 'arjūka!"

„Was?"

Schwester Josefine sackt in dem Lehnstuhl zusammen. Sie ist auf einmal so klein, dass sie unter der Tischplatte durchrutschen könnte. Josefine zittert.

„Alles gut, Josefine. Fine." Yakob legt die Holzplatte zur Seite, kniet sich vor den Stuhl und hält ihre Hand. Sie fühlt sich feucht an. Ihre Finger lösen sich aus seiner Hand, wandern unruhig über ihren Schoß, krallen sich in die Rockfalten, lösen sich und nesteln am Saum ihres Oberteils.

„Es ist alles gut." Yakob fühlt ihren Puls am Hals, der galoppiert durch ihre Adern und mit ihm die Erinnerungen.

Yakob versucht es erneut: „Hal anta bikhayrin." Er greift ihre Hand. „Alles gut, Fine."

Sie lässt sich berühren und Yakob spürt, wie die kleine Hand weich wird, die Finger sich entspannen.

Er ist schon viel zu lange bei Josefine. Die anderen Damen warten, wollen ihr Frühstück, wollen, dass die Routine läuft. Trotz Weisung der Heimleiterin wird er Josefine nicht im Stuhl fixieren. Er schiebt den Lehnstuhl ganz nah zum Tisch, damit sie nicht allein aufsteht. Er muss sie irgendwie ablenken, aber wie? Er schaut sich im Zimmer um. Vielleicht hat sie ein Buch oder ein Foto, das er ihr in die Hand drücken könnte.

„Hey Yakob, was trödelst du so?" Laura stellt das Tablett mit Frühstück auf den Tisch.

„Sollte sie nicht fixiert sein?" Laura zuckt nur mit den Schultern. „Ich hoffe, du weißt, was du tust."

Nein, weiß er nicht. Hektisch sucht er nach einem Gegenstand, der irgendwie beruhigend sein könnte. Er öffnet den Kleiderschrank. Braun, beige, grau. Alte-Leute-Sachen. Stopp. Dort ist das bunte Tuch mit dem schönen Muster.

Yakob nimmt das Tuch und schlingt es um die Rückenlehne und Josefine. Er macht einen Knoten und reicht der Dame die Enden. Sie greift hinein und führt das Tuch an ihre Wangen. Josefine schnuppert am Stoff und schließt die Augen. Nun hat er sie doch fixiert. Er hat eine alte Frau an einen Stuhl gebunden. Seltsamerweise schmiegt sie sich in den Stoff. Vielleicht ist es mehr eine Umarmung statt einer Fesselung. Er hofft es.

Der Tag verläuft hektisch. Yakob hat nicht einmal Zeit, um aufs Klo zu gehen. Heute sehnt er den Feierabend herbei. Er will sich den Tag abstrampeln. Rauf aufs Rad! Rauf auf den Berg! Während der Dienstübergabe ist er in Gedanken schon auf einem Hochplateau.

Laura fragt, ob er sie nachher in den Biergarten begleitet. Yakob lehnt ab, er will nicht plaudern. Er will seine Gedanken sortieren. Er versteht die Unruhe nicht, die ihn erfasst hat, seit er bei Josefine war. Wieso spricht sie Arabisch? Wieso will sie Bohnenmus? Dieser Wunsch erinnert ihn an die Amazigh. Die alte Dame bringt etwas in Yakob zum Schwingen, von dem er dachte, es sei verschwunden. Seine Eltern haben sich die größte Mühe gegeben, ihm die Berberwurzeln zu stutzen. Sie sind stolz, dass er akzentfrei Deutsch spricht und dass er sich Yakob nennt. Das klingt einheimisch und nicht fremd wie Yasser.

Yakob radelt so rhythmisch wie eine Maschine. Er schraubt sich den Berg hoch, doch gleichzeitig rast die Sehnsucht tief in seine Erinnerungen. Als würde sich die Zeit zurückspulen, als könnte er fühlen, was sein Vater fühlte, als er die Berge in Libyen verließ, seine Muttersprache verschwieg und sein Gewand ablegte, als Mutter ihren Schmuck in einer Plastikdose verstaute und ihre Tattoos auf den Unterarmen mit langen Pullovern bedeckte.

Es treibt Yakob immer weiter, dabei müsste er zurückfahren, wenn er noch schlafen möchte. Die Sonne ist längst hinter den Bergen verschwunden. Der Himmel färbt sich dunkel. Yakob greift in die Taschen an seinem Radelshirt und holt Stirnlampe und Rücklicht hervor. Er steckt das Licht an den Fahrradrahmen und schimpft: „Ich bin ja so vernünftig, ich bin ja so deutsch. Ich fahre nicht einmal ohne Licht am Fahrrad."

Für den Heimweg nimmt er die Bundesstraße. Tankstellen sind beleuchtet. Eine Kneipe hat noch geöffnet. Eine Leuchtreklame blinkt: Ali Babas Bar. Yakob stoppt, schultert sein Rad und geht zum Eingang. Ali Babas Bar ist ein ehemaliger Baucontainer. Man hat ihn zur Dönerbude umgebaut.

„Haben nix", sagt der Koch.

„Gar nichts?"

„Nur Ful."

„Das ist großartig. Nehme ich."

Der Koch holt eine Schüssel aus der Kühlung und schaufelt den Brei auf einen Teller.

„Rezept von meiner Mutter."

„Bist du Ali Baba?"

„Für die Einheimischen bin ich Alibarrrrbarrrr … für dich bin ich Tarek."

„Salam Tarek. Ich heiße Ya… Yasser."

Die Männer trinken starken Tee, starren in die blinkenden Lichter des Reklameschilds, schweigen viel und reden wenig.

Als Yakob die Herbstlust erreicht, verdrängt das Morgenlicht die Dunkelheit. In einer Stunde beginnt sein Dienst. Er hat noch Zeit zum Duschen. Er riecht nicht nur nach Schweiß, sondern auch nach Bohnen, Knoblauch und Öl. Tarek hatte ihm Ful in kleine Tüten abgefüllt, gut verschlossen und in die Taschen von Yakobs Radelshirt gesteckt. Später kann es Josefine zum Frühstück essen. Obwohl er keinen Schlaf hatte, fühlt er sich erholt. Er ist neugierig, wie Josefine auf die Speise reagiert, und er ist neugierig auf den Tag.

Ein Alarm wurde ausgelöst, als jemand versucht hatte, durch den Notausgang zu gehen. Die Herbstlust pfeift, als wolle sie vom Kai ablegen und auf große Fahrt gehen. Die Heimleiterin rennt mit ihrem Generalschlüssel durch das Haus und sichert die Tür. Es ist ein großes Haus, es sind lange Flure, es dauert.

Die rüstigen Bewohnerinnen kennen diesen Ton und halten sich die Ohren zu. Die Schwerhörigen dösen im Sessel. Die verwirrten Damen sind aufgewühlt. Yakob und die anderen versuchen sie zu beruhigen. Schwester Therese läuft hektisch den Gang entlang. Nick hält sie fest, doch das steigert ihre Unruhe. Selbst als die Sirene schweigt, klingt der Ton auf der Station nach.

Schwester Therese tippelt auf der Stelle. Sie windet sich unter Nicks Griff.

„Alles gut. Nun bleiben Sie doch stehen!", ruft er.

Doch sie starrt nur geradeaus. Yakob geht auf die beiden zu. Als er vor Therese steht, sagt er: „Fehlstart. Alle zurück auf ihre Position."

Schwester Therese stoppt, überlegt und macht eine halbe Drehung.

„Auf die Plätze, fertig, los!" Yakob klatscht in die Hände. Therese bewegt sich, als hätte es den Alarm nicht gegeben.

„Was war das denn?", fragt Nick.

Yakob zuckt mit den Schultern: „Nur ein Fehlstart."

„Alte-Frauen-Versteher", grunzt Nick, „Jüngere kriegst du wohl nicht ab, hä?"

Es war klar, dass Nick stichelt. Das macht er immer, wenn anderen etwas besser gelingt als ihm. Yakob geht in das nächste Zimmer und lässt Nick unbeachtet auf dem Gang stehen. Man darf solchen Menschen keine Aufmerksamkeit schenken, denkt Yakob. Sie sind wie ein ungezogenes Haustier. Würde man ihre Unverschämtheit beachten, fühlten sie sich noch darin bestärkt.

Zehnmal hat Yakob erklärt, dass es nur ein falscher Alarm war und alles in Ordnung ist. Nur mühsam ließ sich eine der Damen überzeugen, dass sie nicht in den Luftschutzkeller muss. Yakob hilft ihr aus dem Mantel, legt die Wäsche, die sie in eine Tüte gestopft hatte, zusammen und sortiert sie in den Schrank.

„Nein, das war kein Angriff. Es ist Frieden. Der Krieg ist schon lange vorbei."

Was nützt es, dass der Krieg schon lange vorbei ist, wenn er noch in den Gedanken der Rotkreuzschwestern tobt. Solange sie gesund und geistig fit waren, hatten sie die Kraft, alles Ungute zu verdrängen oder zu verbergen. Manche Frauen haben einen Weg gefunden, mit ihren Erinnerungen umzugehen. Sie gehen wandern, schreiben Briefe oder erzählen zukünftigen Pflegeschülern von ihren Erlebnissen. Andere wurden durch die Kriegszeit hart wie Stein. Sie haben sich die Härte selbst auferlegt und fordern sie auch von ihren Mitmenschen ein. Disziplin ist deren Lieblingswort.

Yakob kommt nicht umhin, an seine Eltern zu denken. Sie haben sich auch auferlegt, nicht mehr von ihrer Vertreibung aus dem libyschen Bergland zu sprechen, von der Diskriminierung der Regierung, von der Schmach, ein Amazigh zu sein. Heilen Wunden, nur weil man sie in Ruhe lässt? Nein! In seiner Ausbildung hat Yakob gelernt, dass man Wunden säubern muss, Salben aufträgt und den Verband erneuert. Wieder und wieder, bis sie heil sind. Eine Wunde braucht Fürsorge. Man darf sie nicht mit Verachtung strafen.

Offenbar kann der Mensch Wunden nicht ignorieren. Spätestens wenn man sich bewegt, wird Schmerz spürbar. Mit stöhnenden Körpern und humpelnden Seelen lebt es sich schwer.

Wie wird Josefine den Alarm verkraftet haben? Sie sitzt im Speisesaal – schon oder noch? Man hat sie in den Rollstuhl gesetzt und mit einem Bauchgurt angeschnallt. Den Gurt kann man nur mit einem Magneten lösen. Sie ist gefesselt, auch wenn der Gurt weich ist. Das Tuch liegt über ihren Beinen. Josefine hat ihre Hände zwischen den Falten versteckt.

„Ist es vorbei?", fragt sie.

„Ja, es war nur ein Fehlalarm."

„Gott sei Dank, Gott sei Dank", flüstert sie.

„Haben Sie Hunger? Wie wäre es mit Hummus und Ful?"

„Das wäre wundervoll. Shukran, Harun."

„Wie bitte?"

„Shukran."

„Ja, gerne, aber was haben Sie noch gesagt?" Yakob meint, einen Männernamen gehört zu haben. Was oder wer war das? Aaron? Josefine antwortet nicht. Sie sieht ihn nur an, hält seinem Blick stand. Sie räuspert sich und fragt: „Wann kommt mein Essen?"

„Gleich. Sofort." Yakob eilt in die Teeküche, öffnet den Kühlschrank und quetscht Bohnen- und Erbsenmus aus den kleinen Tüten. Mit frischer Petersilie würde es noch besser schmecken, aber er hat keine und er hat auch keine Zeit, den Koch nach welcher zu fragen. Er muss dringend sein Arabisch auffrischen. Das kann doch kein Zufall sein, dass Josefine Worte spricht, die nach arabischen Lauten klingen. Welchen Namen hatte sie genannt? Yakob klopft sich an die Stirn, als könnte der Name aus seinem Ohr kullern. War es Hasan?

In der Nähe von Tobruk 1942

„Danke Hasan … shukran laka."

„Harun, ich heiße Harun."

Ich fühle den Blick der Soldaten in meinem Rücken. Sie missbilligen es, dass ich mit dem Fremden spreche, einem Araber, einem Muselmann, einem Wilden. Er hat mir eine Schüssel mit Feigen gegeben. Er muss mich gesehen haben, wie ich den Feigenstrauch absuchte und gegen die grünen Früchte drückte. Ich weiß nicht, wann sie reif sind und wie man sie schält. Doch es gibt nicht viel zu wissen; sobald sich die Frucht weich anfühlt, kann man sie essen. Ich hätte nie gedacht, dass Wüstenoasen Naschwerk bieten.

Nun ist mir der Fremde nicht mehr fremd. Er hat einen Namen. Harun. Er spricht etwas Italienisch, aber noch besser Englisch und ist Automechaniker. Wie wird ein Wüstenmann zum Automechaniker? Wieso arbeitet er für die Deutschen? Womit setzen sie ihn unter Druck? Ich habe so viele Fragen, doch ich spüre, dass ich sie ihm nicht stellen darf. Es wäre zu persönlich. Harun ist freundlich, aber auch distanziert. Er bewegt sich würdevoll, als hätte er eine innere Freiheit. Vielleicht ist es diese Freiheit, die sein Volk im Namen trägt – Amazigh nennen sie sich. Die Freien.

Ich möchte auch eine Amazigh, eine Freie sein, und mich nicht vom deutschen Volksgehorsam leiten lassen. Volksgehorsam? Das ist auch wieder so ein erfundenes Wort von den Dösköppen da oben. Eigentlich meint es Folgegehorsam. Wer nicht folgt, der fliegt aus dem Volk oder, wie man hinter vorgehaltener Hand sagt, wird vernichtet. Vater wollte nicht folgen und Mutter trotzte auf ihre eigene elegante Weise. Ich hoffe, es geht ihnen gut. Es wird immer schwieriger, Briefe zu verschicken. Sie brauchen Wochen. Wenn mich ein Brief von Mutter erreicht, weiß ich nicht mehr, was ich ihr geschrieben habe. Der Gesprächsfaden ist gerissen und hängt irgendwo zwischen den Alpen und Nordafrika. Ich verliere mich in der libyschen Wüste. Ich verliere das Gefühl für Zeit, den Sinn für die Wahrheit und Feingefühl. Ich habe Angst, dass ich mich selbst verliere. Die Tage werden von der Routine in gleich große Stücke gehackt. Die kostbare Zeit wird verschwendet, um Maschinen für die Eroberung einer Wüstenstadt zu warten und medizinische Bestecke in desinfizierende Lösung zu tauchen. Zeit wird nicht mehr gelebt, sondern nur hinter sich gebracht. Ohne meine Berta wäre alles noch unerträglicher und ohne die kurzen Begegnungen mit Harun würde ich mich langweilen.

Berta und ich stöhnen über das Wetter, die Hitze und den immer gleichen Wind. Nur Harun schwärmt vom Wüstenwind, weil er mal sanft oder rau, mal erfrischend oder bedrohlich ist. Ich spüre keinen Unterschied. Ich fühle nur gleiche Hitze und einen Wind, der nicht kühlt und Sand in meine Kleidung weht. Ich habe Sand in meinen Haaren, hinter meinen Ohren und zwischen meinen Fingern. Wenn wir Erbsenmus essen, knirscht es bei jedem Bissen.

Der Sand ist unser größter Feind, und nicht die Alliierten. Er ist so fein, dass er durch jede Maschine fließt und die Lücken der Zahnräder auffüllt. Mit unseren medizinischen Geräten ist es nicht viel anders. Die Glasspritzen haben Kratzer, die Scheren knarzen und die kleine Metallpumpe klemmt.

„Harun, kannst du mir helfen?"

Ich zeige ihm das medizinische Gerät.

„Was ist das?

„Ein Filtergerät für Wasser. Der Hebel klemmt und der Gummi ist verrutscht."

Harun staunt, hält das Gerät, das nicht größer ist als ein Rucksack. Ich beuge mich über seinen Werkzeugkasten. Er sieht ordentlich aus. Alles ist sortiert und scheint seinen festen Platz zu haben.

„Das sieht ja wie in einem Operationssaal aus."

Harun lacht und meint, dass seine Patienten Maschinen sind. Ich bin neugierig. Auf dem Werkzeugkasten ist ein Schriftzug eingraviert. Er hat an Profil verloren, doch ich kann ihn entziffern. Ich buchstabiere: „Ma-se-ra-ti. Das ist eine Automarke."

„Ja, aber die Silberpfeile waren erfolgreicher."

„Du kennst dich mit Mercedes aus? Wir hatten einen, Fritze fuhr mich damit zur Schule."

„Mit einem Rennwagen?" Harun richtet sich auf.

„Nein, nein, mit einem 770er. Fritze sagte immer: Willste fahrn wie der Kaiser von Japan, schaffe dir 770 an."

Harun blickt mich verständnislos an. Was wird er von mir denken, dass ich die verwöhnte Tochter eines reichen Pinkels bin? Ich versuche abzulenken.

„Kannst du mir mit dem verklemmten Hebel helfen?"

Harun reicht mir ein Stück Gummi und sein Messer. Ich verstehe nicht.

„Nimm es! Damit kannst du den Gummi zerschneiden und einen neuen als Dichtung zwischen Hebel und Gehäuse setzen."

„Nicht nötig, ich habe eine Schere."

„Und die funktioniert?"

Ich hole meine Schere aus der großen Rocktasche, rutsche mit Zeigefinger und Daumen in die Aussparung und will zeigen, wie gut sie funktioniert. Das Metall quietscht. Die Schere ist schwergängig. Ich werde damit keinen Gummi zerschneiden können. Ich stecke sie wieder ein und greife Haruns Messer. Es ist mehr ein Dolch als ein Messer. Die Spitze ist leicht geschwungen und in den Metallgriff wurden Ornamente geprägt.

„Mein Vater hatte auch so einen Dolch."

Harun schaut mich wieder fragend an. Hastig schüttle ich den Kopf.

„Nein, der war nicht echt. Es war ein Filmrequisit." Harun wackelt mit dem Kopf und verabschiedet sich. Hat er den Kopf geschüttelt, weil ich so einen Quark erzähle? Ich muss aufhören, so viel auszuplaudern. Aber ich kann nichts dafür, ständig muss ich an meine Heimat und meine Familie denken. Selbst wenn ich einen Dolch sehe, denke ich an Vati. Es war eine Requisite für den Film „Durch die Wüste". Ich liebe die Geschichte von Karl May und freute mich sehr auf die Schauspieler. Vater hatte sich darüber lustig gemacht, weil der Hauptdarsteller des Hadschi Halef Omar sächselte. Es ist schwer, eine orientalische Illusion aufzubauen, wenn Hadschi wie ein Bauer aus dem Vogtland redet.

Damals fand ich die Wüste geheimnisvoll und zauberhaft. Jetzt ist sie bedrohlich und grausam. Wahrscheinlich liegt das eher an den Menschen als an der Wüste selbst.

„Träumt das feine Fräulein schon wieder?" Berta steht vor mir. „Mit Träumern gewinnt der Führer keinen Krieg."

„Ich will nicht gewinnen."

„Pst! Dich darf keiner hören." Berta hält ihren Zeigefinger vor meinen Mund und mahnt mich wie ein kleines Kind.

„Was willst du denn damit? Ein Kamel schlachten?"

Ich halte Haruns Dolch in der Hand. Langsam bewege ich die Klinge. Sonnenlicht spiegelt sich darin.

„Die Filtermaschine für das Wasser reparieren … und Verbände zuschneiden."

Die Oberin hat die Order erteilt, sparsam mit Verbandsmaterial umzugehen. Wir haben einheitliche Muster bekommen, um Tupfer, Zellstoff, Wattekissen und Binden zuzuschneiden. Das solle vom weiblichen Personal übernommen werden, hatte der Kommandant ausgerufen. Als wenn das kein Mann könne. Benutzte Verbände sollen wir in eine desinfizierende Lösung legen, auskochen und wiederverwenden. Wir sind nicht mehr als Waschweiber und rühren in heißen Kochtöpfen faserige Stoffe.

Eine solche Order kann nur eins bedeuten: Die Lage spitzt sich zu. Es läuft nicht gut für die Deutschen. Die Euphorie nach Rommels Sieg ist längst verdunstet. Die Deutschen hatten Tobruk an Libyens Küste erobert. Das brachte Rommel eine Beförderung ein. Papa

Rommel nennen sie ihn und die Propaganda posaunt, dass Tobruk ein zweites Stalingrad sei. Was ist denn mit dem ersten Stalingrad? Wie mag es Resi gehen?

„Die Schwestern kommen mit!", brüllt der Stabsarzt.

„Niemals", sagt unsere Oberin. Sie hat die Arme in die Hüfte gestemmt. So redet sie auch mit uns, aber mit einem männlichen Vorgesetzten? Berta deutet an, dass wir uns besser zurückziehen. Ich will nicht! Ich will wissen, was jetzt passiert.

„Der deutsche Mann braucht die tröstende Hand einer Frau, um schneller zu genesen", versucht es der Arzt versöhnlicher.

„Nicht meine Mädels! Es ist zu gefährlich. Bringt die Männer her. Wir kümmern uns hier."

Dann hält sie ihre Hand vor den Mund, als würde sie ein Geheimnis weiterreichen wie bei dem Kinderspiel Stille Post. Ich konzentriere mich auf ihre Stimme.

„Sie wissen, dass die Schwestern viel zu jung sind. Sie dürften nicht hier sein. Ihnen steht Heimaturlaub zu. Aber sie können nicht nach Europa, weil die Fahrt zu gefährlich ist. So war das nicht vereinbart."

Der Arzt nickt. Wirkt nachdenklich. Geht. Wendet sich und brüllt wie zuvor: „Die Schwestern richten alles her. Wenn es so weit ist, werden wir die transportfähigen Verletzten bringen."

Die Oberin wirkt zufrieden. Dann dreht sie sich um und ich eile zu Berta, bevor sie mich schimpft, weil ich nicht arbeite.

Wir haben viele Kranke im Lager, doch bis jetzt keine mit schweren Kriegsverletzungen. Die meisten leiden unter der Hitze, Wassermangel und Durchfall. Wir stellen ihre Betten dicht an dicht. Dann bugsieren wir drei Männer auf zwei Pritschen. Wir brauchen jeden Platz. Wir sind vorbereitet, doch es kommen nur wenige Männer. Sie haben Splitterverletzungen oder Amputationen. Trotz unserer Fürsorge infizieren sich die Wunden. Gewebe stirbt ab und die Gangrän frisst sich durch das Fleisch, färbt Gliedmaßen schwarz. Es ist furchtbar. Die

Männer sind traumatisiert. Sie suchen Trost, doch wir können sie nicht trösten. Was sollen wir denn sagen? „Das wird schon wieder. Halte durch. Reiß dich zusammen."

Berta macht seltsame Geräusche. Mal ist es ein tiefes Brummen, mal ein Schnalzen mit der Zunge.

„Was machst du denn da?", frage ich sie.

„Ich beruhige sie."

„Sie sind doch keine Kühe."

„Nein, aber es hilft."

Es hilft tatsächlich. Es ist ein warmer Laut, der tröstet, der das Herz berührt ohne Worthülse.

Harun fährt die meisten Krankentransporte. Wenn ich ihn sehe, eile ich zum Wagen und plane meine Schritte, dass wir einander begegnen. Seine Augen haben die Freundlichkeit verloren. Er sagt nichts, er rührt sich nicht.

„Salam aleikum, Harun."

„Es gibt keinen Frieden. Nirgends." Er öffnet die Motorhaube und versinkt zwischen Keilriemen und Kurbelwelle.

Ich stehe neben dem Transporter. Drei Verwundete werden schon ins Zelt gebracht. Ein Sanitäter kommt mir entgegen. Ich bin erstaunt.

„Wir hatten mit mehr Verletzten gerechnet. Wo sind sie?"

„Einige sind unterwegs gestorben. Wir haben sie in der Wüste begraben."

„Im Sand?"

„Ja, aber wir haben noch Steine daraufgelegt."

„Aber wo sind all die Soldaten, die in Tobruk im Einsatz waren?"

„In Gefangenschaft."

„Aber wieso, sie hätten doch mit dem Schiff fliehen können?"

Der Sanitäter beißt sich auf die Lippen. Ich sehe, wie sich sein Unterkiefer hin und her schiebt wie bei einem Kamel, das kaut.

„Wieso?", frage ich erneut.

„Der Führer hat den Rücktransport verboten."

„Was? Und der Generalleutnant?"

Der Sanitäter dreht seinen Kopf und spuckt in den Sand. Er räuspert sich, als würde er erneut Speichel in seinem Mund sammeln. Diesmal rotzt er Worte in die Luft: „Rommel ist auf dem Weg nach Deutschland. Die Ratte verlässt das sinkende Schiff oder der Wüstenfuchs das brennende Land."

Erschrocken schaue ich ihn an. „Was sollen wir machen?"

Der Sanitäter zuckt nur mit den Schultern. Dann sagt er: „Pflegen. Gesund pflegen. Es wird jeder Mann benötigt."

Entsetzt drehe ich mich um. Diese Männer können nichts. Sie liegen auf ihren Feldbetten und welken. Wer keine Wunde hat, leidet unter Nierensteinen. Sie verstopfen die Harnleiter und wenn sie pinkeln müssen, können sie es nicht. Sie brüllen sich den Schmerz aus wunden Kehlen, während sich in ihrem Becken Kieselsteine sammeln.

Wir rennen von Bett zu Bett. Erneuern Verbände, wenn wir Binden haben. Wechseln verschwitzte Hemden, wenn wir Hemden haben. Reinigen Laken, die vom Durchfall durchtränkt sind, auch wenn wir keine Laken haben.

„Wenn wir doch wenigstens Heu und Stroh hätten", jammert Berta. „Selbst mein Stall war sauberer als dieses Lazarettzelt."

Es ist Wahnsinn. Wir haben kaum Wasser und die Männer entleeren das bisschen, was sie zu sich genommen haben. Obwohl das Wasser knapp ist, versuche ich mich gründlich zu reinigen. Berta und ich, wir passen aufeinander auf. Arbeiten gründlich und routiniert. Die Amöbenruhr jagt uns Respekt ein. Die Männer, die befallen sind, bilden Abszesse. Manche sind so groß, als trügen sie einen Kohlkopf unter dem Arm.

„Nicht nachdenken, einfach machen", sagt Berta zu mir. Ich nicke und wir machen weiter. Tagein, tagaus.

Man raunt, die englischen und französischen Truppen rücken immer näher. Wir haben kein Radio. Wir wissen weder, wie die Lage in

Libyen noch in der Heimat ist. Es heißt, die Amazigh verbünden sich mit den Alliierten und rächen sich an ihren Kolonialherren für jahrzehntelange Unterdrückung. Hört es denn nie auf? Unterdrückung und Ausbeutung? Welcher Gott kümmert sich um die Amazigh? Welcher Gott kümmert sich um uns? Wer antwortet auf die Gebete eines sterbenden Soldaten und wer auf die Rufe einer verzweifelten Muslimin? Alle rufen sie Gott an. Ist da draußen überhaupt jemand? Ich wünschte, ich hätte Bertas Gottvertrauen. Sie betet sogar für die Kamele im Gatter.

„Wer ist denn für die Tiere zuständig?", frage ich. Berta versorgt nicht nur die Männer im Lazarett, sondern auch die Tiere im Gehege. Die Amazigh, die dafür zuständig waren, sind geflohen, als es hieß, die Briten sind nicht mehr weit weg. Harun sehe ich ab und zu. Er huscht wie ein Schatten umher, zwischen Autos, Lazarettzelt und Lehmhütte. Ich würde gern mit ihm sprechen, doch er weicht mir aus.

„Der heilige Leonhard", sagt Berta.

„Was?" Ich bin mit meinen Gedanken ganz woanders.

„Der kümmert sich um Kamele?"

Berta wiegt den Kopf. Sie ist unsicher. „Eigentlich kümmert er sich um Kühe, Pferde und Ochsen. Wahrscheinlich hat er nie ein Kamel gesehen, aber wenn er eins sehen würde, hätte er sich um sie gekümmert."

„Ach Berta." Ich muss lachen. Die gute Berta ist lieber beim Viehzeug als bei den Männern. Berta streckt sich und krault das Kamel am Hals. Sie wirkt nachdenklich. „Was passiert mit uns, wenn die Briten kommen?" Diese Frage windet sich seit Tagen durch meine Gedanken. Ich suche Antworten und finde keine. Wir sind Krankenschwestern. Wir helfen! Das ist kein Verbrechen.

Die Herbstlust und friedvolle Momente

„Wir helfen. Wir sind schließlich Krankenschwestern", sagt Schwester Milda und drückt Laura zur Seite. Sie schiebt den Rollstuhl ihrer Mitschwester über den Flur. Zack, zack, zack. Immer wieder muss Yakob über das Tempo der alten Damen staunen. Die pensionierte Rotkreuzschwester karrt eine gehbehinderte Bewohnerin nach der anderen in die Kapelle. Es ist Sonntag. Es ist Gottesdienst. Es ist stressiger als an einem Wochentag. Fast jede der Damen möchte den Gottesdienst feiern, egal ob sie an Gott glauben.

In der Kapelle treffen sich alle bis auf die Bettlägerigen. Die aktiven und rüstigen, die beeinträchtigten und die verwirrten Schwestern sind eine Stunde lang nicht unterteilt in Stationen und Pflegegrad. Sie verbringen den Gottesdienst losgelöst vom Alltag mit Singen, Beten und Plaudern. Gemeinsam hören sie dem Priester zu.

Auch die dementen Damen spüren, dass Feierlichkeit in der Luft liegt. Die alten Rituale geben ihnen ein Gefühl von Heimat – das Geläut, die Liturgie, der Abschiedssegen. Der Priester ist beliebt bei den Damen. Er hat eine warme, tiefe Stimme, spricht deutlich und in kurzen Sätzen. Sie bleiben in der Seele hängen.

Die Damen schwärmen: „Der junge Hochwürden hat wunderbar gesprochen." Dabei ist der Priester nicht jung, sondern schon im Ruhestand. Aber für die neunzigjährigen Damen sind Menschen unter siebzig Jahren nun einmal jung. Die Messe in der Herbstlust hält der Priester ehrenamtlich. Yakob begleitet ihn, wenn er die Bettlägerigen besucht. Er hält Hände, spricht einen Segen und zeichnet ein Kreuz auf die Stirn der Damen.

„Der Herr segne dich und behüte dich; der Herr lasse sein Angesicht leuchten über dir und sei dir gnädig. Der Herr hebe sein Angesicht über dich und gebe dir Frieden."

Yakob ertappt sich dabei, dass er die Worte leise mitspricht. Frieden wie das Salam, das sein Vater sprach, als er ein kleiner Junge war, und dabei die Hand auf seinen Kopf legte. Gnade wie Rahma, das Vater flüsterte, als sei es ein geheimnisvolles Wort. Vergessen sind die Worte aus der Zeit, als seine Eltern Amazigh waren, und Yakob bleibt nur das, was er auf alten Fotos sieht.

Seine Mutter zeigte ihm Bilder ihrer Kindheit: ein kleines Mädchen auf dem Schoß eines Orientalen, ein Mann mit Bart und einem Tuch um seinen Kopf. Es muss ein langes Tuch sein, denn es fällt in vielen Falten um sein Haupt. Es ist ein Schwarz-Weiß-Foto, aber Yakob weiß, dass das Tuch blau ist. Der Mann ist sein Opa, den er nie kennengelernt hat, und er hat den Himmel um seinen Kopf geschlungen. Wenn er sich die Stimme seines Vaters aus Kindertagen in Erinnerung ruft, vermischt sie sich mit den Worten des Priesters. Salam und Rahma. Frieden und Gnade.

„Amen", sagt die alte Bewohnerin. Ihre Stimme ist nur ein Hauch. Je langsamer der Priester den Segen spricht, umso eher flüstern ihn die Damen mit.

„Der Herr ... lasse ... sein Angesicht ... über dir ... leuchten."

Was für seltsame, alte Worte. Was bedeutet: Gott lasse sein Angesicht leuchten? Er ist ja nicht der Mann im Mond, der ein Licht anknipst.

„Hier steckst du!" Olga winkt ihn zu sich. „Hilf mir mal beim Lagern der dicken Dietlinde."

Yakob gibt sich empört: „Wie nennst du Schwester Dietlinde?"

„Ach, ist doch wahr. Ich bin fix und fertig. Manchmal habe ich das Gefühl, sie macht mit Absicht in die Hose, nur um mich zu ärgern."

„Oder ... um mehr Zeit mit dir zu verbringen."

Olga verzieht ihren Mund, doch nicht spöttisch, sondern eher erstaunt.

Schwester Josefine war auch im Gottesdienst. Schwester Therese schiebt sie und Schwester Berta lenkt Therese. Die Troika rollt in den

Wohnbereich. Yakob stoppt. Es macht ihn wütend, die agile Josefine im Rollstuhl zu sehen. Das ist doch keine Lösung, die Frau zu fixieren, nur weil man nicht weiß, was ihre Unruhe auslöst. Ja, der Bauchgurt dient ihrer Sicherheit, dennoch, er engt sie ein. Yakob muss sie mehr beobachten und endlich herausfinden, ob sie wirklich diesen arabischen Dialekt spricht, oder spielt ihm seine eigene Sehnsucht nach Nordafrika einen Streich? Ist es nicht so, dass man nur das hört, was man hören will?

Obwohl der Gottesdienstbesuch mehr Arbeit für das Pflegepersonal bedeutet, lohnt sich die Anstrengung. Die Damen sind gelöst. Sie verweilen noch auf den Gängen, bis sie der Duft des Mittagessens in die Speisesäle lockt. Für jedes Fitnesslevel gibt es einen eigenen Speisesaal. Die rüstigen Damen aus dem Oberdeck essen im Gartenzimmer. Dort gibt es Stofftischdecken und weiße Stoffservietten. Die Damen aus dem Mitteldeck, die mehr Unterstützung brauchen, speisen nebenan im Sonnensaal. Dort gib es abwischbare Plastikdecken und Lätzchen. Früher gab es nur einen Saal. Doch viele Damen störten sich daran, wenn zu viel gekleckert wurde oder Frauen ihre Zahnprothese neben den Suppenteller legten und nuschelten: „Dafür brauche ich keine Zähne."

Seltsam, dass es die robusten Damen stört, aber vielleicht ist es eher die Sorge, selbst einmal bei den Bedürftigen zu sitzen und Wasser aus einem Schnabelbecher trinken zu müssen.

Schwester Therese und Schwester Josefine sitzen schon im Sonnensaal. Schwester Berta hat sich zu ihnen an den Tisch gesellt. Jeden Tag setzt sie sich dahin, obwohl sie eigentlich woanders sitzen sollte.

„Kommen Sie, Schwester Berta." Laura greift in Bertas Armbeuge, doch die Frau rührt sich nicht. Selbst Oberschwester Olga könnte Berta nicht aus dem Stuhl helfen, so groß und breit, wie sie ist.

„Schwester Berta. Bitte!"

„Lass sie doch", sagt Yakob.

„Aber sie bringt die Sitzordnung durcheinander."

„Ich glaube, unsere Sitzordnung bringt sie durcheinander."

Berta hockt im Lehnstuhl wie hineingepfropft, als wären ihr Hinterteil und ihre Hüften eckig.

Mit geradem Rücken und aufrechtem Haupt sitzen die drei am kleinen Tisch, als wären sie nicht im Sonnensaal, sondern in einem Restaurant. Yakob verteilt die Schalen mit der Suppe.

„Na, das wird ein Geschlabber geben", seufzt Laura und holt einen Lappen. Sonntags gibt es als Vorspeise immer eine Suppe.

Eine Dame fragt: „Was ist denn das? Sind das Raupen?"

„Nein, das sind Leberspätzle in der Brühe", ruft Laura durch den Saal.

„Ich mag keine Leberspätzle."

„Doch! Die lieben sie!"

„Ach so", staunt die Dame und greift nach dem Löffel.

Laura wünscht allen einen guten Appetit. Yakob reißt Tücher von der Küchenrolle, faltet sie zu einem Dreieck und reicht sie den Damen. Als er am Dreiertisch ist, bemerkt er, dass Schwester Therese nicht isst, auch Josefine und Berta warten.

Yakob stutzt: „Stimmt etwas nicht?"

Josefine schaut ihn an und sagt: „Wir haben noch nicht gebetet."

„Ja, dann beten Sie doch. Schwester Therese, bitte beten Sie."

Schwester Therese reagiert nicht. Josefine streckt ihren Arm aus und greift Schwester Thereses Hand. „Resi, magst du das Gebet sprechen?"

Schwester Berta faltet ihre Hände und Therese spricht: „Alle guten Gaben, alles, was wir haben, kommt, o Gott, von dir, wir danken dir dafür. Amen."

Ein vielfaches Echo hallt durch den Sonnensaal. Alle Damen haben Amen gesagt. Alle Damen beginnen zu essen, auch die, die sonst nicht wollen.

Laura steht mit offenem Mund da. Yakob stupst sie an und sagt: „Amen. Jetzt kennen wir das Codewort für die Speiseaufnahme."

Der Dienst verläuft ruhig. Laura und Yakob begleiten die Damen aus dem Speisesaal bis zu ihren Betten. Mittagsschlaf.

„Das ist wie in einem Hotel", sagt Schwester Therese und streckt sich auf ihrem Bett aus. Yakob zieht die Vorhänge zu und bevor er aus dem Zimmer ist, schnarcht sie schon. Dann hilft er Schwester Josefine, löst den Verschluss des Bauchgurts mit einem Magneten, nimmt das bunte Tuch von ihren Knien und breitet es über die Matratze. Josefine steht auf, rollt sich auf das Bett und wickelt sich in ihr großes Tuch.

Yakob überlegt. Was hatte Mutter früher vor dem Schlafengehen zu ihm gesagt?

„Laylatu sa'īdaun", flüstert Yakob und dann etwas lauter: „Laylatu sa'īdaun."

„Shukran", säuselt sie.

Gleichmäßig hebt und senkt sich der zierliche Körper. Sie schläft. Sie träumt.

Schichtwechsel. Dienstschluss. Yakob radelt zu seinen Eltern. Es sind nur dreißig Minuten und doch fährt er durch völlig andere Welten – vorbei an Villen mit riesigen Hecken, hohen Toren und blickdichten Zäunen. Die Prominenten aus Sport und Fernsehen wollen ihre Ruhe haben. Yakob sind sie egal. Er würde sie auch nicht erkennen, wenn sie mit ihrem Dackel vor ihm den Weg überqueren.

Nach den Nobelhäusern kommen die Straßen mit den Einfamilienhäusern. Man sieht Familien im Garten sitzen. Kinder spielen in den Auffahrten. Auch diese Welt fliegt an Yakob vorbei. Er radelt durch den Forst. Am Waldrand picknicken Großfamilien. Es sieht aus, als hätten sie ihr Wohnzimmer nach draußen verlegt. Das haben sie auch. Sobald die Sonne scheint, fliehen die Familien aus den engen Hochhauswohnungen. In den Grünanlagen dürfen sie nicht grillen. Also pilgern sie an die Wiesen am Waldrand.

Als Kind war er einer von ihnen. Er spielte mit seinen Freunden Fußball, während die Väter Lammspieße grillten, die Mütter türkischen Tee ausschenkten und junge Männer mit Shisha-Pfeifen im Gras lümmelten. Er mochte das Getümmel und wünschte, seine Eltern wären dabei.

„Wir sind keine Türken", sagte Vater.

Yakob protestierte: „Sie sind Deutsche wie wir."

„Dann sollten sie sich auch so benehmen", schimpfte Vater und füllte sich Filterkaffee in die Blümchentasse ein. Er trank es und verzog nach jedem Schluck das Gesicht. Yakob ist sich sicher, dass er den Kaffee noch immer hasst.

Heute wird es wieder diesen Filterkaffee geben, doch unbeirrt kocht Mutter Tee für ihren einzigen Sohn auf. In zärtlichen Momenten nennt sie ihn Yasser und flüstert ihm ins Ohr, wie stolz sie auf ihn ist. Yasser, der Kämpfer.

Yakob klingelt am Hochhaus. Der Türschnapper wird entriegelt. Er stemmt die Tür auf und schultert sein Rad. Der Aufzug ist defekt, wieder einmal. Er nimmt die Treppen.

„Wieso lässt du das Fahrrad nicht unten stehen?"

Yakob gibt seiner Mutter einen Kuss auf die Wange und stellt das Rad in den Flur. Vater liest am Küchentisch Zeitung. Es ist eine kostenlose Ausgabe der Anzeigeblätter, die sich im Hauseingang stapeln. Sein Vater liest sie so würdevoll und elegant, als sei es die Wochenendausgabe der Süddeutschen Zeitung mit Feuilleton. Eine Schüssel mit Keksen steht auf einem Spitzendeckchen.

„Setz dich, Junge", sagt sein Vater. „Möchtest du einen?" Er deutet auf die Schüssel.

Die Mutter beugt sich zu ihrem Sohn und flüstert: „Es ist Fekkas mit Mandeln und Anis."

Yakob greift zu. Die Fekkas knacken in seinem Mund. Wieso ist sein Vater so steif? War er schon immer so?

„Wie geht es dir? Ist die Arbeit sehr anstrengend? Bekommst du genug Schlaf? Soll ich deine Wäsche waschen?" Yakobs Mutter umrundet den Tisch, schenkt Kaffee nach und füllt Kekse auf.

„Gut. Geht so. Ja. Nein."

„Ach Junge, nun rede doch richtig." Neugierig schaut sie ihn an. Sie hat große braune Augen und lange Wimpern, wie bei einem Kamel, denkt Yakob. Er würde es ihr gern sagen, aber das wäre nicht schmeichelhaft, oder doch? Vielleicht gefiele es seiner Mama.

„Ich betreue eine Bewohnerin, sie spricht Worte, wie ihr sie früher gesprochen habt."

„Was? Nein! Wirklich?" Yakobs Mutter klatscht in die Hände. Sein Vater legt die Zeitung auf den Tisch und rümpft die Nase.

„Ja. Sie heißt Josefine und ist sechsundneunzig Jahre alt. Alle denken, sie ist verwirrt und spricht Kauderwelsch, aber es klingt nach …"

„Tedaga?", fragt Vater.

Yakob nickt.

„Das kann nicht sein. Du irrst dich!" Seine Finger spielen mit der Zeitung. Die Seiten bekommen Knicke und Falten.

„Manchmal sind es auch nur arabische Worte. Doch sie sagt es mit diesem Singsang. Ihr müsstet sie mal sehen."

„Quatsch! Wo sollte sie es denn gelernt haben?"

„Im Krieg."

„In welchem Krieg? Gegen Ägypten, Tschad, die Bürgerkriege gegen und mit Gaddafi, gegen den Islamischen Staat? Such dir einen aus!"

„Usem, bitte rege dich nicht auf." Yakobs Mutter legt ihrem Mann eine Hand auf die Schulter.

„Ja", sagt Yakob. „Was regst du dich denn auf? Du bist doch jetzt deutsch. Deutscher als deutsch."

Usem zerknüllt die Zeitung. Er walkt sie in seinen Händen, bis ein Ball entsteht.

„Was weißt du schon?" Mit Schwung wirft er den Zeitungsball, doch er eiert nur über den Tisch.

„Nichts weiß ich. Du sagst ja nichts. Tust immer nur so, als gäbe es keine libysche Vergangenheit, als wärt ihr keine Amazigh. Wofür schämst du dich denn?"

Usem atmet schwer. Die Empörung gräbt ihm Falten in Stirn und Wangen. Die Zeit steht still. Warum eigentlich? Was hat Yakob losgetreten? Er nimmt sich einen Keks und lehnt sich zurück.

„Die Fekkas sind lecker."

„Kekse", ächzt Usem und lässt sich auf seinen Stuhl fallen.

Yakob schiebt die Schüssel mit der Leckerei zu seinem Vater. Langsam und deutlich sagt er: „Möchtest ... du ... auch ... einen ... Fekkas?"

„Ich bin keine alte Dame aus deiner Herbstlust", sagt Usem und schiebt sich den Fekkas in den Mund.

„Lathīthin?"

„Ja, lecker", nuschelt Usem. Krümel kullern über seine Falten am Mund. Er lächelt.

„Dahlia, schenk mir auch eine Tasse Tee ein."

Es scheint, als wenn Yakobs Mutter zur Teekanne schwebt, so erleichtert wirkt sie. Dahlia nimmt keine geblümte Tasse, sondern die kleinen Gläser aus dem Schrank, stellt sie ihren Männern auf den Tisch und lässt den Tee von weit oben hineinfließen. Immer höher hebt sie die Kanne. Der Tee schlägt Blasen und je länger der Strahl ist, umso lauter plätschert er in die Gläser.

„Sie ist eine Rotkreuzschwester", sagt Yakob.

Dahlia überlegt: „Dann war sie wahrscheinlich an der Front in Afrika."

„Oder", unterbricht Usem, „sie hat einen Arabischsprachkurs an der VHS gemacht."

Yakob verdreht die Augen und auch Dahlia schüttelt den Kopf.

„Mama, darf ich dein Fotoalbum sehen?"

Und wieder tänzelt Dahlia umher. Sie holt das Buch und lächelt, als sie den Ledereinband öffnet. Sie erzählt und erzählt. Sie blüht auf wie eine Dahlie, und Usem versucht, sein Lächeln hinter dem Teeglas zu verstecken.

Im Wüstenlager 1943

„Das sieht aus, als strullert eine Kuh in den Becher."

„Berta! Das ist Minztee!"

Ich halte die Kanne so hoch, wie es die Einheimischen gemacht haben. Trotzdem schlägt der Tee keine Bläschen. Unsere dienstfreien Momente verbringen wir unter den Dattelpalmen. Wir sind müde von der Arbeit, doch die Angst und Ungewissheit lassen uns nicht schlafen. Sind Tobruk und Tripolis schon von den Alliierten eingenommen? Unser Lager wird sich kampflos ergeben. Hier kann auch keiner mehr kämpfen. Wer nicht im Kampf verwundet wurde, leidet an Diphtherie. Drei unserer Mitschwestern haben sich angesteckt. Sie bekommen keine Luft, können nicht schlucken. Alles in ihrem Rachen ist geschwollen. Die Hitze gibt ihnen den Rest. Ich hoffe, dass alle überleben. Berta und ich zeigen keine Symptome. Wir achten gewissenhaft auf Hygiene, obwohl hier alles schlicht und provisorisch ist. Wir waschen uns mit Salzwasser. Wenn ich ein Feuer anzünden darf, kochen wir es auf und ich rühre etwas aus dem Dosenessen hinzu. Es schmeckt scheußlich.

Meine große starke Berta wird immer dünner. Sie ist keine Walküre mehr, dennoch ist sie kräftiger als die Männer. Sie gibt sich rau, als wäre ihre Seele ein Stoppelfeld – spitz und hart. Doch ich weiß, wie empfindsam sie ist. Die Umstände bedrücken sie und Heimweh zerrt an ihrer Seele. Ihr Innenleben gleicht eher einem Mohnblumenfeld. Ein Windstoß genügt, um ihre Blütenblätter abzuzupfen.

Ohne Radio bekommen wir nicht mit, was um uns herum passiert. Wissenslücken füllen wir mit unseren Ängsten und Träumen auf. Ein Oberst sagte, dass Nachschub unterwegs ist: Männer, Proviant und Technik. Ich weiß gar nicht, ob ich mir wünschen soll, dass der Nachschub ankommt. Wozu den Niedergang hinauszögern?

Zwei Laster rollen an. Die Aufregung im Lager ist groß. Harun fährt den vorderen Wagen. Seit Wochen habe ich ihn nicht mehr gesprochen. Hastig läuft er über den Platz. Sein Tuch bindet er fest um seinen Kopf, als wolle er seine Gedanken zähmen. Ist er noch unser Verbündeter oder schon unser Feind? Er ist wie ein Schatten. Mal taucht er zwischen den Feigensträuchern auf, mal bei den Lehmhütten und mal bei den Lastwagen.

„Packt mit an!", brüllt uns ein Mann zu. Sie ziehen eine lange Kiste aus dem Auto.

Berta und ich stehen neugierig daneben.

„Nun macht schon!"

„Ich schlepp doch keine Kisten, reicht doch, dass ich Männer anheben muss, wenn sie sich entleert haben." Berta ist empört. Ich bin es auch. Wir stehen und gucken. Die Kiste ist entladen. Was wohl darin ist, vielleicht frische Wäsche und Seife, Proviant und Briefe aus der Heimat? Das Holz splittert unter den Brecheisen. Der Deckel knallt auf den Boden.

„Scheiße!", brüllt er wieder.

„Was ist denn?" Ich gucke in die Kiste. Das kann doch nicht wahr sein! „Berta, das errätst du nie, was in der Kiste ist. Kannst du Skifahren?"

„Klar! Jeder kann in den Bergen Skifahren. Wieso fragst du?"

Der Mann schimpft und flucht. Sein Kopf ist schon ganz rot. „Verdammt noch mal! Diese Lieferung war für Russland gedacht. Was haben die an der Ostfront bekommen, Schlangengift und Sonnenöl?"

Einhundert Skier liegen in der Kiste. Ob man mit ihnen die Düne hinuntergleiten kann? Auf jeden Fall können wir sie als Feuerholz nehmen.

„Schade", flüstert Berta. „Ich hätte gern so schöne Skier in meiner Heimat." Als sie Heimat sagt, ist ihre Stimme so zittrig, als wäre ein Sturm über ihre Blumenseele gefegt.

Ein paar Neulinge klettern von der Ladefläche. Ihre Haut ist blass und glatt. Das wird sich rasch ändern. Manche haben ihre Oberhemden ausgezogen.

Berta kommandiert: „Zieht euch wieder an oder wollt ihr euch verbrennen?"

„Wo kommt ihr her?" Ich bin neugierig. Vielleicht wissen sie etwas.

„Aus Italien."

„Und?", hake ich nach.

„Was geht es dich an?"

Der brüllende Soldat brüllt schon wieder. „Rede nicht so mit der Schwester! Bete, dass, wenn du verreckst, sie dir die Hand hält."

Als hätte der Donner eingeschlagen. Die Neuen ziehen ihre Hemden an und geben artig Auskunft. Sie waren auf Heimaturlaub und wurden dann über Kreta zu uns geschickt.

„Man sagt", berichtet ein Neuer, „lieber ein Jahr Russland als vier Wochen Afrika."

Ich reiße die Augen auf. „Wie ist es in Russland? Kennt ihr Schwester Therese?"

Ich weiß, das ist eine dumme Frage. Wer sollte in dem riesigen Land eine Schwester von vielen getroffen haben? Doch zum ersten Mal seit Langem höre ich überhaupt etwas von Russland.

„Die Ausstattung dort ist gut. Die Schwestern sind nicht in Gefahr. Sie haben kurze Einsätze und werden dann wieder nach Deutschland geschickt."

Ich bin erleichtert.

„Ich traue dem nicht", sagt ein Neuer und zeigt auf Harun. „Das ist ein Wilder."

Der Brüller reagiert sofort: „Das ist der Einzige, der dich aus diesem verfluchten Land herausbringen kann. Halt's Maul und pack an!"

Und zum ersten Mal ist mir der brüllende Soldat sympathisch. Ich schultere ein paar Skier und trage sie zu meinen Dattelpalmen. Wer weiß, vielleicht kann ich später noch ein Feuer machen und frischen Minztee kochen.

„Ich verstehe das nicht", Berta zählt die Binden und Kompressen ab. „Es fehlen welche."

„Das kann nicht sein", ich gehe zu ihr in die Lehmhütte. „Du hast dich verzählt."

Berta zieht eine Schnute. „Ich habe in letzter Zeit öfters das Gefühl, dass Dinge verschwinden."

„Hast du es der Oberin gemeldet?"

„Nein! Ich will keinen Ärger. Wir sind verantwortlich für das Lager."

Ich bin ratlos. Doch es bleibt keine Zeit für lange Überlegungen. Die Arbeit wartet. Mit den Neuankömmlingen ist Unruhe in unser Lager gekommen. Sie vertragen die Hitze nicht, haben Atemprobleme und jammern über Bauchkrämpfe.

Manche haben die deutsche Ordnung mitgebracht und meinen, hier müsse alles so wie in Europa laufen. Hier vergeht die Zeit anders – nicht nach der Uhr, sondern nach der Natur. Sonnenstand und Hitze geben vor, wie lange und wo wir uns aufhalten. Die Neuen stören. Wollen sie sich hier ein Abzeichen verdienen in der angeblichen Elitetruppe? Wenn die wüssten, dass wir dem Führer piepschnurzegal sind. Wären wir so wichtig, würde er den Rücktransport veranlassen. Wenigstens die Verletzten sollten nach Italien gebracht werden. Ich halte es nicht mehr aus, noch einem Sterbenden die Hand zu halten. Die Tränen der Männer fließen in meine Träume. Sie rufen nach ihren Müttern oder ihrer Verlobten. Ich kühle ihre Stirn, suche nach Trost. Letztendlich bleibt nur ein Händedruck oder meine flache Hand auf ihrem Haupt. Sie sind so alt wie ich, manche sogar jünger. Es könnte Peter oder ein anderer Junge vom Ende der Straße sein.

„Nicht nachdenken! Machen!" Berta schubst mich aus meinen Gedanken. Ich darf mir nicht vorstellen, dass hinter jedem jungen Mann eine Familie steht, die hofft und glaubt.

Berta will mich trösten: „Den Männern im Lazarett geht es besser als denen, die in der Wüste sterben. Sie sind allein. Immerhin wachen wir hier über ihre letzten Atemzüge."

Wo holt meine liebe Berta ihre Kraft her? Mir fehlen ständig die Worte, wenn ich die Hand eines Sterbenden halte. Berta redet. Sie betet. Sie sagt Psalm 23 auf oder betet den Rosenkranz. Selbst wenn sie ein Laken wechselt oder die Bettpfanne leert, unterbricht sie ihr Gebet nicht. Wenn kein Heiliger parat steht, bittet sie die Mutter Gottes um Hilfe. Das tröstet mich. Hier im Lazarett braucht es sehr viel Mutterliebe.

Ein neuer Tag beginnt. Doch ein Sandsturm verdunkelt die Morgensonne. Inzwischen geraten wir nicht mehr in Panik. Die Zelte sind tief eingegraben und jeder sucht Schutz. Falls man draußen ist, muss man sich einfach auf den Boden legen und warten. Ich habe mir angewöhnt, ein langes Tuch mitzunehmen – so wie die Einheimischen. Es schützt mich vor der Sonne und dem Sand. Manchmal trage ich es wie einen Rucksack und transportiere darin Schüsseln oder Decken.

Der Wind zerrt an den Zeltplanen. Es knallt, wenn der Stoff aufeinanderschlägt. Die fiebrigen Patienten werden unruhig. Ob die Geräusche sie an Gewehrschüsse erinnern? Der Sturm braust und pfeift, peitscht Sand gegen die Zelte. Das Rieseln des Sandes erinnert mich an Regen, an Sommergewitter, Himbeeren und Heu. Es sind diese kleinen Erinnerungen, die mir die Hoffnung geben, dass diese schlimme Zeit vorbeigeht, dass wieder gute Tage kommen. Der Sturm klingt ab wie der Wutanfall eines Kindes – heftig und kurz. Jetzt ist der Wind nur noch ein Schluchzen und treibt Geräusche, Sand und Worte zu mir. Es klingt wie ein Streit. Ich verstehe nur Lagerbestand, Sabotage, Kollaborateur. Es geht mich nichts an, oder doch?

„Der Wilde war es", brüllt einer.

Ich verlasse das Zelt und stapfe über Wellen angewehten Sandes.

„Was ist passiert?", frage ich einen Sanitäter.

„Er wird verhaftet."

„Wer? Warum?"

„Der Araber, der die Lastwagen fährt. Er klaut. Wahrscheinlich arbeitet der für die Alliierten."

Ich gehe über den Platz und spähe zwischen die Männer, die sich um Harun gescharrt haben. Ihre Muskeln zucken und ihre Köpfe laufen rot an. In ihnen braut sich ein Sturm zusammen. Sie können kaum noch an sich halten. Einer schlägt Harun ins Gesicht. Er wehrt sich. Man bindet ihm die Hände auf den Rücken.

„Sabotage", brüllt einer und ein anderer haut ihm die Faust gegen die Schläfe.

„Hängt ihn!"

Seltsam, wie munter sie auf einmal alle sind. Ihre Angst entfesselt sich in einem Unwetter aus Schimpfwörtern und Schlägen. Anstand und Vernunft haben sich aufgelöst. Wenn sie doch nur überlegen würden, verständen sie, dass Harun ihnen mehr schaden könnte, würde er sie auf falschen Wegen führen, in der Wüste aussetzen oder einem Unwetter überlassen.

„Er hat das Lager geplündert. Er ist ein Kollaborateur!"

„Hängt ihn auf!"

Vor Aufregung habe ich mir einen Knopf von der Uniform abgezwirbelt. Meine Finger sind unruhig. Ich stecke den Knopf in eine Tasche und falte meine Hände, versuche mich zu beruhigen, bete und hoffe, dass Harun nicht gehängt wird.

„Nein! Stopp! Sperrt ihn in die Lehmhütte", sagt der General. „Wir sind keine Wilden und halten die Regeln der Wehrmacht ein."

Ich hätte nie gedacht, dass ich um diese Bürokratie mal froh sein würde. Sie bringen Harun in die dunkle Lehmhütte und fesseln ihn zwischen Kisten mit gärenden Konservendosen, Getreidevorräten und unseren medizinischen Materialien.

Die Männer sind aufgeputscht und können sich nur schwer beruhigen. Wohin mit all der Energie? Sie entlädt sich in Worten.

„Die Wilden sind feige Schweine."

„Sie sind eine schlechte Rasse."

„Was sonst? Sie sind keine Arier." Ich kann das Gelaber der Männer nicht ertragen. So schwafeln sie, um sich besser zu fühlen. Sie sind ausdauernd in ihrer Motzerei. Als einer zu uns kommt, weil er

Probleme beim Atmen hat, fragt er Berta, ob er sich vielleicht beim Wilden mit einer Wildenkrankheit angesteckt habe. Berta schaut ihn an. Er soll den Mund öffnen und seine Zunge zeigen. „Alles gut ... bis auf ...“

„Bis auf was?“, fragt er besorgt.

Ich sehe, wie Berta etwas sagen will, dann blähen sich immer ihre Nasenflügel leicht auf.

„Schwester! Bis auf was?“

„Ach, alles gut. Am besten sprechen Sie nicht und atmen ganz ruhig.“

Erleichtert nickt der Mann und geht.

Ich äffe ihn nach: „Schwester! Bis auf was?“

„Bis auf deine Blödheit. Saubläder Depp.“ Berta pfeift wie ein Schnellkochtopf. Beinahe wäre sie explodiert.

Ich gebe mich empört: „Aber Schwester Berta!“

„Himmisakra! Was werden die mit unserem Wilden tun?“

„Sag doch nicht immer Wilder. Er heißt Harun“, belehre ich sie.

„Sie werden ihn töten.“

„Berta, das darfst du nicht sagen.“ Meine Finger nehmen sich den nächsten Knopf vor. Ich drehe und drehe ihn zwischen meinen Fingern und immer wieder taucht die Frage auf: Wieso hat Harun Lagerbestand gestohlen?

Berta wiederholt: „Sie werden ihn töten.“

Aus reinem Trotz sage ich nichts, obwohl ich ihr recht gebe. Sie töten ihn, wenn nicht hier, dann in Darna oder auf einem größeren Stützpunkt.

„Berta“, flüstere ich. „Wir müssen ihm helfen. Bald. Sofort.“ Sie nickt und ihre Augen funkeln. Wie befreit man einen Gefangenen? Wie machen es die Helden in Vaters Filmen? Mutig und lässig, witzig und kühn sind sie. Wir sind nichts davon, nur wild entschlossen. Ich denke mir Ablenkungsmanöver aus, doch Berta winkt ab. Ich denke mir einen Entfesselungsplan aus, doch Berta stöhnt auf. Ich grüble über eine Befreiungsaktion, doch Berta schüttelt den Kopf.

„Ja, wie denn?", frage ich sie.

„So wie man ein Schaf zum Schlachtklotz führt. Beruhigend. Freundlich. Langsam."

„Ich finde den Vergleich nicht passend."

Berta und ich erledigen wie gewohnt unser Tagwerk. Wir reinigen sandverstaubtes Geschirr, schütteln Bettdecken aus und kochen Salzwasser ab.

Immer wieder geht mein Blick über den Lagerplatz. Die Tür der Lehmhütte weist zum Lagerplatz. Niemand passt auf, aber immer ist jemand in der Nähe.

„Schleichen fällt auf", mahnt Berta. „Ich mache das."

Ich hole Luft, um zu protestieren.

„Finchen, man sieht dir an der Nasenspitze an, wenn du etwas ausheckst."

Das hatte Mutter auch immer gesagt. Wie gut, dass sie nicht weiß, was wir vorhaben. Sie würde sich zu Tode sorgen oder sie wäre richtig stolz oder beides zugleich. Berta hat mich überzeugt, dass wir nicht bis zur Dunkelheit warten, sondern jetzt bei Tag handeln. Dabei hat sie wieder ein Argument gefunden, das eher nach Sennerinnenweisheit als nach einem Befreiungsplan klingt.

„Ein Schaf führt man zum Schlachtklotz, wenn es sowieso den Stall verlassen würde. Wir müssen uns in der Routine des Lagers bewegen. In der Mittagshitze sind alle träge und schläfrig. In der Mittagshitze sind nur wir Schwestern unterwegs, um …?"

Berta macht eine Pause, wie eine Hauslehrerin. Ich soll die Antwort ergänzen.

„… um die Medikamente für die Patienten herzurichten", sage ich brav. Berta strahlt. Ich habe sie lange nicht mehr so wachsam gesehen. Die Aufregung weht jede Müdigkeit hinfort. Es ist ein sonderbares Gefühl: Wir planen etwas Verbotenes, aber es könnte sich nicht richtiger anfühlen. Wir lassen uns von der Routine tragen, bis die Sonne im Zenit steht. Jeder sucht den Schatten wie eine Kostbarkeit, und wenn es nur eine Plane ist, durch die das Licht schimmert. Die Glieder werden träge und die Gedanken schwerfällig. Die Wachen sind schläfrig wie dicke Katzen.

„Wieso nimmst du die Schmutzwäsche mit?" Ich wundere mich. Die Wäsche waschen wir normalerweise nicht in der Mittagshitze. Wollten wir nicht die Routine einhalten?

Berta strafft ihr Oberteil, schultert den Wäschesack und stapft über den Lagerplatz. Ihr Rock weht im Wind und um ihre Knöchel ringeln sich die Strümpfe. Ich komme kaum hinterher. Die Männer schauen kurz auf. Einer lächelt mich an. Ein anderer hebt den Zeigefinger und mahnt: „Passt schön auf, wenn ihr zum Wilden geht."

„Kannst uns ja tragen helfen", sagt Berta. Der Wind verteilt den Mief des Wäschebündels über den Lagerplatz. Die Männer rümpfen die Nasen, wenden sich ab und dösen im Schatten.

Wir gehen in die Hütte. Ich mache, was ich immer tue, und zähle Verbände ab. Es fällt mir schwer, mich zu konzentrieren. Mein Blick wandert zu Berta. Sie umrundet eine Kiste und beugt sich hinab. Man hat Harun zwischen zwei Kisten angekettet. Wir hatten gehofft, man hätte ihn mit Seilen gebunden, doch es sind Fußschellen. Berta holt ein Messer aus ihrer Rocktasche. Mit Sorgfalt, als würde sie einem Tier die Haut abziehen, bearbeitet sie das Schloss. Ich höre, wie es an den Fesseln knackt und sich der kleine Mechanismus verschiebt. Harun sitzt einfach nur da. Er sagt nichts, er tut nichts.

Ein Soldat erhebt sich vom Lagerplatz. Seine Bewegungen werfen Schatten durch den Eingang der Lehmhütte. Er sieht mich an und lächelt. Ich beuge mich wieder über den Verbandskasten und tue geschäftig. Der wird mir doch nicht helfen wollen? Sonst hilft uns doch auch niemand.

Ich hauche: „Berta. Beeil dich."

Der Soldat bewegt sich langsam in meine Richtung. Ich mahne mich zur Ruhe.

„Hallo Josefine, kann ich dir helfen?"

„Ruhig, Fine, ruhig", sage ich zu meinem Herzen.

„Das wäre wunderbar. Kannst du diese Kiste in das Lazarett bringen?"

„Was macht Berta? Passt auf, dass euch der Gefangene nichts tut."

„Wie denn? Er ist doch gefesselt", dabei sehe ich den Burschen lange an. Er ist jung und er ist nett.

Berta wurschtelt herum. Was auch immer sie da tut, es sieht wichtig und geschäftig aus. Plötzlich ruft sie: „Wunderbar, vielleicht kann der junge Mann gleich den Wäschesack mit vollgeschissenen Laken zum Waschzuber tragen."

Sein Lächeln verrutscht. Er wirkt verlegen und meint, er müsse noch etwas mit dem Oberst besprechen. Weg ist er. Ich gehe zwei Schritte auf Berta zu und staune, dass sie überhaupt das Schloss gefunden hat, so dunkel, wie es hier ist. Harun steht aufrecht zwischen den großen Kisten. Ich sehe das Weiß in seinen Augen. Berta hat es tatsächlich geschafft. Nichts wie weg. Berta schnalzt, als wäre ich eins ihrer Tiere. Ich gehorche.

„Wir halten uns an den Plan. Ruhig, langsam, freundlich", sagt Berta. Sie winkt Harun zu sich, deutet ihm an, direkt hinter ihr zu stehen. Dann zupft sie an seinem Tuch, bis es ihm weit in sein Gesicht hängt. Sie richtet sich auf und Harun verschwindet hinter meiner großen Berta. Sie schnalzt wieder. Ich nehme Mullkompressen und Verbände, Berta schultert das Wäschebündel. Harun steht dicht dahinter. Ich höre, dass er flach atmet, entweder vor Aufregung oder vor Ekel. Gemeinsam setzen wir uns in Bewegung. Ich schaue mich hektisch um. Berta schnalzt mich zur Ruhe. Wir gehen so, dass Harun mit Berta und dem Wäschebündel verschmilzt. Keiner beachtet uns. Als wir am Waschplatz sind, schlüpft Harun hinter den Waschkessel. Wenn er im Schatten sitzt, erkennt man ihn nicht. Sein dunkelblaues Gewand vermischt sich mit der Dunkelheit und das gleißende Sonnenlicht blendet den Betrachter. Wieso geht er denn nicht weiter? Berta macht Geräusche, als wolle sie ein Huhn verscheuchen. Wir stopfen die Wäsche zum Einweichen in den Kessel.

Harun kauert im Schatten und winkt mich zu sich. Berta berührt meinen Arm. Sie flüstert: „Nicht. Er kann gehen und wir dürfen nicht die Routine stören."

Ich schleiche trotzdem zu Harun. Er packt meine Hand, seine Finger sind wie Krallen, die meine Fingergelenke quetschen. Erschrocken blicke ich ihn an und dann Berta. Harun richtet sich halb auf, zieht mich mit sich. Dann packt er mich im Nacken, als wäre ich seine Beute.

„Bitte, lass mich los", ächze ich.

„Ta´alī huna", zischt er.

Berta steht wie versteinert da. Was sollen wir tun? Schreien? Harun reißt so heftig an meinem Arm, dass mir die Luft wegbleibt.

„Ta´alī huna. "

Ich verstehe ihn nicht. Ich lese in seinen Augen, dort ist keine Gewalt, sondern Furcht.

„´Arjūka. Prego. Please."

Ich drehe mich zu Berta. Sie hat ihr Messer in der Hand und kommt langsam auf uns zu. Ein Soldat ruft über den Platz, ob alles in Ordnung sei. Berta starrt mich an, ich nicke ihr zu und mache das Geräusch, das sie ständig macht, als wolle sie die Hühner aus dem Gemüsebeet verscheuchen. Doch sie rührt sich nicht.

„Schwester, was ist denn? Hast du einen Geist gesehen?"

„Vielleicht einen Flaschengeist?", ein Soldat grölt über seinen Witz.

Berta dreht sich zu den Männern. Sie versperrt den Blick auf Haruns Fluchtweg und deutet zur Lehmhütte. „Ich glaube, ich habe etwas gehört."

„Ali Baba und die vierzig Räuber?" Sein Lachen verfolgt mich. Wir kriechen an den Lastwagen vorbei. Hinter einem Transporter steht ein Auto ohne Dach. Es sieht aus wie eine geöffnete Konservendose. Harun öffnet die Tür. Ich krabbele auf den Beifahrersitz. Er fummelt am Zündschloss herum.

Plötzlich knallen Schüsse. Ich ducke mich. Sie kommen nicht aus dem Lager, sondern von den Dünen. Sandstaub steigt wie Wolken auf.

„Harun?"

Er startet den Wagen und wir fahren los. Ich drehe mich um und sehe, wie die Männer panisch über den Platz rennen. Die Alliierten kommen! Männer ziehen die schmutzigen Laken aus dem Wasch-kessel und schwenken sie als weiße Fahnen durch die Luft.

„Berta, wir müssen Berta helfen!" Ich sehe sie nicht. Ist sie in das Lazarettzelt gegangen?

Harun drückt das Gaspedal durch. Wir fahren über Wege, die keine sind. Überall ist Sand. Bald sehe ich weder die Oase noch höre ich Motoren.

„Halt an!" Harun hält nicht an. Ich greife die Handbremse und ziehe sie nach oben. Nichts passiert. Es stinkt nur etwas nach Gummi.

„Stopp!" Ich boxe Harun auf die Arme, ich schlage auf seine Hände am Lenkrad.

„Wieso fliehst du? Die Alliierten sind da. Dir kann doch nichts passieren."

Er reagiert nicht. Fährt einfach weiter. Ich bin verloren. Egal wohin ich schaue, ist Wüste. Überall Wüste. Steine und Sand. Stechende Hitze. Tränen laufen mir über die Wangen. Was habe ich nur getan? Ich folge einem Wilden und lasse meine Berta im Stich.

„Nicht weinen. Vergeude kein Wasser", sagt der Fremde neben mir.

Ich kann meine Tränen nicht stoppen. Schmerz, Verlust, Angst drücken auf meine Seele. Sie zertrampeln mein Herz. Sie plündern meinen Verstand. Ich weine und der Fahrtwind trocknet meine Trä-nen.

„'Arjūka. Bitte weine nicht." Das klingt wieder nach Harun. Doch warum sollte ich auf ihn hören?

Sommerfest in der Herbstlust

Es ist Hochsommer. Ein leichter Wind weht über die Herbstlust, stupst die Blütenköpfe von Cosmea und Löwenmaul an, spielt mit den Fransen von Sonnenschirmen und zwirbelt an den grauen Haarsträhnen der Bewohnerinnen.

„Wieso der Aufwand? Die raffen eh nichts", motzt Nick.

Eine Bewohnerin nach der anderen schiebt er in den Garten. Sie sitzen im Rollstuhl und strahlen.

„In den Schatten!", brüllt Olga. „Du kannst sie doch nicht in die pralle Sonne stellen."

„Nachher ist hier doch Schatten oder soll ich sie etwa umparken?"

„Ja natürlich, sonst bekommen sie einen Sonnenstich."

Das Sommerfest ist der jährliche Höhepunkt in der Herbstlust: Musik und Clownerie, Kuchen und Sonnenschein. Mit viel Aufwand werden die Speisesäle in den Garten verlegt. Die Hausmeister bauen Tische auf, die Hauswirtschaftlerin legt Stofftischdecken aus, stellt kleine Gläser mit Dahlien darauf und wacht über die Abstände zwischen den Tischen. Es gibt eine Reihenfolge, wer wie und wann platziert wird. Dabei achtet die Heimleiterin auf Damen mit Gehstöcken, Rollatoren oder Rollstühlen. Den Rüstigen darf kein Hindernisparcours zugemutet werden. Als wenn das nicht schon genug wäre, bugsieren Laura und Yakob die Sonnenschirme. Die sperrigen Füße der Schirme sind Stolperfallen. Es ist in der Tat schwierig, jeder Dame einen Schattenplatz zu bieten.

Bis die Letzte sitzt, vergeht eine Stunde. Da könnten die Ersten schon wieder zum Toilettentraining gebracht werden. Das Fest stört die Arbeitsroutine. Doch die Damen beschäftigt es dreifach. Sie freuen sich wochenlang darauf, studieren den Wetterbericht und spekulieren, welchen Kuchen der Küchenchef backt.

„Es wird heiß. Es ist immer heiß."

„Die Hundstage."

„Es gibt Hundekuchen?"

„Nein, es sind die Hundstage."

„Was für Kuchen gibt es denn?"

„Streuselkuchen. Es gibt immer Streuselkuchen."

Die Damen freuen sich auf das Fest und richten sich her. Manche tragen Schmuck, den sie sonst nur an kirchlichen Festtagen anlegen. Andere polieren ihre Broschen und Anstecknadeln der Schwesternschaft. Sie genießen den Tag und werden noch lange davon schwärmen. Einige wenige Frauen motzen und nörgeln, dass der Kaffee zu heiß, der Streuselkuchen zu trocken, die Sonne zu hell und der Schatten zu dunkel wären. Die Miesepetras gehören zum Sommerfest wie Volksmusik und Kirchenlieder, Quetschkommode und Klinikclowns.

Einige Damen dösen, als die Heimleiterin die Eröffnungsrede beginnt. Yakob richtet einen Sonnenschirm aus. Er ist nicht fixiert und dreht sich wie ein Windspiel, wenn es auffrischt. Schwester Josefine scheint die Sonne direkt ins Gesicht, wenn sich der Schirm mit dem Wind dreht. Sie blinzelt. Ihr Haar steht ab. Sie sieht aus wie ein zerzaustes Vögelchen. Seit sie mit dem Bauchgurt gesichert wird, scheint sie noch dünner geworden zu sein. Ihre Wangen sind schmal und die Nase ragt wie ein Kükenschnabel hervor.

Die Heimleiterin zitiert „den August" von Erich Kästner. Es ist mehr ein Schreien als ein Rezitieren, nur damit sie von allen gehört wird.

„Wie klein ist heut die ganze Welt! Wie groß und grenzenlos ist die Idylle."

Laura flüstert Yakob ins Ohr, ob er nachher mit zum See kommt.

„Pscht", er schüttelt den Kopf.

Laura zieht eine Schnute und brubbelt, dass er auch mal mit Leuten seines Alters und mit Musik seiner Zeit abhängen könne.

„Pssssssst!"

„Nichts bleibt, mein Herz", brüllt die Heimleiterin über die Terrasse. „Bald sagt der Tag Gutnacht. Sternschnuppen fallen dann, silbern und sacht, ins Irgendwo, wie Tränen ohne Trauer."

Die Damen nicken. Manche haben die Augen geschlossen und Yakob weiß nicht, ob aus Sehnsucht oder Müdigkeit.

„Dann wünsche deinen Wunsch, doch gib gut acht! Nichts bleibt, mein Herz. Und alles ist von Dauer."

„Nichts bleibt, mein Herz", wiederholt Schwester Berta. Yakob richtet ihr den Strohhut. Er saß ganz schief auf ihrem Kopf.

„Nichts bleibt, mein Herz", sagt sie erneut. Sie streckt sich, um Josefines Hand zu berühren. Doch sie erreicht sie nicht, stattdessen streichelt Berta die gefaltete Serviette auf der Lehne des Rollstuhls und flüstert: „Nichts bleibt, mein Herz."

„Was ist denn los, Berta? Sprung in der Schüssel?", fragt Nick.

Laura verbessert: „Die Redewendung heißt ‚einen Sprung in der Platte haben'. Weißt du, damals gab es Schallplatten …"

„Ob Schüssel oder Platte", platzt Nick dazwischen. „Die sind alle nicht ganz dicht. Brauchst hier nicht klugscheißen. Gibt genug Scheißer hier, nicht wahr, Berta?"

Schwester Berta zuckt zusammen, als Nick ihr ins Ohr schreit.

„Nichts bleibt, mein Herz", murmelt sie erneut.

Schwester Olga winkt Nick zu sich, er möge den Damen bei der Nahrungsaufnahme behilflich sein. Nick stöhnt. Yakob ist erleichtert. Er reicht Schwester Therese den Kaffeebecher und drückt Schwester Berta die Kuchengabel in die Hand.

„Nichts bleibt, mein Herz." Schwester Berta legt das Besteck zur Seite und nimmt den Kuchen mit der Hand. Nach drei Bissen ist das Stück verschwunden. Schwester Berta strahlt und zitiert wieder Kästner.

„Nichts bleibt, mein Herz. Nicht mal ein Krümel."

Schwester Josefine blinzelt in die Sonne. Sie hebt den Arm, senkt den Kopf und duckt sich vor dem grellen Licht.

„Warten Sie Schwester Josefine, ich helfe Ihnen." Yakob umrundet Schwester Berta, löst die Bremsen des Rollstuhls, doch nichts tut sich. Die Räder werden vom Fuß des Sonnenschirmes blockiert.

„Moment, das haben wir gleich. Lehnen Sie sich bitte zurück."

Schwester Josefine rührt sich nicht. Ihre Finger krallt sie in das Tischtuch, sie beugt sich so weit nach vorn, dass ihr Haar den Streuselkuchen bedeckt. Ihr Nacken färbt sich langsam rosa.

Yakob berührt ihre Schultern. „Schwester Josefine, bitte lehnen Sie sich an. Ich bringe Sie in den Schatten."

Sie reagiert nicht. Yakob geht an den Tisch, hockt sich hin, berührt ihre Hände und sucht Augenkontakt zu ihr.

„Josefine?"

Langsam hebt sie den Kopf.

„Josefine. Geht es dir gut? Ta´A´ anta bukhayrin?"

Sie zuckt zusammen. Reißt den Kopf in den Nacken. Ihr Haar wirbelt auf, statt eines Lächelns sind ihre Lippen zusammengepresst. Yakob ist verwirrt. Was hat sie nur?

„Alles gut. Ich bringe Sie in den Schatten." Yakob beugt sich hinab, berührt mit einer Hand Josefines Schulter und drückt sie behutsam an die Lehne des Rollstuhls. Dann kippt er das Gefährt und die kleinen Vorderräder kreiseln in der Luft.

Schwester Josefine zappelt. Rudert mit den Armen. Greift um sich und schlingt ihre Hände um Yakobs Hals. Er will sich herauswinden, ohne dass der Rolli kippt. Mühsam wuchtet er den Rolli über die Füße des Sonnenschirmständers. Er spürt, wie sich ihre Fingernägel in seinen Nacken bohren. Wo hat sie diese Kraft her? Er bugsiert sie in den Schatten, greift nach ihren Armen und löst sie von seinem Hals.

Sie schreit: „Du bist ein Wilder! Hilfe! Hilfe!" Ihr Gesicht färbt sich rot. Ihr Atem geht schneller. Sie wird doch nicht kollabieren? Yakob ist ratlos.

Laura eilt zu ihnen. „Schwester Josefine. Keine Sorge. Sie sind in Sicherheit."

„Berta! Wo ist Berta!"

„Schwester Berta sitzt neben Ihnen. Schauen Sie!"

Josefine schreit und zappelt. Erst als Berta ruft, sie sei doch da und es gäbe Streuselkuchen, beruhigt sie sich. Berta säuselt: „Nichts bleibt, mein Herz."

Yakob steht im Schatten mit dem Rücken zur Hauswand. Was war das? Nick kommt auf ihn zu, sein Grinsen breit und groß wie ein Pferdemaul.

„Deine Geliebte hat die Wahrheit erkannt. Du bist ein Wilder."

Yakob winkt ab. Doch Nick setzt nach: „Vielleicht bist du die Ursache für ihre Aggressivität? Vielleicht müssen wir euch beide ruhigstellen?"

Olga schlängelt sich an der Kaffeetafel vorbei, flötet den Damen einen Gruß zu und mahnt ihr Team zur Ruhe. „Das regeln wir später. Kümmert euch um ausreichend Schatten für die Bewohnerinnen und schenkt ihnen auch Wasser ein. Ach, und Yakob, vielleicht fragst du, ob sie auf der Pflegestation Hilfe brauchen."

„Du schickst mich weg?"

„Nein … ich … ja. Ich schicke dich weg."

Die Musik der zwei Clowns segelt durch die offenen Fenster der Pflegestation. Barbara Rhabarber und Pille Palle trällern alte Schlager. Doch erst bei den Volksliedern stimmen die Damen mit ein. „Hoch auf dem gelben Wagen", während Yakob eine Bettlägerige auf die Seite dreht. „Das Wandern ist des Müllers Lust", während Yakob die Bettpfannen zum Spülbecken bringt. „Am Brunnen vor dem Tore", während Yakob aus dem Speisewagen einen Teller mit Karottenbrei herausnimmt.

„Nun Brüder, eine gute Nacht, der Herr im hohen Himmel wacht." Es ist noch nicht Abend und es gibt hier keinen Bruder, trotzdem singen die Schwestern mit tiefen und sehnsüchtigen Stimmen. Vielleicht denken sie an ihre Brüder und an längst vergangene Abende in der Heimat.

„In seiner Güte uns zu behüten, ist er bedacht." Als sie den Vers wiederholen, singt Yakob leise mit. Ob das dieser Gott macht – behüten? Dann soll er sich mal um Schwester Josefine kümmern. Sie wirkte schutzlos und verloren wie ein Kind, das sich in der Fremde verlaufen hat. Yakob berührt seinen Nacken. Die Kratzspuren brennen. Er ahnt: Das wird für Josefine ein Nachspiel haben. Man wird sich beraten, über die geschlossene Station reden, über Schutz gegenüber Bewohnern, Mitarbeitern und für die Dame selbst. Es wird schwierig.

Als Yakob die Pflegestation verlässt, sitzen noch immer ein paar Damen auf der Terrasse. Das sind die unternehmungslustigen Frauen vom Oberdeck, die noch Ausflüge machen, wandern gehen und jetzt Piccoloflaschen aus ihren Zimmern geholt haben. Mitarbeiter aus der Frühschicht setzen sich dazu. Es ist ein geselliger Frühabend in der Herbstlust. Das liebt Yakob an diesem Haus: die Verbundenheit, ob Pflegerin, Hausmeister, Köchin, Gärtner oder Hauswirtschaftlerin, man geht gemeinsam durch den Tag. Ja gut, man versteht sich nicht mit jedem, aber so ist das eben. In anderen Einrichtungen wurde immer betont, was wer geleistet hatte. Da gab es den Herrn Geheimrat, die Frau Doktor oder die Frau Komtess. So einen Schnickschnack gibt es nicht in der Herbstlust, und darauf ist man stolz. Ja gut, manchmal besteht eine ehemalige Generaloberin darauf, dass man sie mit Generaloberin anspricht, aber so ist das eben.

„Hey Yakob, setz dich zu uns." Olga schwenkt ein Sektglas.

Er schüttelt den Kopf.

„Deine Clowns sind auch da", ergänzt sie.

„Wieso meine …"

Susi und Matze winken. Ihre roten Nasen liegen auf dem Tisch.

„Aber nur Wasser", sagt Yakob. Er setzt sich an den Tisch. Laura schiebt ihm einen Becher zu.

Sie neckt: „Wie sagen die Damen dazu? Vogelsekt?"

„Fast", Yakob lächelt. „Gänsewein."

„Ja, dann Prost!"

Man scherzt, kramt lustige Begebenheiten hervor, genießt die Abendstimmung. Niemand denkt ans Aufräumen oder an die Frühschicht. Jeder versinkt im Jetzt. Ja gut, vielleicht hängt eine Dame den Erinnerungen nach. Matze nimmt seine kleine Gitarre und singt: „Rote Lippen soll man küssen." Die Damen stimmen ein. Eine ruft: „Damenwahl."

Der Hausmeister und Yakob werden aufgefordert. Sie können nicht tanzen, aber die Damen auch nicht. Man hopst und tippelt, schwingt die Hüfte nach rechts und nach links. Man scherzt, man lacht. Selten ist die Herbstlust so unbeschwert wie an diesem Sommerabend.

Laura trällert: „Kannst du auch was Modernes spielen?" Matze kann. Yakob kennt das Lied, doch er mag es nicht. Es ist glitschig. Die Worte rutschen nur so an ihm vorbei.

„Tanz mit mir, wilder Mann", sagt Laura. Sie hängt sich an Yakobs Hals.

„Ich bin kein Wilder." Er will nicht unhöflich sein und tanzt mit ihr.

„Aber Josefine hat gesagt …" Sie kichert.

Ja gut, Josefine hat ihn einen Wilden genannt. Doch ihre Stimme war eher ein Schrei aus der Vergangenheit als eine gegenwärtige Empörung. Eine böse Erinnerung tanzte in ihrer Seele eine Polka. Vielleicht war alles zu viel für sie – die stechende Hitze, das lange Sitzen, die ungewohnten Geräusche?

Bei den Amazigh 1943

Es ist mir alles zu viel – die stechende Hitze, das lange Sitzen, die ungewohnten Geräusche. Ich kann nicht mehr. Immerhin hat sich die Landschaft verändert. Berge ragen vor uns auf. Sie sind nicht so hoch wie die Alpen. Es sind eher Wellen. Sie werfen keine Schatten, aber immerhin wuchert Strauchwerk in ihren Tälern. Im Geröll wachsen Grasbüschel. Es ist hier grüner als an der Küste, aber nicht so grün wie in Europa. Zwischen beigefarbenem Sand, grauem Geröll und mattem Grün spannen sich Zelte. Dunkle Stoffe stehen wie kleine Pyramiden in der Landschaft. Je näher wir kommen, umso besser erkenne ich die Muster auf den Zelten. Wer webt so lange Stoffbahnen und verziert sie noch mit Rauten, Streifen und Linien?

Das Autogeräusch lockt die Bewohner aus der Zeltstadt. Sie müssen geduckt durch die Eingänge gehen, so niedrig sind die Zelte. Ich erwarte dunkle Gestalten, doch ich werde von den farbigen Gewändern der Bewohner überrascht. Die Frauen tragen Schmuck aus breiten Armbändern und großen Ohrringen. Selbst um ihren Kopf haben sie Ketten geschlungen. Sie sind schöner als die Schauspielerinnen aus Vaters Filmen.

Harun stoppt und alles setzt sich in Bewegung. Ich werde aus dem Auto gezerrt. Was machen sie mit mir? Mein Herz rast, trommelt in meiner Brust und pocht gegen meine Schläfen. Die Angst wächst zu einem heftigen Kopfschmerz heran.

„Harun?", flehe ich.

Er greift meinen Ellenbogen, zieht mich zu einem Zelt, drückt mir den Rücken krumm und schubst mich hinein. Ich sehe nichts. Es ist so dunkel. Der Schmerz bohrt ein Loch in meinen Kopf.

„'Asra'ī!" Harun schleudert mir die Worte ins Gesicht. Ich verstehe ihn nicht. Hektisch schiebt er mich durch das Zelt. Nur langsam gewöhne ich mich an die Dunkelheit. Ich weiche zurück. Stimmengewirr, Schatten, die sich wie Geister durch das Zelt bewegen, und ein Gestank nach Schweiß und Kot. Ich atme flach, doch noch etwas liegt in der Luft. Ich kenne den Geruch. Er ließ mich immer wachsam sein und mahnte mich zu suchen.

„ʿArjūka sāʿidīnī", schluchzt Harun. Die Gewalt in seiner Stimme hat sich aufgelöst, nun breitet sich Verzweiflung aus. Ich stoße ihm gegen die Brust. „Was willst du denn? Cosa vuoi da me? What do you want?"

Der Schmerz in meinem Kopf fokussiert meine Sinne. Ich rieche Blut! Ich schmecke Verzweiflung! Ich spüre Tod!

„Licht! Lasst Licht herein! Light."

Harun fummelt am Stoff, der Vorhang löst sich, Licht flutet das Zelt. Eine Frau springt aus der Ecke, will den Vorhang wieder schließen, doch Harun hält sie zurück. Mehrere Frauen sitzen im hinteren Teil des Zeltes, eine von ihnen hält im Schoß eine geschwächte Frau. Sie versucht, ihr den Rücken zu stützen. Eine weitere naht sich mit einem Becher, will der Schwachen etwas zu trinken geben, doch sie dreht sich weg. Die Frauen, die untätig herumsitzen, wiegen ihre Oberkörper vor und zurück, als würden sie beten oder klagen oder beides. Plötzlich ist mein Kopfschmerz verschwunden. Jetzt bin ich wach! Jetzt wird geholfen! Ich lege meine Hand auf die Stirn der Frau. Sie fühlt sich kaltschweißig an. Der Puls galoppiert in ihren Adern, ich fühle ihn nur ganz schwach, trotzdem wütet eine Kraft in der Frau. Ich taste sie ab. Das Kind liegt im Geburtskanal. Der pralle Bauch zuckt. Eine Wehe spannt ihren Körper. Sie wirft den Kopf zurück und ächzt.

„Luft und frische Tücher", rufe ich Harun zu.

Harun schneidet ein weiteres Loch in die Zeltwand, verschwindet und taucht mit Verbandsmaterial wieder auf. Das hat er also in unserem Lager geklaut? Verbände? Die werden nicht reichen. Eine alte Frau steht mir im Weg. Sie soll frische Tücher holen. Harun übersetzt. Sie zögert. Harun schreit sie an. Sie geht.

Ich verschaffe mir einen Überblick, krame aus meinem Hirn, was ich über Geburtshilfe weiß. Man hatte uns alles über Schuss- und Splitterverletzungen, Amputationen und Infektionen gelehrt, aber nur wenig, wie wir Gebärenden beistehen. Wenn doch wenigstens Berta hier wäre, sie hat schon Kälber und Zicklein zur Welt gebracht. Wieso hat Harun nichts gesagt? Ist sie seine Ehefrau? Stopp! Ich darf mich nicht in Spekulationen verlieren. Es ist, wie es ist. Ruhig, Fine, ruhig. Konzentriere dich.

Die Schwangere ist ansprechbar. Ich winke Harun zu mir, damit er übersetzt. Er beugt sich zu mir, doch die anderen Frauen wollen ihn wegschicken. Ich sehe die Angst in ihren Augen, als wenn ein Mann Unglück bringen könnte. Doch das Unglück ist schon da.

„Seit wann hat sie Schmerzen? Was ist dir aufgefallen? Ist es ihr erstes Kind?"

Harun übersetzt. Ich zwinge mich zur Geduld. Das dauert alles viel zu lange. Harun sagt, dass sie seit Tagen Schmerzen im rechten Oberbauch habe. Das Weiß ihrer Augen wirkt seltsam gelb. Ich betrachte ihre Haut, sie schimmert dunkel und ich kann nicht erkennen, ob sie auch eine gelbe Färbung hat. Blut rinnt ihr aus der Nase und zieht dunkle Schlieren um ihren Mund. Ich tupfe es ab, ihr Gesicht wirkt aufgedunsen. Ich betrachte ihre Hände und Knöchel. Ja, sie sind auch geschwollen. In der Frauenklinik fürchtet jeder diese Symptome, doch da gibt es wenigstens Ärzte und Medikamente. Harun sagt, dass es ihre dritte Geburt ist. Sie dreht sich zur Seite und übergibt sich, dann überrollt sie wieder eine Wehe. Die Frau zittert, hat nicht die Kraft, um mit den Wehen zu arbeiten. Ich taste nach dem Kind. Es liegt gut. Ich kann das Köpfchen sehen. Eigentlich ist alles bereit, trotzdem kommt das Kind nicht. Bei der nächsten Wehe drücke ich auf den Bauch, gebe dem Kind einen Schubs. Ich spreche ihr und mir Mut zu, sie blickt mich aus halb geschlossenen Augen an. Sie atmet schwach. Eine nächste Kontraktion lässt den Bauch fest werden, ich drücke mit der Wehe erneut auf die Bauchdecke, fühle den Po des Kindes, schiebe ihn nach vorn, greife der Frau zwischen die Beine. Der Kopf, nicht größer als eine Pampelmuse, liegt in meiner Handfläche. Die Angst sitzt mir im Nacken. Ich atme, als würde ich das Kind bekommen. Konzentriere dich, Fine! Bei der nächsten Wehe packe ich die Schultern des Kindes und ziehe es aus dem Mutterleib. Ich kann aufatmen, doch der Atem der Mutter ist nur noch ein Hauch – und das Kind? Ich wische Schleim aus dem zerknautschten Gesicht und warte und fordere: „Komm schon, Kleene! Mach ma keene Fiesematenten."

Endlich. Der erlösende Schrei. Es ist ein zierliches, zähes Kind. Ich bin erleichtert und tupfe das Kind sauber. Ich kann der Versuchung nicht widerstehen und gleite mit meinen Fingern durch das dichte Haar des Neugeborenen. Plötzlich werden die Frauen unruhig. Ich blicke auf die Mutter, die Tücher unter ihrem Po sind voller Blut. Die Frau, die ihr den Rücken stützte, kann sie nicht mehr halten. Sie gleitet auf den Boden, ihre Augenlider schließen sich. Das Geschrei der Frauen macht mich nervös. Was muss ich tun?

Ich drücke einer das Kind in den Arm, beuge mich zur Mutter, meine Knie und Hände sind feucht von ihrem Blut. Hat sie die Plazenta schon geboren? Nein! Ich taste ihren Bauch ab, fühle die Plazenta und greife ihr in die Hautfalten der Bauchdecke. Ich drücke und massiere, hoffe auf Muskelkontraktionen. Spannung baut sich im Unterleib auf. Ich bin erleichtert. Tatsächlich gebiert sie die Plazenta, doch die Blutung stoppt trotzdem nicht. Das Leben fließt aus der Frau. Sie ist ohnmächtig geworden. Inzwischen sind meine Kleider blutgetränkt. Was kann ich denn noch tun? Sie lagern? Quatsch, sie braucht Medikamente, doch wir haben keine. In meiner Verzweiflung drücke ich ein neues Tuch zwischen ihre Beine. Ich weiß, dass es nichts nützt. Das Blut sammelt sich in ihrer Gebärmutter. Ich drücke meine Hand auf ihren Bauch knapp unter dem Bauchnabel, fühle die Gebärmutter und drücke. Die anderen Frauen sind stumm. Ich massiere und drücke in der Hoffnung, dass die muskulöse Gebärmutter ihre Arbeit aufnimmt, kontrahiert und den Blutfluss stoppt. Nichts! Nichts passiert! Ein rotes Rinnsal spült das Leben aus der jungen Mutter. Ich massiere und hoffe. Verliere mit jeder Bewegung mein

Zeitgefühl. Still holen die Frauen weitere Tücher, schaffen die blut-verschmierten weg, beginnen aufzuräumen. Ich drücke noch immer auf den weichen Bauch, der gerade noch der sichere Ort für ein Kind war. Wo ist das Kleine? Jemand muss es hinausgetragen haben.

Die Frauen waschen die Mutter, lösen ihr das Haar und kämmen es. Es glänzt im letzten Licht des Tages und ihre silbernen Ohrringe funkeln im schwarzen Haar wie Sterne am Nachthimmel.

Plötzlich bin ich so müde. Todmüde. Der Kopfschmerz meldet sich und will mich an den Boden nageln. Ich möchte mich hinlegen, schla-fen und in meinem Elternhaus aufwachen. Es soll nur ein böser Traum gewesen sein. Ist es aber nicht. Die junge Frau ist tot. Das Neugeborene hat keine Mama und die zwei anderen Kinder auch nicht.

Harun hängt ein Tuch vor das Loch in der Zeltwand. Es wird schummerig. Mir wird schummerig. Er kniet neben der Frau, drückt ihr einen Kuss auf die Stirn. Ich raffe mich auf, kämpfe gegen den Schmerz und schleppe mich nach draußen. Meine Kleidung ist schwer vom Blut, mein Haar klebt mir am Kopf. Ich muss schrecklich aussehen.

Eine Frau winkt mir zu, ich solle ihr folgen, und wieder ducke ich mich durch einen Zelteingang. Doch diesmal ist es friedlich. Die Frau hilft mir beim Auskleiden, reicht mir einen feuchten Schwamm und legt ein sauberes Gewand auf ein Polster. Ich bekomme einen Tee, er riecht nach Minze. Mit beiden Händen halte ich das Getränk, starre in den Dampf, beobachte Teekrümel, wie sie im Glas trudeln und von meinen Tränen aufgewirbelt werden.

Die Frau deutet auf das Polster und macht eine Geste: Ich darf hier schlafen.

Wo bin ich? Stimmen dringen durch die Zeltwand: Eine Frau flüstert, ein Mann murmelt, ein Säugling schreit. Das Weinen katapultiert mich in den gestrigen Tag. Entführung. Geburt. Sterben. Leben. Zer-rissenheit. Tod. Eine Mutter ist gestorben, Kinder sind Halbwaisen geworden. Ich bin in der Fremde, ausgeliefert, schutzlos, verloren. Ich ziehe mir die Decke über den Kopf. Wozu sollte ich aufstehen? Der Stoff fühlt sich hart an, ich fühle die Struktur der Muster. Wenn ich die Augen öffne, sehe ich die Welt durch das Knüpfwerk. Sie ist bunt. Die Menschen in der Einöde scheinen die Farben zu lieben. Das, was draußen grau, braun und beige ist, ist in ihren Decken, Umhängen und Tüchern leuchtend gelb, grün und rot. Wie machen sie das?

„Josefine?"

Harun steht vor dem Zelt und flüstert meinen Namen. Ich rühre mich nicht.

„Josefine."

„Ja?"

„Möchtest du essen?"

Er bemüht sich um mich, spricht meine Sprache, klingt sanft, als wolle er sich entschuldigen. Ach was, mir drückt die Schuld auf der Seele. Die Frau, seine Frau, ist unter meinen Händen gestorben.

„Es tut mir so leid", schluchze ich. „Es tut mir so leid."

Harun hat den Vorhang beiseitegeschoben und Licht fällt in das Zelt. Er kommt herein. Ich rolle mich in mein Tuch, zeige ihm den Rücken, doch er bleibt, berührt mich.

„Samima. Meine Schwester heißt Samima. Du hast ihr Kind gerettet. Es ist ein Mädchen."

Ein Mädchen – ich hatte gestern nicht auf das Geschlecht geachtet; ob sich die Menschen hier über ein Mädchen freuen?

„Wie heißt sie?"

„Das wissen wir noch nicht. Eine Frau aus dem Stamm wird sich um sie kümmern."

Ich nicke, überlege, warum nicht Haruns Familie für das Baby da ist. Doch es ist nicht meine Welt, was soll ich mich einmischen?

Langsam drehe ich mich um und sehe ihm ins Gesicht. Er sieht erschöpft aus.

„Bitte, bring mich zurück."

Er schüttelt den Kopf.

„Was? Du musst mich zurückbringen!"

„Die Briten haben euer Lager eingenommen. Es ist zu gefährlich für dich."

„Ja, und was ist mit Berta? Wenn es so gefährlich ist, wieso hast du uns nicht beide gerettet?"

Er reagiert nicht. Schweigt. Wendet sich ab.

Ich begreife: „Du wolltest nicht mich retten, du wolltest Samima retten."

Er zuckt nur mit den Schultern.

„Iss etwas." Er stellt ein Schälchen mit Mus und Fladenbrot neben mein Lager. Ich will nichts essen, ich will mir selbst leidtun. Doch dann überfällt mich der Hunger. Ich habe seit fast vierundzwanzig Stunden nichts mehr gegessen. Ich reiße das Brot in Stücke und tunke es in das Mus. Es ist lecker. Schling doch nicht so, würde Gerda mahnen. Des kenn i net, des ess i net, würde Berta muffeln. Doch nicht mit den Händen, würde Mutter sich empören. Papa würde sich die Speisen genau anschauen und analysieren, welche Zutaten sie enthalten. Ich schlinge das Essen hinunter und füttere meine Sehnsucht nach meiner Heimat und den Menschen, die mir Heimat geben.

Ich ertappe mich dabei, wie ich bete, wie ich den großen Gott bitte, auf Berta aufzupassen. Er ist doch ein Wüstengott, nicht wahr? Er war bei seinem Volk in der Wüste, er begleitete Maria auf ihrer Flucht durch die Wüste, er zündete einen Busch in der Wüste an und stellte eine Feuersäule in den Nachthimmel. Ich bete, dass er Berta sicher durch diese Wüste führt … und wie von selbst bete ich für das kleine Mädchen, das noch keinen Namen hat, für diese Nomaden, für Harun, für seine Schwester Samima. Kann man für Tote beten? Ich tue es und irgendwie tröstet es mich, Samimas Seele dem Himmel anzuvertrauen.

Es müssen Stunden vergangen sein, als mich Harun bittet, nach draußen zu kommen. Es ist das erste Mal seit Jahren, dass ich ein farbiges Kleid trage. Ich würde mich gern im Spiegel sehen, doch dann schelte ich mich für meinen eitlen Wunsch.

Ich trete aus dem Zelt in einem Gewand der Amazigh-Frauen und am liebsten wäre ich wieder zurückgegangen. Alle Bewohner des Stammes stehen Spalier, um mich zu betrachten. Vielleicht sind es fünfzig oder siebzig Menschen. Harun hat Verbandsmaterial ausgebreitet und Salben und Tinkturen. Er hat also doch das Lager geplündert. In einer Schachtel liegen chirurgische Instrumente, aber sie sind nicht steril.

„Bitte!" Er macht eine Bewegung und schließt mich, die Utensilien und die Menschen ein. Und plötzlich bin ich wieder eine Gemeindeschwester; nicht für Sepp und Franzi, sondern für Menschen mit Namen, die so fremd klingen, dass ich sie sofort vergesse.

Die Tage vergehen und ich verbinde Wunden, ziehe faule Zähne, renke Gelenke ein, massiere steife Muskeln oder wische eitrige Augen aus. Was soll ich denn sonst tun?

Tatsächlich stellt sich auch hier eine Routine ein. Nach Wochen frage ich Harun, wann ich gehen darf. Er wackelt nur mit dem Kopf und sagt: „Bald. Es wird ruhiger an der Küste."

In Haruns Auto fand ich einen dicken Ordner mit Listen der Nazis. Auf den Vorderseiten war der Bestand an Konservendosen und Verbandsmaterial verzeichnet, doch die Rückseiten sind leer. Ich freue mich über das Papier. Endlich kann ich meinen Gedanken Halt geben. Im Gleichmaß der Wüste scheint sich mein Zeitgefühl aufzulösen. Ich habe Angst, mich selbst zu verlieren. Nun zeichne ich, was ich beobachte: Tiere, Pflanzen, Rezepte, Verse und Muster. Ich schreibe, was ich erlebe, und notiere mir das Datum. Manchmal muss ich an den Fingern abzählen, welcher Tag ist. Heute ist der 21. Februar 1943. In Berlin wäre ich Schlittschuhlaufen gegangen, wenn kein Krieg wäre. Ist die Stadt zerbombt? Ich weiß es nicht, zu mir dringen keine Nachrichten. Umso wichtiger ist es, dass ich mich hier nicht verliere.

Neugierig schaue ich den Frauen zu, wie sie aus Wurzeln und Kräutern einen Sud kochen und damit Entzündungen lindern. Ich folge ihnen, als sie die Nüsse von einem struppigen Baum rupfen. Argan nennen sie ihn. Aus den Nüssen gewinnen sie Öl, das sie sich auf die Haut, ins Haar und auf wunde Stellen schmieren. Selbst Wöchnerinnen reiben sie damit ein, damit ihre Wunden nach der Geburt besser heilen.

Samimas Baby wird von einer jungen Mutter gestillt, ansonsten kümmere ich mich um das Kind und seine großen Brüder. Die Frauen haben mir gezeigt, wie ich das Baby in einem Tuch tragen kann. Das ist so wunderbar, ich schleppe sie überall mit hin. Jūzfī wird sie genannt. Das klingt fast wie Josefine. Der Stamm ist wie eine große Familie. Sie sind füreinander da, versuchen Lücken zu schließen, die der Tod reißt. Samimas Ehemann starb in einer Schlacht zwischen Deutschen und Alliierten.

Tanten werden zu Müttern, Onkel zu Vätern und die Großmütter sind für alle da.

Jūzfīs große Brüder sind anhänglich und folgen mir wie zwei Schatten. Die Kinder haben einen tiefen Instinkt in mir geweckt. Wenn ich ihre Stimmen höre, ihre warmen weichen Körper spüre oder wenn ich nur Jūzfīs Köpfchen rieche, fließt mein Herz über vor Mutterliebe.

Harun sehe ich nur selten, dafür beobachtet mich seine Mutter. Traut sie mir nicht? Dunkle Augen blitzen mich aus einem zerfurchten Gesicht an, wenn ich das Baby trage oder die Kinder wasche. Offenbar hat Harun ihr die Anweisung gegeben, sich nicht einzumischen.

Mir fehlen die Gespräche, also mühe ich mich mit der Sprache der Amazigh. Es ähnelt dem Arabischen und dann auch wieder nicht. Ich lerne kleine Sätze von den Kindern. Sie lachen, wenn ich Worte falsch ausspreche. Ihr Zungenschlag ist so schnell, dass ich nicht höre, wann ein Wort endet und ein neues beginnt.

Ich lebe nun schon sechs Monate mit ihnen. Normalerweise ziehen sie umher, doch die Briten, die die Bezirke verwalten, verweigern ihnen, durch das Land zu ziehen, und wenn es nicht die Besatzer sind, dann sind es die Araber. Irgendwer sagt den Amazigh immer, wie und wo sie leben sollen. Die Oase reicht zum Überleben – mehr nicht. Harun sehe ich nur selten. Er versucht Geld zu verdienen oder tauscht Arbeit gegen Lebensmittel. Ich schäme mich für die Besatzer wie die Italiener, Deutschen, Briten und Franzosen. Doch niemand macht mir Vorwürfe. Im Gegenteil: Die Frauen laden mich ein, Teil ihrer Gemeinschaft zu sein.

Sie sind stolze, selbstbewusste Frauen und sie malen sich den Stolz ins Gesicht. Sie tätowieren sich mit Symbolen aus Linien, Rechtecken und Punkten. In Deutschland habe ich nur Männer mit Tätowierungen gesehen. Das waren hässliche blaue Flecken und nur mit viel Fantasie erkannte man einen Anker, eine Schlange oder einen Buchstaben.

Hier ist es ein Fest, wenn ein Mädchen sein erstes Bild in die Haut gemalt bekommt. Mit der ersten Menstruationsblutung beginnen die Frauen, Pflanzenfarbe zu extrahieren und mit Öl zu vermischen. Daraus entsteht eine türkisfarbene Tinte. Ich beobachte sie und wiege Jūzfī in meinem Arm. Wie schön sie alle aussehen. Als ich meine erste Periode bekam, hatte mich Gerda nicht zum Spielen auf die Straße gelassen. Es war kein Fest, sondern ein Makel, wenn ein Mädchen zu bluten begann. Die Jungs haben nie kapiert, was los ist, und wenn ich mir die Soldaten anschaute, hatten die auch keine Ahnung. Wie wunderbar muss es sein, eine Frau zu werden, und alle würdigen es.

Heute wird Tahzim auf ihrem Weg ins Frausein begleitet. Sie hat ein buntes Gewand an und trägt ein Band um den Kopf, an dem viele kleine Münzen klimpern. Sie dreht den Kopf, lacht und die Münzen schellen wie kleine Glöckchen. Ich staune über den wunderbaren Schmuck. Silber wurde zu Platten getrieben und mit Ornamenten verziert. Thazim trägt eine Kette, Ohrringe und mehrere Armreifen. Das erste Symbol wurde ihr auf die Stirn, zwischen die Augenbrauen gezeichnet. Es ist ein senkrechter Strich mit einem Balken oberhalb und einem Bogen unterhalb. Eine alte Frau zeichnet mit ruhiger Hand zwei Kreuze auf ihre Wangen. Ich staune, dass die Alte so ruhig arbeitet, denn wenn sie isst, kleckert sie alles voll. Thazim grinst. Die Alte meckert, dass sie so nicht zeichnen könne. Thazim erstarrt, doch ihre Augen funkeln vor Freude.

Stolze und selbstbewusste Frauen gehören nicht zum Idealbild des Führers. Brav und ehrbar soll die deutsche Ehefrau sein, gebärfreudig und dem Manne untertan und dienend. Die Amazigh gehen auch eine Art Ehe ein. Wenn sie eine Familie gründen, versprechen sie sich einander, sind treu und fürsorglich. Unverheiratete Männer und Frauen amüsieren sich, verbringen sogar die Nacht miteinander. Hier darf die Frau den Mann wählen. Damenwahl! Ich bin nur am Staunen. Die Generaloberin würde hier alles unmoralisch, unsittlich und unchristlich finden.

Ich weiß nicht … obwohl die Amazigh nicht an den Christengott glauben, spüre ich eine Wertschätzung unter ihnen, egal welches Geschlecht sie haben. Bei Vati und Mutter war es auch so – Wertschätzung.

Ich drücke Jūzfī an meine Brust und gebe mich der Vorstellung hin, dass Männer und Frauen gleichberechtigt sind. Hoffentlich ist es keine Illusion. Jūzfī quengelt. Ich singe ihr mein liebstes Kinderlied. „Eia Eia popeia, was rasselt im Stroh, die Gänslein gehn barfuß und haben keine Schuh …"

Die Herbstlust und ein Kinderlied

„Eia Eia popeia, was rasselt im Stroh, die Gänslein gehn barfuß und haben keine Schuh …"

Seit Yakob neben Schwester Josefines Rollstuhl sitzt, singt die demente Bettnachbarin dieses Lied. Wieder und wieder. Schwester Josefine ist seit einer Woche auf der geschlossenen Station im Erdgeschoss. Man kommt nur mit einem Zahlencode hinein, den man an der Stationstür eingibt. Hier werden die Bewohnerinnen intensiv betreut. Die Ausstattung ist hell und wohnlich, es gibt mehr Pflegekräfte und regelmäßige Beschäftigungsangebote. Viele Bewohnerinnen finden hier zur Ruhe und blühen auf, doch Schwester Josefine welkt. Sie will nichts essen, verweigert das Trinken, nur wenn Yakob bei ihr ist, nippt sie am Schnabelbecher.

„Eia Eia popeia …"

„Jetzt reicht's!" Yakob löst die Bremsen und schiebt den Rollstuhl aus dem Zimmer.

„Ich mobilisiere sie", ruft er der Stationsleitung zu. Er tippt die Zahlenkombination in das Eingabefeld, wartet auf das Surren und drückt die Tür auf.

„Alles klar, bring sie pünktlich zum Abendessen wieder." Die Tür fällt ins Schloss.

Zu gern würde Yakob mit Josefine in den Garten gehen, doch ein Sommergewitter wütet über ihnen. Die grauen Wolken haben sich wie faule Tiere über die Landschaft gelegt, rekeln sich, dass es kracht und blitzt. Schwere Tropfen zerfetzen die Blumen und zerzausen die Bäume.

„Dann wollen wir mal." Yakob zieht die Bremsen des Rollis an, löst mit einem Magneten den Bauchgurt von Josefine und greift ihren Ellenbogen.

„Hau ruck!" Er zieht sie hoch, doch mit zu viel Schwung. Josefine fällt gegen seine Brust. Sie schlingt die Arme um ihn und bleibt einfach stehen.

„Eieiei, was seh ich da …"

„Schnauze Nick!"

„Ein verliebtes Ehepaar." Er scharwenzelt an ihnen vorbei, wackelt mit den Hüften und macht eine versaute Geste. Josefine rührt sich nicht, wie ein verwaistes Kind sucht sie in seinen Armen Zuflucht.

„Schwester Josefine, wollen wir in Ihr Zimmer gehen?"

„Ich möchte den Horizont sehen."

„Na'am, lahzatun wahidatun. Ja, einen Moment noch. Es regnet. Die Wolken hängen so tief, dass wir keinen Horizont sehen."

„Es regnet? Es hat noch nie im Sommer in der Wüste geregnet."

Yakob ist unsicher, wie er reagieren soll. Wo und in welcher Zeit hängen Josefines Erinnerungen? Soll er sie aufklären, dass das nicht die Wüste ist, dass es in Deutschland oft regnet, dass es ein erfrischender Sommerregen ist?

„Wird das Zelt nass?", fragt sie. „Ich will nicht, dass den Kindern kalt wird. Jūzfi hat nichts an."

„Dann holen wir besser Ihren Umhang aus dem Zimmer."

„Ja, das ist besser." Schwester Josefine tippelt los und Yakob lenkt ihre Schritte. Sie schnauft, als sie die Treppen hochgehen. Yakob hat ihre linke Hand aufs Geländer gelegt, die rechte schiebt er sich in seine Armbeuge. Sie gehen über die Pflegestation. Schwester Therese kommt ihnen entgegen. Wahrscheinlich macht sie gerade ein Training.

„Finchen", ruft Schwester Berta, die in der Sitzecke auf dem Flur hockt. Sie überblickt die Station und das Treppenhaus und hält Ausschau nach was auch immer.

„Finchen, servus!" Sie hebt den Arm, so weit sie kann. Auf Brusthöhe hält sie inne und winkt.

Als Josefine das Rufen hört, stoppt sie.

„Finchen!", donnert Schwester Berta.

Als hätte Josefine einen elektrischen Schlag bekommen, zuckt sie zusammen, wird wach und agil. Sie löst sich aus Yakobs Arm und eilt zu Schwester Berta.

„Gott sei Dank, dir geht es gut!" Sie fällt der großen Frau gegen die Brust.

„Ja mei, was denn sonst? Gott sei Dank, dass es dir gut geht." Schwester Berta klopft auf den freien Platz neben ihr. Josefine setzt sich, rutscht mit dem Rücken bis zur Lehne. Nun baumeln ihre Beine in der Luft.

„Stell dir vor, es regnet", sagt Josefine.

„Ja mei, Sommerregen."

„Fast wie in der Heimat."

„Ach Finchen, wir sind in der Heimat."

„Ja?" Über ihr Gesicht huscht ein Schatten. Yakob hat diesen Gesichtsausdruck schon häufig bei dementen Bewohnerinnen gesehen: Als würden sich die Frauen für ihre Verwirrung schämen. Schwester Josefine wagt nicht mehr als ein Flüstern: „Und Resi? Ist Resi auch in der Heimat?"

„Aber ja, sie trainiert für die Ü90-Meisterschaft. Schau." Berta lacht so schallend, dass ihr ganzer Körper wackelt und das Sofa und Josefine auf dem Sofa. Ihr Lachen ist so ansteckend, dass Josefine kichert, und selbst Yakob spürt, wie es hell in ihm wird. Berta ist zwar gebrechlich, aber ihr Geist weiß zu unterscheiden zwischen Gegenwart und Vergangenheit.

„Schwester Berta", Yakob zögert, „darf ich Sie etwas fragen?"

„Aber ja doch", und dann ergänzt sie mit einem Kichern, „wilder Mann."

„Wissen Sie welche Erinnerungen Schwester Josefine beschäftigen?"

Sie wackelt mit dem Kopf. „Ich ahne es."

„Schwester Josefine muss ihr Zimmer räumen", sagt Nick.

„Das hat doch noch Zeit. Vielleicht kann sie wieder zurückkommen."

Olga hebt beschwichtigend die Hände. „Können wir erst die Übergabe besprechen? Danke."

Nicks Bissigkeit nagt an der guten Stimmung im Team. Wenn es nach ihm ginge, könnten Arbeitsabläufe vereinfacht werden, wenn man inkontinenten Bewohnerinnen Windeln anzieht, statt sie stündlich zur Toilette zu bringen, oder schwierige Damen auf das Unterdeck abschiebt. Er sieht wenig Nutzen darin, die alten Schwestern zu beschäftigen und zu mobilisieren. Es erschwert nur zusätzlich die ohnehin anstrengende Arbeit.

„In Schwester Josefines Zimmer können wir eine Dame aus dem Wohnbereich aufnehmen, die ständig Hilfe mit ihren Strümpfen braucht", schlägt Nick vor.

Olga ist genervt: „Fürs Strümpfeanziehen bekommen wir kein Pflegegeld. Schließlich ist es unser Service, den rüstigen Damen zu helfen. Es gibt keinen Grund, Schwester Josefines Zimmer aufzulösen – noch nicht. Es braucht schließlich eine Verfügung. Können wir weitermachen?"

„Nee", fällt Nick ihr ins Wort, „ich musste Schwester Josefine wieder ins Erdgeschoss bringen, weil sie sonst nicht pünktlich zum Abendessen gekommen wäre. Wenn der feine Herr Yakob mit seiner Freundin turtelt, muss er sie auch wieder zurückbringen."

Yakob beißt sich auf die Lippen, damit ihm kein Wort entschlüpft. Er wollte Josefine nach unten bringen, doch Nick ist mit ihr blöd grinsend abgezogen. Er hatte sie von der Sitzecke weggeführt, als Yakob kurz im Stationszimmer war.

Olga atmet tief ein und langsam aus, als spräche sie ein Mantra: „Wir sind ein Team und jeder ist für jede Bewohnerin verantwortlich."

Der Regen hat nachgelassen, als Yakob die Herbstlust verlässt. Nachdenklich geht er zu seinem Apartment. Er macht sich nicht die Mühe, die Pfützen zu umrunden. Er latscht einfach durch. Die Fenster im Erdgeschoss sind geöffnet. „Eia popeia, was raschelt im Stroh ..."

Dieser gefräßige Ohrwurm wird ihn im Feierabend begleiten. Die Plastikschlappen schmatzen auf dem Linoleumboden, als er zu seiner Wohnung läuft.

„Und sie redet doch Arabisch."

„Führst du Selbstgespräche?", Laura steht im Flur. Sie hat sich umgezogen, statt weißer Pflegekluft trägt sie einen türkisfarbenen Overall. Er spiegelt die Farben ihrer Augen wider. Yakob bemerkt jetzt erst, wie blau sie sind.

Es ist offensichtlich, trotzdem fragt Yakob: „Gehst du aus?"

„Nein. Ich treffe meinen Freund im Café."

„Ist das nicht ausgehen?"

„Vielleicht." Laura lächelt und tippelt in ihren hohen Schuhen an ihm vorbei. Man sieht, dass sie es nicht gewohnt ist, auf Absätzen zu laufen, als wären es nicht ihre Schuhe, sondern die Schuhe einer anderen. Wie heißt dieses Sprichwort? „Gehe hundert Schritte in den Schuhen eines anderen, wenn du ihn verstehen willst." Bisher hatte er Josefine immer nur auf Distanz beobachtet. Er müsste mal in ihren Schuhen laufen – sinnbildlich gesehen. Was wären ihre Schuhe? Wo ist sie schon langgewandert? Wo hat sie gerastet? Welche Umwege ging sie? Was für Schuhe trug sie und stehen irgendwo ihre Hausschuhe, in die sie schlüpft und sich daheim fühlen kann? Die Fragen steigen in Yakob auf wie der Dunst vom heißen Asphalt. Die dunklen Wolkentiere haben sich aufgelöst, Sonnenstrahlen flitzen durch feuchtes Blattwerk und Vögel baden in den Pfützen.

Er geht noch einmal auf die Station in das leere Zimmer von Schwester Josefine, öffnet Schubladen und Schuhkartons. Die Rotkreuzschwestern besitzen nur wenig, höchstens ein kostbares Schmuckstück. Nur einmal befand sich unter den Besitztümern ein wertvolles Bild.

Damals bekam eine Schwester ein Gemälde mit Geranien geschenkt aus vielen Schichten roter Farbe. Von Nahem sah man nur ein Durcheinander, doch von fern betrachtet Geranien. Die Schwester wollte es auf den Sperrmüll tun. „Was soll ich mit dem Gelump?

Die Geranien auf meinem Balkon machen schon genug Arbeit."
Doch eine Mitschwester fischte es aus dem Müll, hängte es in den
Treppenaufgang, bis ein Besucher mit Kunstverständnis es entdeckte.
Es war ein verschollenes Gemälde einer berühmten Malerin aus München. Ja, manchmal beherbergen die Menschen Schätze, ohne es zu
ahnen, doch meistens wird Gewöhnliches durch Erinnerungen wertvoll.

Yakob hebt den Deckel eines Schuhkartons hoch, Zettel, Briefe
und Fotos. Es scheint keine Ordnung zu geben. Vorsichtig geht er mit
den Fingerspitzen über das Papier, dünne Zettel, leicht vergilbt, und
Fotos mit gezackten Rändern. Missachtet er die Privatsphäre von
Schwester Josefine? Es gibt doch keinen, den er um Erlaubnis fragen
könnte, und außerdem ist es nur zu ihrem Besten. Das meiste kann er
nicht lesen, denn es ist in der altdeutschen Schrift verfasst. Ein Zettel
ist so dünn wie Butterbrotpapier, hier sind die Sätze zur linken Seite
ausgefranst, nicht rechts wie in der deutschen Sprache. Er hebt ihn
aus der Box, hält ihn gegen das Licht, verfolgt die geschwungenen
Linien. Das Altdeutsche ist zackig und eng geschrieben, als marschierten die Buchstaben über die Zeilen, aber das hier sind: weite
Linien, Bögen und Schlaufen. Ein Spaziergang von Buchstaben. Wie
nennt die eine Dame langsame Spaziergänge? Lustwandeln. Auf diesem hauchdünnen Blatt lustwandeln die Worte von rechts nach links.
Es scheint eine orientalische Schrift zu sein, ob sein Vater sie lesen
könnte, und wenn ja, würde er sie lesen wollen?

Yakob holt sein Smartphone aus der Tasche und fotografiert die
Seiten ab, er zoomt mehrmals heran, wartet, bis sich die Linse
fokussiert. Er bedauert, dass er die Schrift nicht lesen kann. Seine
Urahnen waren eine Gemeinschaft von Erzählern. Geschichten wurden mündlich weitergegeben, während der Handarbeit, wenn man
Tee trank, Jünglinge ermahnte, Mädchen lehrte und Kinder erzog.
Schrift war zweit- oder gar drittrangig. Zuerst kam das gesprochene
Wort, dann Zeichen und Symbole und dann, wenn es sich nicht vermeiden ließ, die geschriebene Sprache. Vielleicht gehört dieses

Schriftstück zu denen, die sich nicht vermeiden ließen, weil es eine Vereinbarung, ein Vertrag oder Gelöbnis ist.

Yakob muss bei der Vorstellung grinsen, dass dieses hauchdünne Schriftstück nur ein Einkaufszettel für einen Sack Feigen, Gewürze oder einen neu geschliffenen Dolch sein könnte. Dennoch hofft er, einem Geheimnis auf der Spur zu sein. Sorgsam legt er die Seiten zurück in die Box. Er unterdrückt den Impuls, die alten Fotos herauszuholen, sonst käme er sich vollends vor wie ein Voyeur. Das könnte er auch gemeinsam mit Schwester Josefine machen. Er stellt die Box auf ein Regal, griffbereit für einen günstigen Moment, wenn er Zeit hat und Schwester Josefine entspannt ist.

Und wieder geht er an der Station im Erdgeschoss vorbei, erwartet schon das *Eia popeia,* doch es ist eine andere Melodie – tröstlich, beruhigend. Yakob zögert. Seine Mutter hatte ihm dieses Lied immer vorgesungen, als er ein kleiner Junge war, wenn er sich vor dem Schatten hinter dem Schrank fürchtete, dem knarzenden Geräusch aus der Heizung oder dem Gluckern in der Wasserleitung. Seine Mama sang es, wenn er krank war oder traurig. Sie sang es mit heller Stimme, bis Vater meinte, sie wären doch in Deutschland. Als Kind wusste er nie, warum Vater immer sagte: „Wir sind jetzt in Deutschland". Ja, wo denn sonst? Von da an summte Mama diese Melodie und wenn sie Yakob ganz fest in den Arm nahm, flüsterte sie ihm die Worte ins Ohr. Es waren Melodien wie aus Wind. Worte ohne Pause, ein Hauch aus hohen Tönen, eine Böe als Bass und ein kleiner Wirbel, wenn ein neuer Vers begann.

Schwester Josefines Lied fliegt aus dem Fensterspalt, segelt in Yakobs Seele und weckt Erinnerungen aus Kindertagen. Er möchte mit seinen Eltern über Schwester Josefine reden. Er muss mit seinen Eltern über die Wüste, die Amazigh und seine Vorfahren sprechen.

Yakob geht zurück in seine Wohnung und summt das Kinderlied. Seltsam, er kann sich nicht daran erinnern, dass ein Mädchenname darin auftauchte. Entweder hatte ihn Mutter ausgelassen oder Schwester Josefine hat ihn eingefügt. „Das klingt hübsch“, denkt er und wiederholt: „Jūzfī, Jūzfī, Jūzfī.“

Nomadenleben 1945

„Jūzfi, komm her!" Die Zweijährige kommt angetrippelt. Ihre Füßchen wirbeln den Staub auf.

„Jūzfi", locke ich sie über den Zeltplatz. Dann landet sie in meinen Armen, ich stehe auf und wir drehen uns im Kreis. „Engelchen, Engelchen flieg", rufe ich. Sie juchzt. Obwohl sie ein zierliches Kind ist, werden mir nach drei Runden die Arme lahm.

„Ich will auch."

„Ich auch!"

Jūzfis große Brüder stehen in der Staubwolke und schauen mich vorwurfsvoll an.

„Na?" Sie wissen, was ich meine.

„Drehst du mich bitte?"

„Bitte, Mama, bitte."

Ich sammle meine Kräfte, gehe leicht in die Knie, packe den Sechsjährigen und drehe ihn dreimal im Kreis. Ich bin außer Puste.

„Mama, du musst auch sagen: Engelchen, Engelchen flieg."

Ich schnaufe, meine Arme sind lahm, doch der jüngere Bruder gönnt mir keine Pause.

„Jetzt ich. Jetzt ich."

Und wieder hole ich Schwung, gehe leicht in die Knie und wirble herum. Kaum komme ich zum Stehen, fragen mich alle Kinder aus dem Stamm, ob ich sie auch mal drehe.

„Nein, ich brauche jetzt eine Pause." Trotz der frühen Morgenstunden ist es heiß. Ich muss in den Schatten gehen und etwas trinken. Die Kinder quengeln noch eine Weile: „Bitte, Tante Fine." Doch sie kennen ihre blasse Tante, die keine Hitze verträgt, viele Pausen braucht, den Schatten sucht, denn ansonsten fällt sie um. Ich löse das Tuch, das ich mir um Schultern und Kopf geschlungen habe, atme durch, halte inne – zwei Jahre lebe ich jetzt bei den

Amazigh, aber nach nur zwei Monaten nannten mich Haruns Neffen schon Mama.

Es ist den Kleinen einfach herausgerutscht. Harun und seine Mutter hatten sie zwar korrigiert, doch es nützte nichts. Ich wusch die Jungs, spielte mit ihnen, tröstete sie, wiegte sie in den Schlaf. Offenbar reichte das ihnen, um eine Mama für sie zu sein, und Jüzfi plappert ihnen sowieso alles nach. Es rührt mich, dass sie mich Mama nennen, aber mir wird mulmig, wenn sie ihren Onkel Papa nennen. „Mama, Papa, guckt mal!" Und dann gucken wir und staunen, als wären wir ein Elternpaar. Dabei sind wir ... was sind wir eigentlich? Entführer und Entführte? Mechaniker und Krankenschwester? Kriegsopfer? Das trifft es noch am ehesten, denn keiner von uns wollte an der Front stehen. Was könnten Harun und ich noch werden? Freunde und Vertraute? Momentan sind wir eine Zweckgemeinschaft: Ich kümmere mich um die Menschen aus seinem Stamm und bleibe von den Kriegsereignissen verschont.

„Mama, Papa, guckt mal!" Wie sehr bewegen mich diese kleinen Worte, wecken die Sehnsucht nach meiner Mutter und meinem Vati. Bin ich noch eine Tochter oder schon eine Waise?

Wenn Harun von einer längeren Fahrt aus den Küstensiedlungen wiederkommt, löchere ich ihn mit Fragen. Meistens schüttelt er den Kopf, sagt, es gäbe keine Nachrichten. Dabei meint er, dass es keine Radiogeräte gibt, doch er erzählt mir, was er sieht und auf dem Markt aufschnappt. Die Stimmung der Alliierten sei gut, das kann nur bedeuten, dass es der Deutschen Wehrmacht schlecht geht. Ich hoffe, dass der unsägliche Krieg bald vorbei ist. Ich würde Harun so gerne mein Land zeigen ohne Hakenkreuze und Hitlergruß. Manchmal fragt er mich, wie sich die Jahreszeiten in meiner Heimat anfühlen, und ich erzähle von Schneeglöckchen und Ostereiern, Apfelbäumen und Strandbad, Streuselkuchen und Tanzmusik, Schlittenfahrt und Schneeballschlacht. Er habe noch nie einen Schneeball geformt, doch er kennt die Faszination von Schnee, wenn eine dünne Schicht die Berge bedeckt.

Letztens fragte er mich, was Sonnenuntergang in meiner Sprache heißt. Ich sagte es ihm und er mühte sich an den fünf Silben. Sonnen-un-ter-gang. Er meinte, sie klingen wie Hammerschläge und nicht wie warmes Licht. Ich lachte, doch normalerweise ist es andersherum. Ich übe Arabisch und die Sprache der Amazigh – Tedaga. Vati wäre stolz auf mich, ich kann Gespräche führen, erzähle Märchen und schreibe sie mir auf. Meine allerersten Verse waren ein Schlaflied. Ich liebe die verschlungenen Buchstaben mit ihren Punkten und Häkchen und widerstehe dem Impuls, den Stift am linken Blattrand anzusetzen. Ich kann den Stift nicht ziehen, ich muss ihn schieben und komme auf dem rauen Papier nur langsam voran.

„Der Krieg ist vorbei!" Harun eilt mir entgegen. „Der Krieg ist vorbei! Die Briten sagen, Deutschland hat kapituliert."

Endlich, ich kann es nicht fassen. Wie reagiert man als Kriegsverlierer auf ein Kriegsende? Ich freue mich, umarme Harun und im gleichen Moment hängen die Kinder an uns. Sie wissen nicht, warum ich so ausgelassen bin. Das Grauen hat ein Ende.

„Ich kann wieder nach Hause", sage ich.

„Mama, du bist doch zu Hause", antwortet der Große.

Der kindliche Satz hat plötzlich die Leichtigkeit vertrieben. Bin ich zu Hause? Wer bin ich und wer möchte ich sein? Ich sinke auf den Boden und die Kinder klettern auf meinen Schoß.

„Mama, erzählst du uns eine Geschichte? Bitte!"

Mir fehlen die Worte, ratlos blicke ich zu Harun. Er sieht auch so aus, als fehlen ihm die Worte, als hätte er etwas verloren. Ich reiße mich zusammen, denn das habe ich in den letzten Jahren gelernt: Seele, sei still!

„Meine Heimat ist nicht eure Heimat. Ich bin in einem Land geboren, da gibt es vier Jahreszeiten ..." Ich erzähle den Kleinen von Deutschland, so wie ich es liebte, von meinem Elternhaus, von Mutter, Vati und Gerda. Die Kinder machen große Augen. Sie können nicht glauben, dass ich in einem großen Haus aus Stein aufgewachsen bin.

„Aber wie wandert ihr mit dem Steinhaus, wenn die Tiere weiterziehen?"

„Überhaupt nicht. Mein Vater verdiente Geld mit Filmen."

Die Kinder sind ganz aufgeregt: „Aber wie wird Geld zu Essen? Was sind denn Filme? Hattet ihr keine Ziegen, doch wenigstens einen Esel zum Reisen?"

Ich schüttle den Kopf und erzähle von Fritze und unserem Auto.

„Papa Harun fuhr auch mal ein ganz tolles Auto", sagt der Große.

Harun zuckt nur mit den Schultern. „Das ist lange her und schon nicht mehr wahr."

„Er ist ein …" Mir fällt kein Wort in ihrer Sprache ein, daher sage ich einfach: „Tausendsassa." Das gefällt den Kindern. Sie wiederholen es und stolpern über den Klang.

Harun zieht die Stirn kraus und meint: „Ich hoffe, das ist ein gutes Wort."

Ich lächle. „Ja, das ist es."

Trotz Deutschlands Kapitulation geht das Leben in der Wüste unbeeindruckt weiter. Wie konnte ich nur meinen, dass Geschehnisse in Europa die Menschen hier berühren würden? Sie sahen Besatzer kommen und gehen. In ihrer langen Stammesgeschichte wurden sie ständig unterdrückt: Phöniker, Griechen, Römer, Vandalen, Araber, Italiener, Briten und Franzosen. Sie bleiben eine Minderheit in einem Landstrich, der viele Völker hat aufsteigen und fallen sehen. Sie sind trotzige Oasen im Zeitgeschehen, widerstehen der Islamisierung, erdulden die Christianisierung und bewahren sich ihren Glauben.

Ich beneide sie um ihren Glauben, der sich auf ihren Alltag legt und ihre Gemeinschaft belebt. Was ist das für ein Unsinn, eine Kathedrale im Wüstensand bauen zu wollen? Die Menschen sind Nomaden, sie bauen Zelte auf und ab, suchen Weideland, bergen sich unter dem Sternenhimmel und lagern an frischen Quellen. Sie ähneln dem Volk Gottes mehr als dem europäischen Christentum. Von Jesus, dem Propheten, haben sie gehört. Sie sprechen mit Hochachtung von ihm, vielleicht weil seine Lebenswelt ihrer so sehr ähnelt, vielleicht weil sie seine Großzügigkeit schätzen, seine Hingabe für Vertriebene und Heimatlose. Wer bin ich, ihnen von Gott zu erzählen, nachdem die Deutschen sie beraubt und entwürdigt haben?

„Was denkst du?", fragt mich Harun. Die Sonne versinkt hinter den Bergen und der Sand glüht in ihren letzten Strahlen. Wir sitzen auf einer Düne; wenn ich meine Augen halb schließe und alle Vorstellungskraft aufbringe, könnte ich mir einbilden, ich säße an der Ostsee.

„Was denkst du über die Ewigkeit und Gott?" Harun erwartet eine Antwort von mir.

„In der Kirche sagt man …" Er unterbricht mich.

„Was denkst du?"

Ja, was denke ich ohne Katechismus und Kirchengemeinschaft? Was denke ich allein in der Wüste? Ich blicke in den Sonnenuntergang. Das Farbenspiel wandelt sich von Tieforange zu Violett.

„Ich glaube, es gibt eine ewige Güte, eine göttliche Zugewandtheit, etwas, das mich betrifft – das hoffe ich zumindest."

Harun nickt. Ich sehe, wie er seine Zunge im Mund hin und her schiebt. Das macht er immer, wenn er nachdenkt.

„Berta hat immer viel gebetet und mit den Heiligen gesprochen, und weißt du was? Ich glaube, dass sie und die Engel Spalier standen, um sie sicher nach Europa zu bringen. Eine Berta, die von Gott verlassen wurde, kann ich mir nicht vorstellen."

„Die Kamele werden sie vermissen. Wer segnet sie jetzt?"

Bei der Vorstellung muss ich lachen: Berta auf Zehenspitzen ruft den heiligen Leonhard an und die Kamele greifen mit ihrer Zunge nach ihrem Blusenärmel. Gute Berta, ich wünschte, ich hätte ihr Gottvertrauen, doch vielleicht habe ich es, zwar nicht auf Bertaweise, sondern auf Josefinweise.

„Es ist noch zu gefährlich." Ich weiß nicht, was Harun meint. Wo ist er mit seinen Gedanken?

„Es ist noch zu gefährlich. Die Deutschen werden von den Alliierten inhaftiert. Warte noch, bis sich alles etwas beruhigt hat, dann bringe ich dich zum Hafen."

Es ist das erste Mal seit zwei Jahren, dass Harun über Abschied spricht, und plötzlich weiß ich nicht, ob ich das möchte. Ich fühle mich wohl bei diesen Menschen. Ich vermisse meine Eltern und Resi und Berta; wenn ich nur wüsste, dass es ihnen gut geht, wäre alles leichter. Haruns Fürsorge schenkt mir eine Freiheit, selbst zu entscheiden, wo ich leben möchte.

Der Himmel hat sich von Violett ins Blau gefärbt. Zwischenzeit. Zwischen Tag und Nacht. Zwischen Heimat und Fremde. Zwischen Wunsch und Entscheidung. Was für ein unerhörter Gedanke, dass ich mich selbst entscheiden könnte. Bisher hatten meine Eltern alles entschieden, die Oberin, die Generaloberin. Die Amazigh-Frauen treffen ihre eigenen Entscheidungen, sie müssen sich nicht ihren Männern unterordnen. Wenn ein Mann seine Frau nicht gut behandelt, kann sie ihn verlassen, ohne dass sie dafür verurteilt wird. Undenkbar wäre das in Deutschland! Bei uns fühlt sich eine misshandelte Frau auch noch schuldig, weil sie glaubt, ihren Mann provoziert zu haben, sodass er nicht anders konnte.

Ich mag die Kultur der Amazigh nicht gänzlich verstehen, doch ich sehe, dass hier Frauen wertgeschätzt werden. Eines ist befremdlich, das muss ich Berta und Resi erzählen, die Frauen sprechen über Körperlichkeit und Lust. Ist das nicht ungeheuerlich? Allein die Tatsache, dass eine Frau Lust haben darf und aktiv wird, ohne dass man sie dafür verurteilt.

In der Stadt Marsa Matruth gab es ein Bordell. Immer wenn die Soldaten ihre Touren fuhren, standen sie anschließend in der Schlange, um von zwei Italienerinnen bedient zu werden – so sagt man doch: bedient. Als es einen Bombenangriff auf Marsa Matruth gab, blieben das Bordell und alle Wartenden unversehrt. Die Männer sahen es als gutes Zeichen und überhaupt waren sie überzeugt, dass ihnen weiblicher Trost zustand.

Wir Schwestern wären zu spröde, sagten sie. Wir waren ihr mütterlicher Beistand, wenn sie vor Schmerzen und Kummer weinten. Um unseren Kummer scherte sich keiner. Ich habe oft Albträume von zerfledderten Körpern und Halbtoten. Ob ich jemals die Bilder wieder loswerde? Selbst hier bei den Amazigh verfolgen sie mich, dabei ist es hier friedlich, ich brauche mich nicht zu fürchten, muss keine Schussverletzungen behandeln, höchstens Quetsch- oder Brandwunden. Ich schrecke nachts auf, weiß nicht, wo ich bin, und erst, wenn ich Jūzfis warmen Körper spüre, beruhige ich mich und fühle mich sicher.

„Es ist dunkel geworden, lass uns zum Lager gehen." Harun unterbricht meine Gedanken, die wie Insekten auffliegen und in der Ferne verschwinden. Er stützt meinen Ellenbogen und ich greife seine Hand, hole Schwung, doch gleichzeitig zieht er mich empor. Wir verlieren das Gleichgewicht und ich pralle mit meiner Nase gegen seine Brust, oder besser, gegen das knöcherne Sternum. Verflixt, das tut weh! Ich beuge meinen Nacken, lege meine Handflächen auf mein Gesicht und warte, bis das dumpfe Pochen nachlässt. Harun entschuldigt sich, macht viele Worte, wiederholt sich und will mein Gesicht sehen. Jetzt zeige ich niemandem mein Gesicht! Ich bekomme schwer Luft, fühle Druck hinter meinen Wangen, als hätte ich einen heftigen Schnupfen. Das kann nur eins bedeuten: Meine Nase schwillt an.

„Was kann ich denn tun? Entschuldige. Soll ich was holen? Das tut mir so leid."

„Mrpf", mehr bringe ich nicht hervor. Irgendwie rührend, wie er sich sorgt; sonst sagt er, man solle sich zusammenreißen oder so schlimm kann es nicht sein. Er richtet mich auf, versucht, meine Hand vom Gesicht zu nehmen.

„Nun zeig doch mal."

„Mrpf."

„Bitte."

Ich lasse meine Hände sinken und strecke ihm meinen Kopf entgegen. Es ist dunkel. Er kann nichts erkennen.

Ich schlage vor: „Es muss gekühlt werden, dann geht die Schwellung zurück."

Was macht er denn? Ich weiche zurück, doch er packt meinen Hinterkopf und zieht seinen Dolch aus dem Gewand.

„Biste meschugge?"

„Was?"

„Verrückt?"

Nun lächelt er, dreht den Dolch und drückt mir den kühlen Griff vorsichtig an mein Nasenbein. Ich lasse meinen Kopf in seine Hand fallen, sehe in den Wüstenhimmel. Er ist nicht dunkel. Er funkelt und der Mond ist so hell, dass Haruns Dolch aufblitzt, wenn er ihn bewegt. Ich erkenne die Sklera in seinen Augen, sie ist weiß wie Eierschale. Seine Iris sind wie schwarze Murmeln, die sich hin und her bewegen. Er ist besorgt.

„Alles gut. Das wird rasch vergehen. Du kannst mich loslassen", beruhige ich ihn.

Aber er lässt mich nicht los. Ich liege in seinem Arm wie eine Prinzessin und sein Kopf senkt sich zu mir. Das ist ja fast wie bei Hadschi Omar und seiner Frau Hanneh im Karl-May-Film. Ich muss kichern und ruiniere mir den wohl romantischsten Kuss aller Zeiten.

Harun sieht mich fragend an. Er ist irritiert, sein Blick verfinstert sich.

„Nein, nein, ich lache dich nicht aus." Ich schlinge meine Arme fester um seinen Hals und ziehe ihn an mich. Ich küsse ihn und er erwidert meinen Kuss. Wir sind vorsichtig, damit meine Nase nicht noch mehr leidet. Kein wildes Knutschen, sondern ein sanftes Liebkosen. Er hat seinen Umhang gelöst und ich lehne mich in seine Armbeuge, mit dem anderen Arm schwingt er das Tuch über uns beide. So stehen wir, wie eine Skulptur, äußerlich ruhig, doch innerlich pulsierend und lebendig. Wenn ich mich an ihn lehne, berührt meine Stirn sein Schlüsselbein, seine Wangen ruhen auf meinem Haupt. Ab und zu pustet er meine Haarsträhne von seinen Lippen.

„Sie sind wie Spinnenweben. Unsere Haare sind wie Ziegenwolle."

„Ist das ein Kompliment?"

„Ja, Spinnenweben sind fein, glänzen in der Sonne, sind geheimnisvoll, fangen Tautropfen und Blicke ein."

„Ich habe noch nie Tautropfen mit meinen Haaren eingefangen."

„Aber du könntest, wenn du wolltest."

„Blicke habe ich auch noch nie …"

Harun unterbricht mich: „Doch, hast du! Immer, wenn dein Haar sich unter der Haube löste, fing es Blicke ein. Die Sonne hat es weiß gebleicht, im Mondlicht schimmert es silbern."

Harun küsst meinen Kopf, wandert zu meinem Haaransatz, liebkost die Stirn und berührt meine Lippen. Ich will nicht mehr über Anatomie nachdenken, dass die Zunge der beweglichste Muskel ist und Tausende von Sinneszellen besitzt. Ich löse mich von dem, was ist, spüre nach, was passiert – unsere Seelen berühren sich in einem Rhythmus, der nicht vom Herzschlag vorgegeben wird, sondern von einem Gleichmaß aus Fühlen und Sehnen.

Als ich wieder in den Nachthimmel schaue, hat der Mond seine Position gewechselt. Wir haben uns in der Zeit verloren. Es ist ein wunderschönes Verlorensein. Ich möchte nicht vom Alltag gefunden werden oder den Sorgen um meine Liebsten oder der Unsicherheit vor der Zukunft. Einfach sein – geborgen sein, geliebt sein, angekommen sein. Sein.

Ich dachte, man sieht mir meine Verliebtheit an der Nasenspitze an. Doch niemand sagt etwas, keiner schaut mich seltsam an. Alles ist wie immer: Ich kümmere mich um die Kinder, ziehe dem Stammesältesten einen faulen Zahn, sehe nach der Wöchnerin und renke einer Ziege den Fuß ein.

„Wir werden sie schlachten müssen", klagt der Hirte.

„Warte ab."

Er hält seine kleine Ziege auf dem Arm und seufzt. Die Bindung der Menschen zu den Tieren ist innig. Ich glaube, dass ich verstehe, was Berta immer meinte, wenn sie sagte, Tiere sind treu und gutmütig. Ich ertappe mich dabei, wie ich den heiligen Leonhard bitte, sich um die

Ziege zu kümmern. Ich bete viel, manchmal merke ich erst hinterher, dass ich ein Gebet gesprochen habe. Es rutscht mir aus dem Herzen und fließt über meine Lippen. Ich bete für die Schwangeren. Wahrscheinlich ist es meine Angst, die mich antreibt. Mit jeder Gebärenden habe ich Haruns Schwester vor Augen. Wenn ich doch nur schneller und besser gewesen wäre … Niemand hatte mir je einen Vorwurf gemacht. Die Menschen haben das Sterben ständig vor Augen und wissen den Tod zu würdigen. Ich sehe mich weniger als Krankenschwester, die Leiden und Sterben abwendet, sondern als eine Wegbegleiterin im Heilungsprozess und als Trösterin in Trauer.

Vielleicht bin ich jetzt eine bessere Krankenschwester, als ich es je an der Front war. Wenn alles gerichtet und geflickt ist, versorgt und ge-reinigt, gibt es nichts zu tun. Die Generaloberin würde mich wegen meines Müßiggangs schimpfen, aber ich genieße die freie Zeit. Ich spaziere zwischen den Dattelpalmen oder setze mich in den Schatten eines Feigenbusches. Erst durch Harun habe ich gelernt, einfach mal innezuhalten. Ich solle auf den Wind achten, sagt er. Ich müsse den Sand spüren, meint er. Ob ich wüsste, wie Sonne klingt? Hätte ich je den Wechsel zwischen Tag und Nacht geschmeckt?

Weiß ich nicht und habe ich nicht.

„Dann lerne", fordert er mich auf und setzt sich neben mich in den Schatten. Wir bleiben, bis die Sonne untergegangen ist. Es ist ein Farbspektakel und obwohl ich es schon so oft gesehen habe, werde ich dem nicht überdrüssig. Dabei ist es ein physikalischer Vorgang: Licht-streuung. Am Abend wird blaues Licht stärker gestreut als rotes. Die roten Lichtbündel nehmen wir als Sonnenuntergang wahr.

Harun hat nicht die Tendenz, seine Welt in Biologie, Chemie und Physik zu unterteilen. Sein Wissen beruht auf Beobachtung und Erfahrung. Er schmeckt, dass bald ein Regenguss ansteht. Er spürt an der Vibration des Windes, wann er zu einem Sandsturm heranwächst. Er kennt die Dinge, während ich in den Himmel starre und über-haupt keine Veränderung sehe.

Vati würde das alles gefallen. Ich bin mir sicher, er würde Harun mögen und neben ihm im Sand sitzen und über Luftwirbel staunen. Und Mutter, könnte sie unsere Beziehung dulden?

„Bist du mit deiner Seele in Deutschland?"

„Woher weißt du das?"

„Dann geht dein Atem anders." Harun liest die Natur und mich. Er beugt sich zu mir und berührt mein Haar.

„Wie Sonnenstrahler", sagt er.

„Ich habe Schnittlauchhaare."

„Was ist Schnittlauch?"

„Gras, das nach Zwiebeln schmeckt."

Harun schüttelt den Kopf: „Du hast Haare, die nach Orangenblüten duften."

Seine Hand liegt warm auf meiner Schulter. Er spielt mit den Falten meines Umhangs. Nein, er spielt nicht.

„Was machst du da?", frage ich.

Er zupft am Stoff, schlägt ihn zu Falten und holt eine Gewandnadel hervor.

„Nun wird dir das Tuch nicht mehr von den Schultern rutschen."

Ich beuge meinen Nacken und schaue auf das Schmuckstück. Vorsichtig streiche ich mit den Fingerkuppen darüber und spüre die Vertiefungen, dort, wo das Silber getrieben wurde. Es sind Kringel, Linien und Punkte, mehr als nur ein Muster. Es ist eine Schrift.

„Was bedeutet sie?", frage ich. Er antwortet in Tedaga. Ich zucke mit den Schultern.

„Hoffnung, die nicht aufhört", wiederholt er in meiner Sprache.

Ich streiche erneut über das längliche Schmuckstück. Es sitzt sicher an der linken Schulter über meinem Herzen und es funkelt im Mondschein. Hoffnung über meinem Herzen. Hoffnung, die leuchtet. Ja, das brauche ich. Voller Hoffnungstrotz versuche ich mir eine Zukunft in Deutschland vorzustellen.

„Was meine Eltern zu uns sagen würden?"

„Uns? Gäbe es in deiner Heimat ein uns?"

Ich zucke mit den Schultern. Vielleicht hat sich in Deutschland alles zum Guten gewandelt. Die Nazis sind weg, es gäbe keine Propaganda mehr gegen Juden und Fremde. Wenn ich doch nur wüsste, wie es in meiner Heimat aussieht. Es wäre alles etwas leichter, wenn ich meine Lieben in Sicherheit wüsste.

„Können wir an die Küste reisen, um meinen Eltern zu telegrafieren?"

„Fine, bitte hab Geduld."

„Dann geh du und schreib dem Roten Kreuz eine Nachricht."

„Fine, dann wüsste man um eine Verbindung zwischen mir und den Deutschen. Ich will nichts riskieren, denk an die Kinder."

Ich denke ständig an die Kinder. Wie oft ich auch meine Gedanken hin und her bewege, ich muss wahrscheinlich ein Wüstenleben führen, wenn ich sie aufwachsen sehen möchte.

Ob meine Eltern spüren, dass es mir gut geht? Vielleicht, wenn sie beten; wenn wir mit Gott reden, könnte er uns die Gewissheit ins Herz legen, dass alles in Ordnung ist. Vielleicht fühle ich nur Frieden, weil sie nicht mehr leben und ihre ewige Ruhe gefunden haben? Die Sache mit dem Vertrauen ist kompliziert: hoffen, was man nicht sieht, ist meine schwerste Übung.

Die Herbstlust und ihre Geheimnisse

„Herrschaftszeiten! Ihr seid meine Gäste. Ihr bringt nichts mit." Yakobs Mutter schweigt. Manchmal erdrückt ihn ihre Fürsorge. Er will seine Eltern einladen und sie sollen sich einladen lassen. Yakob weiß, wie sehr seine Eltern es genießen, in den Süden von München zu fahren, durch die Anlage der Herbstlust zu schlendern, in seinem kleinen Zimmer zu sitzen und die Isar rauschen zu hören.

Sie essen Streuselkuchen an seinem Klapptisch, reden über das Wetter und die vergangene Woche, schlürfen Tee und Vater leckt sich seine Finger ab, um Krümel von der Tischplatte zu sammeln.

„Mutter, welches Schlaflied hattest du mir immer vorgesungen?"

Vater schiebt seinen Krümelfinger in den Mund und nuschelt: „Schlaf, Kindchen, schlaf."

„Nein, nicht das, das andere."

Mutter summt. Zack! Yakob fühlt sich wie ein kleiner Junge. Ja, das waren die Töne mit den lang gezogenen Silben und einem Klang nach Wüste. Yakob schließt die Augen, lauscht dem Gesang seiner Mutter und ab und zu schmatzt sein Vater, wenn er seine Krümelfinger ablutscht.

„Jūzfī. Ging es nie um eine Jūzfī?"

„Nein, wie kommst du darauf?"

„Schwester Josefine hatte es gesungen."

„In Tedaga?", Vaters feuchter Finger biegt sich zu einem Fragezeichen. Yakob nickt.

„Wieso kann sie das?" Yakob zuckt mit den Schultern.

„Wollen wir in den Garten gehen? Vielleicht möchte Schwester Josefine auch spazieren gehen." Yakob grinst und seine Mutter strahlt.

Es kommen nur wenig Besucher in die Herbstlust. Wer sollte auch zu den ledigen Damen kommen? Mal eine Nichte, mal ein bedeutend jüngerer Bruder, sonst sind es ehrenamtliche Helfer wie die Grünen Damen, die die beeinträchtigten Schwestern besuchen. Yakob schlägt vor, dass sie gemeinsam drei Schwestern ausführen könnten. Seine Eltern stimmen zu und Yakob holt Schwester Berta und stellt sie seinem Vater vor. Er verbeugt sich umständlich und sagt: „Guten Tag, gnädige Frau, gestatten, Usem. Ich heiße Usem."

„Ja mei. Das macht ja nichts", antwortet sie. Yakob schüttelt den Kopf. Hat sein Vater wieder alte Filme gesehen, in denen Schlagersänger schauspielern? Obwohl Schwester Berta gebeugt geht, überragt sie Usem. Sie lotst ihn zum Gewächshaus und bevor Yakob sich mit Schwester Josefine in Gang setzt, sind die beiden schon hinter den zottigen Dattelpalmen verschwunden.

Seine Mutter hakt sich gleich bei Schwester Therese ein, nennt ihren Namen und die zwei marschieren los. „Dahlia?", fragt Schwester Therese.

„Ja, ich heiße Dahlia. Wie die Blume."

Dahlia umrundet mit Schwester Therese den Swimmingpool. Es ist kein Wasser drin, doch die hellblaue Farbe im alten Becken täuscht Wasser vor.

Lange vor Yakobs Zeit war der Pool in Betrieb. Die alten Schwestern schwärmen von der Zeit, als sie noch darin baden konnten, und dann erzählen sie von einer Mitschwester, die Bergwandern war, anschließend badete, sich auf die Liege in der Sonne legte und starb. Ja, genau so wollten sie alle sterben, schnell, entspannt, nach einem schönen Tag, doch den wenigsten war es vergönnt.

Schwester Therese denkt nicht ans Sterben, sondern an ihr Trainingsprogramm. Dahlia hält das Tempo und lässt sich auf Thereses Welt ein. Sie hat um Thereses Kopf ein Tuch gegen die Sonne gebunden und die Zipfel so eingeschlagen, dass es wie eine Schwimmkappe aussieht. Als Yakob endlich mit Schwester Josefine am Schwimmbecken vorbeikommt, lobt er die fesche Badekappe. Schwester Therese strahlt und Yakobs Mutter hält Schritt, immer Obacht, dass sie weit genug vom Beckenrand sind.

Das schöne Wetter lockt die rüstigen Damen ins Freie. Sie sitzen im Schatten der wuchtigen Bäume oder unter Spalieren mit Klematis und Rosen. Der Garten des ehemaligen Jagdschlosses trotzt der Zeit: Steinfiguren und Blumenkübel im Jugendstil, knorrige Obstbäume, die schon lange keine Früchte mehr tragen, ein gusseiserner Pavillon und ein Brunnen, in dem Bronzekinder einen Reigen tanzen. Dass alles noch so aussieht wie vor einhundert Jahren, verdankt man der Sparsamkeit, dem Geiz der Schwesternschaft und später dem Denkmalschutz. Daher prangt noch immer das wasserlose Schwimmbecken im Herzen des Gartens – zu wertvoll, um es abzureißen, zu teuer, um es zu sanieren.

„Schwester Therese, nun ist aber Zeit für eine Trinkpause." Dahlia lotst sie in den Schatten und Yakob schiebt ihr einen Gartenstuhl unter den Po, doch Therese ist unruhig. Ihre Beine und Arme zappeln, ihre Finger vibrieren und ihr Kopf zittert. Dahlia möchte sie ablenken. Sie setzt sich zu Schwester Therese und bewegt ihre Arme.

„Mache ich die Gymnastik richtig, Therese?" Dahlia rührt mit den Armen durch die Luft. Schwester Therese schüttelt nur den Kopf, senkt ihre Schultern, streckt die Arme seitwärts aus und dreht vorsichtig die Handflächen nach oben. Ihr Atmen wird ruhig, ihr Tremor lässt nach und Worte finden ihren Weg. Sie spricht, als wäre sie keine Greisin: „Finchen, hast du etwa in der Wüste das Schwimmen verlernt? Mach die Übung mit."

Schwester Josefine gehorcht. Sie rutscht mit dem Po zur Stuhlkante, senkt die Schultern, streckt die Arme, dreht die Hände, richtet sich auf, wirft den Kopf in den Nacken, hält die Position … sackt zusammen und seufzt: „Ich vermisse ihn so."

„Schmarrn. Er sitzt doch neben dir. Wie hat er es nur nach Deutschland geschafft?" Therese biegt und beugt sich so weit, wie es ihre steifen Gliedmaßen erlauben, und Yakob staunt, denn seine Mutter kann ihren Rücken nicht so rund machen wie die alte Krankenschwester. Worüber unterhalten sich die Damen?

„Dummerle, guck doch mal." Schwester Therese deutet mit

ihrem Kopf auf Yakob. Langsam dreht sich Josefine zu ihm. Keine Regung. Gespannt wartet Yakob auf eine Reaktion, doch Josefines Blick geht durch ihn hindurch. Der Moment scheint zu verstreichen, ohne eine Erinnerung geweckt zu haben, doch dann summt Dahlia das kleine Kinderlied. Schwester Josefine lächelt, sieht Yakob in die Augen, berührt seinen Arm und fragt: „Schlafen die Kleinen schon?"

„Ja", antwortet Yakob.

„Das ist schön. Jūzfī schläft am besten zu diesem Lied ein." Dann beugt sich Schwester Josefine ganz nah zu Yakob, legt ihre Hand auf seine Brust und flüstert: „Verbringen wir die Nacht zusammen?"

Yakob ist unsicher, wie weit er das Erinnerungsspiel mit Josefine treiben kann. Er will sich in ihrer Realität bewegen, um eine Erinnerung zu bergen, und nicht, damit sie sich in Erinnerungen verliert. Während Yakob sich durch sein Fachwissen kramt, wie er am besten reagiert, steht seine Mutter auf, stemmt ihre Hände in die Hüften und ruft auf Tedaga: „Zeit zum Essen!"

Schwester Therese macht noch immer ihre Gymnastikübungen und ruft: „Hä? Was?"

„Essenszeit", wiederholt Josefine. „Sie hat Essenszeit gesagt. Vielleicht holen wir noch ein paar Datteln. Harun, kommst du?"

Schwester Josefine steht vor Yakob und hält ihm ihre Hand entgegen. Ein Windzug zupft ihr Strähnen aus dem Haarknoten, die im Sommerlicht schimmern. Yakob blinzelt gegen das Licht; wenn er es nicht anders wüsste, würde er meinen, eine junge Frau stünde vor ihm: zierlich, agil, geradezu sinnlich.

Er nimmt ihre Hand, sie greift zu und führt ihn. Da ist wieder diese Kraft, die Schwester Josefine packt, wenn sie von der Vergangenheit eingeholt wird. Es sind nicht nur schlimme Erinnerungen, es scheinen ganz wunderbare und geheimnisvolle Erinnerungen zu sein, die in den Frauen schlummern. Es wäre doch schade, sie nicht zu bergen.

Sie ducken sich unter den Dattelpalmen und die langen Blätter piksen in Yakobs Nacken. Er zieht den Kopf ein, doch Schwester Josefine zieht ihn unnachgiebig weiter. Dann stoppt sie und ruft: „Berta, was machst du denn hier?"

„Nach Früchten suchen, was sonst?"

Yakob taucht hinter Josefine auf und Usem drückt sich an Berta vorbei.

„Ach Yakob", sagt Berta, „Ihr Vater kennt sich mit Datteln aus. Das ist ganz wunderbar."

In der Hand hält sie zwei kleine Früchte. Usem zuckt mit den Schultern, als wolle er sich entschuldigen, dass er sich mit den Früchten auskennt.

„Aber das ist doch Harun ... du kennst doch Harun", beteuert Josefine.

„Ja, er sieht aus wie Harun. Finchen, erzähl uns von Harun." Berta drückt die zwei Datteln in Yakobs Hände und greift nach Josefine. Die zwei Frauen gehen zurück zu den Gartenstühlen, lassen die Männer zwischen den Pflanzen zurück.

„Du kennst dich mit Dattelpalmen aus?", fragt Yakob.

„Du siehst Harun ähnlich?", gibt Usem zurück.

„Die Herbstlust ist ein Ort voller Geheimnisse", lacht Yakob.

Zu sechst sitzen sie im Schatten. Schwester Therese ist nach ihrer Gymnastik auf dem Stuhl eingenickt. Schwester Berta führt ihre Freundin behutsam durch ein Gespräch bis hinein in die Gegenwart. Yakob und seine Eltern hören von der Afrikafront, gegorenem Dosenessen, Skiern in der Wüste, Schussverletzungen und einem Fremden, der Schwester Josefine entführt hatte.

„Das ist ja schrecklich", sagt Dahlia.

Berta zuckt mit den Schultern: „Ich glaube, es war die schönste Zeit in ihrem Leben. Irgendwie ist sie nie mehr richtig nach Hause gekommen."

Yakob hakt nach: „Was ist passiert?"

„Das weiß ich nicht. Finchen hat nie darüber gesprochen. 1951 kam sie mit einem gebrochenen Herzen in München an, aber ...", sie macht eine Pause und beugt sich zu Yakob, „Sie schenken Finchen eine Lebendigkeit, wie noch niemand zuvor. Machen Sie weiter."

Auf dem Rückweg lehnt sich Schwester Berta an Usem und scheint dessen Gegenwart zu genießen; wenn Yakob sich nicht täuscht, gefällt es auch seinem Vater. Wie selbstverständlich geht Josefine in den Wohnbereich, doch Yakob muss sie auf die geschlossene Station bringen. Josefine ist verwirrt, warum sie nicht ihren Freundinnen folgen kann, doch lässt sie sich von Harun führen.

„Wenn du meinst ...", flüstert sie und reicht ihm die Hand. Es ist eine seltsam vertraute Geste, jemandem die Hand zu geben, sie zu halten und wie ein Pärchen über den Gang zu gehen. Es geht nicht darum, einander zu stützen, sondern es geht um Verbundenheit.

Seine Eltern schieben den Abschied hinaus, sodass Yakob ihnen eine Brotzeit anbietet, obwohl er nur Brezen vom Vortag hat.

„Ich habe schon ewig kein Tedaga gehört", sagt seine Mutter und beißt in die latschige Brezel. Ihre Augen leuchten und plötzlich beginnt sie jeden Satz mit: „Usem, weißt du noch ...?"

Sein Vater zögert, doch dann gibt auch er sich den Erinnerungen hin: Kindheit und Jugend im Bergland von Libyen, Schafzucht und Zeltbau, Silberschmuck und Tattoos, Essen und Gewänder. Yakob schweigt und lauscht, kocht Minztee und füllt immer wieder die kleinen Gläser auf. Das Gespräch darf nicht abreißen, zu lange hat er sich schon gewünscht, dass seine Eltern über ihre, seine Wurzeln sprechen.

„Usem, weißt du noch, als ich mein erstes Tattoo bekam?"

Sie kichert und schiebt ihr dichtes Haar aus der Stirn.

„Du hast ein Tattoo auf deiner Stirn?"

Yakob kann es nicht glauben, würde am liebsten die dunklen Linien berühren, doch sein Vater ist schneller. Er beugt sich zu Dahlia und küsst ihre Stirn. Yakob lehnt sich zurück. Er beobachtet seine

Eltern und deren Leichtigkeit, die die Erinnerungen auslösen – eine verliebte, lebensfrohe Leichtigkeit.

Yakob holt sein Smartphone heraus, wischt durch die Galerie, tippt auf ein Bild und reicht es Dahlia.

„Kannst du das lesen?"

„Es ist so klein. Was ist das?"

Yakob streicht mit den Fingern erneut über das Bild und zieht es an den Ecken größer. „Es ist ein Schriftstück von Schwester Josefine. Es lag zwischen Fotos. Vielleicht ist es ein Liebesbrief?"

Dahlia schiebt ihre Lesebrille auf die Nase und linst auf den hellen Bildschirm des Handys. Sie macht Mh und Ah.

„Ist es ein Liebesbrief?", fragt Yakob.

„Besser."

Was könnte besser als ein Liebesbrief sein? Yakob wird ungeduldig, doch Dahlia lässt sich nicht hetzen, stattdessen sagt sie: „Guck mal Usem, weißt du noch?" Sie hält Usem den Bildschirm vor die Nase. Er nickt und leckt sich die Lippen.

„Ja, was denn? Jetzt sagt doch mal."

Seine Eltern kichern und Yakob hat das Gefühl, gleich zu explodieren. Die Ungeduld kribbelt in ihm. Er quengelt: „Mama."

„Es ist eine Anleitung für ein Festmahl, Rezepte für unterschiedliche Speisen. So etwas kocht man nur zu ganz besonderen Anlässen. Usem, weißt du noch …?"

Und wieder tauchen seine Eltern in eine Jugenderinnerung. Yakob lässt sie durch die Vergangenheit spazieren, schenkt ihnen Tee nach und stellt ein Plastikschälchen mit Oliven auf den Tisch. Sie sind sauer wie eingelegte Gurken. Kaum hat sein Vater eine in den Mund gesteckt, seufzt er und sagt: „Dahlia, weißt du noch die Oliven in …"

Seit diesem Tag bekommt Yakob häufiger Besuch von seinen Eltern, selbst wenn er Dienst hat, stehen sie plötzlich da und meinen, dass sie sowieso ein Busticket hätten und es nicht verfallen lassen wollten, dass der Tag zu schön sei, um in der Hochhaussiedlung zu versauern, dass ihnen die frische Luft bekommt, dass es dem Auge guttut, Schönheit zu sehen. In der Tat ist die Herbstlust eine Augenweide. Manchmal klingeln Touristen an der Pforte und bitten um einen Rundgang. „Nichts da", befahl die Heimleiterin, „die alten Damen haben ein Recht auf Ungestörtheit." Nur Angehörige von Mitarbeitern dürfen auf das Gelände, aber nur wenn sie rücksichtsvoll sind. Yakobs Eltern können so rücksichtsvoll sein, dass sie überhaupt nicht auffallen. Nicht auffallen – das ist ihre Devise, egal, was sie machen.

Sommerhitze und Urlaubszeit halten die Pflegekräfte auf Trab. Nun heißt es mehr als sonst, die Damen aufzufordern, zu trinken, die Sonne zu meiden, einen Sonnenhut aufzusetzen, sich nicht anzustrengen und leichte Speisen zu essen. Doch was sollen die Pflegerinnen machen, wenn Sauerbraten und Krautsalat auf dem Speiseplan stehen oder Apfelstrudel mit Sahne?

„Ich möchte es ihr persönlich geben", fordert Dahlia. „Ich habe das Essen in Schraubgläser getan. Es wird eine Weile halten und es passt viel besser in diese Jahreszeit als die Hausmannskost deines Kochs."

„Es ist nicht mein Koch."

Dahlia stellt ein Glas neben das andere auf den Tisch, wie eine Karawane reihen sich gelbes Mus, rotes Chutney, grüne Pickles und weißer Pudding hintereinander.

Yakob staunt: „Hast du alles nach dem Rezept gekocht?"

„Fast alles. Bei der Gewürzmischung bin ich mir unsicher. Jede Amazigh-Familie hat ihre eigene geheime Rezeptur. Ich vermute, dass sie den Kreuzkümmel und Kardamom rösten, bevor er gemahlen und verarbeitet wird."

„Du kannst nicht einfach zu Schwester Josefine gehen. Das muss die Heimleiterin genehmigen."

Dahlia lächelt: „Das wird sie."

„Wieso bist du dir so sicher? Schwester Josefine ist im geschlossenen Bereich. Dafür brauchst du einen Zugangscode."

Dahlia winkt ab. „Dein Vater ist eine Grüne Dame."

„Er ist was?"

„Nun ja, offensichtlich gibt es keine männlichen Ehrenamtlichen. Er ist eine Grüne Dame und wird regelmäßig die Schwestern besuchen."

„Er ist was?"

Man sieht der Heimleiterin ihre Begeisterung an. Sie hofiert Usem durch die Herbstlust, präsentiert das alte Treppenhaus, die Bibliothek und die Gemälde an den Wänden. Bei dem Bild mit den blauen Pferden verzieht Usem das Gesicht und beißt sich auf die Lippen. Yakob ahnt, dass sein Vater das für Kinderkram hält, doch er ist zu höflich, um etwas zu sagen. Ab und zu macht die Heimleiterin eine Bemerkung, dass der Sessel zu schwer zum Verschieben sei oder die Kommode anderswo besser stände, und vielleicht könne er mal bei der Zimmerpalme anpacken. Yakob verdreht die Augen. Schon viele Ehrenamtliche haben das Weite gesucht, entweder, weil sie von der Arbeit oder den strengen Damen überfordert waren. Wer will sich in seiner Freizeit ständig herumkommandieren lassen?

Usem lächelt und Yakob kennt dieses Lächeln, es ist das Verhandlungsgrinsen. Ab und zu erwacht in Usem doch der Orientale.

„Ich helfe ihrem Gärtner, die exotischen Pflanzen im Herbst ins Gewächshaus zu bringen."

Die Heimleiterin triumphiert, doch Usem ergänzt: „Ich möchte mich um eine bestimmte Dame kümmern."

Yakob steht am Wäschewagen und schichtet Handtücher von einem auf den anderen Stapel, schindet Zeit, belauscht das Gespräch.

Die Heimleiterin stutzt: „Ach?"

„Schwester Josefine."

„Ach wirklich?"

„Ich könnte sie auf der Station besuchen, etwas vorlesen, vielleicht …"

Die Heimleiterin unterbricht: „Nein, das ist zu anspruchs …, äh, zu anstrengend."

Doch Usem redet unbeirrt weiter: „Vielleicht kann ich auch mal mit Schwester Berta oder Schwester Therese spazieren gehen."

Yakob beobachtet das Gesicht seiner Chefin. Sie bewegt ihre Augenbrauen nach oben und eine Falte wandert über die Stirn bis zu den Wangen. Er kann sie geradezu denken hören – die sture Berta, die wuslige Therese, die durchgeknallte Josefine werden betreut? Das könnte man in den Akten vermerken, dann bräuchte sich nicht immer eine Pflegekraft um sie kümmern, das wäre eine Zeitersparnis.

Die Heimleiterin lächelt wie eine Siegerin, reicht Yakobs Vater die Hand und begrüßt ihn als Grünen Herren in der Herbstlust.

„Wollen Sie auch einen grünen Kittel haben wie die ehrenamtlichen Damen?"

„Nein danke." Usem verabschiedet sich mit den Worten: „Und wenn ich eine Frage habe, wende ich mich an meinen Sohn."

„Ja, ja, tun Sie das." Die Heimleiterin kreiselt auf ihren kleinen Absätzen, schreitet über den Gang und verschwindet im Treppenhaus. Ihre Schritte hallen, die Holzdielen quietschen und ihre Stimme kratzt an den Wänden, wenn sie eine Bewohnerin grüßt oder einen Mitarbeiter mahnt.

Yakob hält einen Stapel Wäsche in der Hand. Er rümpft die Nase und öffnet den Mund, als wolle er fragen, warum sein Vater das macht. Usem grinst, deutet auf den Wäschestapel und spottet: „So sieht also deine anstrengende Arbeit im Pflegeheim aus?"

„Sag mal, wie willst du das alles schaffen mit den zwei Jobs, dem Fahrweg und überhaupt?"

Usem wirkt nachdenklich, er blickt an seinem Sohn vorbei und Yakob spürt, wie er nach den richtigen Worten sucht.

„Also … immer wenn wir hier sind … ist es wie … wie damals."

Yakob versteht nicht und zuckt mit den Schultern.

„Wie damals mit meinen Eltern und Großeltern. Es bedrückt mich, dass ich mich nicht um sie kümmern konnte. Hier kann ich geben, was ich meinen Eltern nicht geben konnte."

Yakob will ihn unterbrechen, doch Usem wehrt ab. „Es fühlt sich richtig an, in der Herbstlust zu sein, und außerdem bin ich neugierig, warum deine Schwester Josefine Tedaga spricht, dieses Rezept besitzt und wer weiß was noch alles. So! Wo fange ich an?"

„Setz dich doch zu den Damen in die Sitzecke. Schwester Berta wird sich freuen."

Usem läuft los, der Mann, der sonst immer nur Hilfskraft von Pizzabäckern und Reinigungsfirmen ist, geht mit erhobenem Kopf zu den Damen, deutet eine Verbeugung an und wird überschwänglich begrüßt.

„Vater Yakob!", ruft Schwester Berta, „wie schön, Sie wiederzusehen. Bitte setzen Sie sich."

Die anderen Damen machen Platz, nicken Usem ehrfürchtig zu. Mehrmals geht Yakob an der Sitzgruppe vorbei und immer wenn Schwester Berta seinen Vater anspricht, sagt sie Vater Yakob. Wahrscheinlich denken die anderen Frauen, er sei ein Geistlicher, und während Usem neben der großen Berta sitzt, scheint er mit der Wertschätzung der Damen zu wachsen.

„Vater Yakob", flüstert eine Dame, als würde sie beten. Schwester Berta lacht, ihr Busen bebt, ihre Hüften wackeln, das Sofa vibriert.

„Aber Berta", mahnt die Dame, „das ziemt sich nicht in der Nähe eines Geistlichen."

Berta lacht inbrünstig, wie es die Herbstlust nur selten hört, und Usem genießt die Heiterkeit – und den Irrtum.

Heute wird es das Festmahl geben. Endlich passt alles: der Dienstplan, das Wohlbefinden der Damen, der Zeitplan seiner Eltern, Usems Einsatz als Ehrenamtlicher und das Wetter. Die drückende Sommerhitze hat sich im September zu einer unbeschwerten Wärme gewandelt ohne Schweiß und Sonnenbrand. Die drei Schwestern sitzen schon am Gartentisch, Schwester Therese trägt eine dünne Strickjacke, Schwester Berta hat sich die Blusenärmel heruntergekrempelt und Schwester Josefine sitzt im Rollstuhl, eingewickelt in ihrem langen Tuch. Yakob will sie auf einen Stuhl setzen, doch er hat den Magneten vergessen, um ihren Bauchgurt zu lösen.

Dahlia zerrt am Verschluss. „Wieso ist sie gefesselt?"

„Sie ist nicht gefesselt. Der Gurt dient zu ihrer Sicherheit, damit sie sich nicht verletzt."

„Wobei sollte sie sich denn verletzten?"

„Mutter, bitte. Die Heimleiterin hat das festgelegt, schließlich kennst du die Vorgeschichte von Schwester Josefine nicht."

Dahlia murmelt etwas, das Yakob nicht versteht. Ihr missfällt, dass Schwester Josefine auf der geschlossenen Station ist, ständig fixiert wird und man mit ihr redet, als sei sie bekloppt. Yakob stört es ebenfalls, doch er kann die Situation nicht ändern. Immerhin konnte er in der Dienstbesprechung verhindern, dass Josefines Zimmer auf dem Mitteldeck aufgelöst wird. Selbst Nick setzte sich dafür ein, denn solange das Zimmer frei ist, kann keine neue Dame einziehen, und das bedeutet weniger Arbeit.

Als Yakob endlich den Magnetverschluss geöffnet hat, schlüpft Josefine aus dem Rollstuhl, umarmt Berta und Therese, nickt Usem zu und bleibt vor dem Tisch stehen. Das Tuch rutscht ihr von den Schultern. Dahlia hebt es auf, stellt sich hinter Josefine und breitet es über ihren Rücken aus. Obwohl der Stoff dicht gewebt ist, senkt er sich wie Seide oder wie ein Flügel um Josefine.

„Das wird nicht halten", überlegt Dahlia. „Wenn wir eine Gewandnadel hätten, könnten wir den Stoff vorn festklemmen."

„Eine was?", fragt Yakob.

„Eine Kleiderspange. Usem, weißt du noch, als …"

Yakob kümmert sich um Josefine, führt sie zum Tisch, schiebt ihr den Stuhl unter den Po, lässt sie noch einmal aufstehen, holt ein Kissen und drückt sie sanft in den Sitz. Josefine streckt ihre Hand aus und berührt die Dahlien, die in der Vase stehen. Vorsichtig zottelt sie so lange an einer Blüte, bis sie sich aus dem Strauß löst. Yakob klopft ihr auf die Finger und bereut sofort diese Mahnung. Josefine ist kein kleines Kind. Er berührt erneut ihre Finger und will seine Mahnung in eine zärtliche Geste wandeln, ein Streicheln, ein Wegstreicheln einer dominanten Geste.

„Schön, nicht wahr?", sagt Schwester Berta.

„Wo kommen nur die Blumen her? Ich habe sie noch nie hier gesehen." Josefine dreht den Stängel, sodass die Blüte kreiselt.

„Dahlia hat die Dahlien besorgt." Schwester Berta stockt. „Dahlia. Sie sind eine Blume. Herrgott, wieso fällt mir das erst jetzt auf? Vater Yakob, was bedeutet Ihr Name? Wie heißen Sie eigentlich?"

„Usem, der Fürsorgliche, der Wächter, der Beschützer."

Schwester Berta lächelt: „Das ist schön, dann kann ich Sie getrost Vater nennen. Wissen Sie, wir lebten unser Leben ohne Beschützer, mussten uns selbst beschützen. Ist es nicht so, Resi?"

Schwester Therese blickt auf wie ein Kind, das man aus einem Traum gerissen hat. Sie blinzelt und sagt: „Ohne euch hätte ich mich schon längst verloren."

Yakob stutzt. Was meint sie damit? Keine Zeit für Grübeleien, denn immer wieder zuckelt eine Dame am Gartentisch vorbei, um Vater Yakob zu grüßen, wobei das ein Vorwand ist, die Frauen sind neugierig. Der Tisch und dessen Schmuck, die Speisen und die kleine Gesellschaft bieten Gesprächsstoff.

„Grüß Gott, Vater Yakob!", ruft eine Dame von ihrem Balkon und Usem hebt seinen Arm, als wolle er einen Segen sprechen. Dahlia rempelt ihn an. „Lass den Quatsch, du bist kein Pater, du bist noch nicht einmal Christ."

Usem winkt und die Balkondame winkt zurück.

„Können wir endlich anfangen?", fragt Dahlia und hebt die Deckel der Keramiktöpfe. Zu den Speisen aus den Schraubgläsern hat sie Couscous gekocht und Fladenbrot gebacken.

Dahlia gibt Usem ein Zeichen: „Würde Vater Yakob uns den Tee einschenken?"

„Das mach ich." Yakob steht auf, nimmt die Messingkanne und gießt Minztee in die kleinen Gläser. Er hält die Kanne immer höher, sodass es plätschert und blubbert. In den Gläsern bildet sich eine dicke Schaumschicht. Je höher Yakob die Kanne hält, umso höher und lauter wird das Plätschern. Sechsmal vollzieht er dieses Ritual und beim letzten Glas sprudelt auch Leben in Schwester Josefine. Sie lacht, greift ihr Glas und hält es sich nah vor ihr Gesicht. In der Wölbung des Glases wirken ihre Augen groß und lebendig.

„Es sind wirklich viele Blasen", staunt sie, stellt ihr Glas ab und sucht Yakobs Blick. Sie greift seine Hände und führt sie an ihr Gesicht. Yakob lässt sie gewähren, zögerlich, wachsam – ob sie ihn beschimpft und kratzt wie letztens beim Sommerfest?

Sie legt ihre Wange in seine Handflächen, schließt die Augen und flüstert: „Ja, ich will!"

Ein Fest in der Wüste 1949

„Was willst du?" Harun lässt seine Finger locker und meine Wange schmiegt sich in seine Handfläche.

„Ich will", flüstere ich, hebe meinen Kopf und erkläre, dass wir das in Deutschland sagen, wenn man einen Heiratsantrag bekommen hat.

Haruns Hände werden feucht. Er räuspert sich, wirkt auf einmal unruhig.

„Schon gut", sage ich. „Du hast mir keinen Antrag gemacht, aber es fühlt sich an wie ein Versprechen." Ich habe meine Hand auf seine gelegt, er muss meine Wangen berühren. Fast tut er mir leid. Wie kann ich ihn nur so in Verlegenheit bringen? Dennoch, das Mahl ist ein Zeichen unserer Verbundenheit und Fürsorge.

Haruns Mutter Naima klappert so laut mit dem Keramikgeschirr, dass ich befürchte, es könnte bersten. Sie rumort und scheppert, will, dass wir die Hände voneinander lassen. Intimitäten gehören in die Dunkelheit oder wenigstens unter ein Zelt und nicht in den Familienkreis.

Harun und seine Mutter haben dieses Festmahl für mich hergerichtet. Wir sitzen auf Teppichen und niedrigen Polstern. Die Kinder gaben sich viel Mühe, den Sand aus den Kissen zu klopfen. Wenn man zwischen Wanderdünen lagert, muss man damit rechnen, dass sie in die Zelte und Kochtöpfe krauchen. Ich weiß, dass mich die Bewohner des Stammes akzeptieren. Sie hören auf mich, wenn ich ihre Wunden desinfiziere oder Zähne ziehe. Seit die Kinder von Haruns Schwester mich Mama nennen, bin ich Teil ihrer Familie geworden, und seit Harun sein Zelt für mich öffnete, akzeptieren sie mich als seine Gefährtin.

Die Gemeinschaft ist zu klein, um etwas zu verheimlichen, deswegen feiern wir hier mit Fladenbrot und Couscous, Erbsenmus und

Koriander, Wasserpfeifen und Minztee. Die Amazigh-Frauen haben mir erzählt, dass sich die Herzlichkeit in den Schaumbläschen des Minztees widerspiegelt. Je süßer der Tee, umso mehr brodelt er. Je willkommener der Gast, desto schaumiger der Tee. Je besser ein Geschäft, desto süßer ist das Getränk. Mein Tee ist so süß, dass ich nur kleine Schlucke nehmen kann. Ich bin willkommen und akzeptiert – offenbar auch von Naima, Haruns Mutter, sie hat ihn zubereitet.

Naima ist eine wortkarge Frau mit dunklen Augen, tiefen Falten und türkisfarbenen Zeichnungen im Gesicht. Sie würde mich nie umarmen, aber sie reicht mir zuckersüßen Tee, bunt gewebten Stoff gegen Kälte, Sand und Wind. Sie zeigt mir, wo die Wurzeln wachsen, die meine Unterleibskrämpfe lindern, und sie lehrt mich ein Kinderlied, das Jūzfī so gefällt. Sie ist eine gute Frau, eine liebevolle Großmutter und eine trauernde Mutter.

Harun zupft Fladenbrot auseinander, tunkt es in Erbsenmus und will mich füttern. Mir ist es unangenehm, diese intime Geste vor der Familie zu zeigen. Brav öffne ich meinen Mund.

„Ich teile mit dir mein Brot", sagt er feierlich. Gemeinsam das Brot zu brechen, erinnert mich an das Abendmahl in der Kirche – ein Versprechen, eine Erinnerung und ein Liebesbeweis. Berta würde mich für meine Gedanken schimpfen, dass man das nicht vergleichen könne. Das eine sei eine heilige Geste und das andere … ein heidnisches Ritual? Ich weiß es nicht. Ich spüre das Gewicht des Augenblicks: Harun ist für mich da, bekennt sich öffentlich zu mir, lässt mich Tischgemeinschaft mit den Seinen haben.

„Bekomme ich auch eine Tätowierung?", frage ich in die Runde. Keiner reagiert. „Ich bin alt genug", scherze ich.

„Nein", sagt Naima. Ich fühle mich verletzt von ihrer kurzen Antwort.

Harun will mich besänftigen: „Wir wollen dich nicht für dein ganzes Leben mit der Farbe zeichnen. Wer weiß, was und wohin uns die Zeit bringt. Bitte verstehe."

Ich bin hin- und hergerissen zwischen Fürsorge und Empörung. Vielleicht will ich selbst entscheiden, wo und mit wem und wie ich leben möchte. Als hätte Harun meine Gedanken gehört, sagt er: „Das Leben nimmt uns Entscheidungen ab. Oft können wir nicht wählen, wann und wo wir sein werden."

Er hat mich ertappt. Kennt er mich so gut oder bin ich so durchschaubar? Er reicht mir erneut ein Stück Fladenbrot. Ich nehme es ihm ab und teile es noch einmal. Ein Happs für mich und einer für ihn. Dann reiche ich ihm meinen Becher mit Tee. Ein Schluck für ihn und einer für mich und ich denke, es ist doch wie ein Abendmahl.

„Darf ich mitmalen? Bitte. Bitte. Bitteeeee!" Jūzfi bettelt und quengelt. Ich weiß nicht, worum es geht.

Es kommt Bewegung in die Tischgemeinschaft. Man rappelt sich von den Polstern hoch, klopft Sand aus den Gewändern, streckt steife Gliedmaßen.

„Bitte. Bitte. Bitteeeee!"

„Nein", sagt Naima. „Aber du darfst helfen."

„Jahaa", und Jūzfi springt um mich herum, zieht mir das Tuch vom Kopf und streicht mir die Haare aus dem Gesicht.

„Was ist denn los?", frage ich überrascht.

Plötzlich zupfen und tupfen viele Frauen an mir herum. Sie kichern und quasseln, reden viel zu schnell und ich kann sie nicht verstehen. Jūzfi muss mir immer wieder das Haar aus der Stirn streifen, weil es durch ihre zappligen Finger rutscht. Naima hält ein Schälchen in ihrer linken Hand, mit der Rechten rührt sie in einer Paste, die wie feuchte Erde aussieht.

„Still halten", kommandiert sie.

„Aber ... ich dachte ..."

„Pscht!" Sie nimmt ein dünnes Hölzchen, es sieht aus wie ein Pinsel, aber ohne Borsten, und beginnt auf meine Stirn zu zeichnen. „Ein Kreuz", kommentiert sie. „Ich denke, am besten passt ein Kreuz zu dir. Es ist auch unser Symbol für Schutz."

Vor Konzentration wird ihr faltiges Gesicht ganz starr, die Lippen geschürzt und die Augenbrauen hochgezogen. Sie zeichnet fein und leicht. Es tut nicht weh. Ich hätte gedacht, es müsste piksen, wenn sie mir die Farbe in die Haut ritzen. Jetzt fasst sie mich doch an, denke ich. Sie malt mir ein Kreuz auf die Stirn, wie es der Herr Pfarrer tat, wenn ich zum Abendmahl ging, aber zu klein war, um vom Wein zu nippen. Ein Segenskreuz. Ein Kreuz als Zeichen der Zugehörigkeit. Naima steht über mir gebeugt, so nah, dass ich meine Augen schließen muss. Ich dachte, sie wollten mich nicht tätowieren. Der Pinsel wandert von meiner Stirn zu meinen Wangen. Auf jeder Wange scheint sie Dreiecke zu malen, aber ohne Unterseite. Hypotenuse. Ja, so heißt die lange Seite eines Dreiecks. Wenn es so aussieht, wie es sich anfühlt, sind es sieben unfertige Dreiecke auf jeder Wange. Viele junge Frauen tragen diese Zeichen im Gesicht und nun auch ich.

„Es ist al-ʿinnā. Es wird wieder verschwinden", erklärt sie mir.

„Henna?"

„Ja, wir wollen dich nicht für immer zeichnen. Du trägst schon genug an unserem Volk."

Wie meint sie das? Ihre Stimme ist sanft und hat den Tonfall einer Mutter, meiner Mutter. Ich schaue sie an und entdecke Fürsorge in ihrem faltigen Gesicht. Plötzlich fühle ich mich klein und bedürftig, diese Mütterlichkeit macht mich verletzlich.

Naima rückt von mir und betrachtet ihr Zeichenwerk. Jūzfi schaut mich mit großen Augen und offenem Mund an. Sie streckt ihren Zeigefinger aus und will mir auf die Stirn tupfen. Naima schimpft und klopft auf das Fingerchen. Erschrocken zieht Jūzfi es zurück.

„Du bist so schön", sagt Jūzfi. Ich muss den Impuls unterdrücken, das Mädchen zu umarmen, denn: Die Farbe ist noch nicht trocken.

Sie haben mir Ketten um Hals und Kopf gebunden. Bei jeder Bewegung klingen die silbernen Plättchen, Ringe und Perlen. Nicht einmal Vaters Filmrequisiten waren so opulent wie der traditionelle Schmuck der Amazigh. Den Frauen aus Mutters Salon würden vor

Bewunderung die goldenen Zigarettenspitzen von den Lippen rutschen.

Ich fühle mich schön. Wir Frauen tanzen zu Musik, die wir selbst machen. Wir rasseln und trommeln, stampfen und trällern. Der Gesang klingt fast wie Bertas Gejodel. Die Töne sind so lang gezogen, mit Hebungen und Senkungen, dass ich erwarte, dass die Frauen nach Luft schnappen wie nach einem langen Tauchgang. Mir geht schon nach wenigen Tönen die Puste aus. Das macht nichts, ich singe und tanze, so gut ich kann. Die Männer sitzen abseits, sie rauchen und manchmal klatscht einer den Takt. Harun beobachtet mich und ich genieße es. Heute fühle ich mich weiblich und begehrt. In Gedanken halte ich Zwiesprache mit meiner Berta: Ja, ich fühle mich begehrt und ich genieße es! Das kann keine Sünde sein.

Mit dem Schmuck an meinem Körper, dem Kreuz auf der Stirn und den scharfen und süßen Speisen in meinem Bauch bin ich gesegnet und gesättigt. Segenleben. Lebenssatt – so satt und träge, dass ich nachts auf die weichen Polster in unserem Zelt sinke.

„Schäm dich!", sagten die Frauen im Seebad, wenn ein Träger von meinem Badeanzug verrutschte. „Schäm dich!", wenn ich mich zu wild im Kreis drehte und mein Röckchen hochflog. „Schäm dich!", wenn ich Peter einen Schmatz auf die Wange gab. „Schäm dich!", wenn ich zu laut lachte.

Die Frauen hatten viele Gründe, wieso sich eine Frau schämen sollte. Sie hatten gute Arbeit geleistet, obwohl Mutter und Vati mir immer zeigten, dass mein Körper wunderbar ist, so wie er ist. Später schaffte ich es, mir selbst ein „Schäm dich!" zuzurufen: die Hüften zu schmal, der Busen zu flach, das Haar zu dünn. Ich schämte mich, denn ich war nicht weiblich genug, habe nicht die Anlagen, um eine gute Mutter zu sein. Jetzt bin ich Mutter, ohne selbst ein Kind geboren zu haben.

Ätsch!, möchte ich allen in meiner Heimat zurufen.

„Oh!", ruft Harun.

Eine Kette nach der nächsten lege ich ab, schäle mich aus den Tüchern, schlüpfe aus dem Rock, bis ich nur noch ein Höschen anhabe. Ach was, das war mal ein Höschen, jetzt ist es nur noch eine olle Buxe, aber dafür schäme ich mich nicht. Ich tanze zu der Musik, die vor Stunden im Lager verklang. Sie hallt noch in mir nach. Töne, die so klingen, wie die orientalische Schrift aussieht – Kringel, Schlaufen, Punkte. Ich drücke mein Kreuz durch, damit meine Brust größer wirkt. Ich schiebe den Hintern zurück, damit mein … ach, was soll das. Ich bin, wie ich bin, und löse mein Haar.

„Ah!", macht Harun und lächelt. „Dein Haar leuchtet wie der Sonnenuntergang und weht wie Wüstensand im Chamsin."

Nackt stehe ich vor ihm. Er ist noch in seine Gewänder gehüllt, ich mag es, wenn ich ihm die Tücher herunter- oder eben auch hochschiebe. Es gibt keine Haken, Ösen, Knöpfe oder Reißverschlüsse an seiner Kleidung, mal ein Band oder eine Schlaufe, die sich leicht lösen lässt. Diese Spielerei gibt mir die Zeit, mich auf ihn einzulassen. Ich streife ihm das Hemd ab und schäle ihn aus seinem Untergewand. Ich fühle seine Haut und werde mir meiner Nacktheit bewusst. Unverschämt nackt. Unverschämt verliebt. Unverschämt sinnlich. Wir sind voneinander in den Bann gezogen.

Er lässt sich auf den Rücken fallen, zieht mich mit sich. Wir plumpsen auf die Polster. Ich setzte mich auf ihn und nun bin ich im Moment angekommen. Der Moment, der in unseren Körpern Sehnsucht nach Einklang entfacht. Ich schließe die Augen und genieße. Doch ebenso genieße ich es, Harun anzuschauen. Er wirbelt mich herum, nun liegt er über mir. Ich spüre die Webstruktur der Decken in meinem Rücken.

„Ich werde ein Muster auf meinem Rücken haben", kichere ich.

„Und auf deinem Hintern."

Obwohl sich Harun auf dem Polster abstützt, fühle ich sein Gewicht, seine Wärme und seine Stärke. Er beugt seinen Kopf an mein Ohr, flüstert: „Magst du das?"

Meine Haut kribbelt, als würde Sand über sie rieseln, von meinem Bauchnabel schieben sich wohlige Wellen bis zu meinen Schenkeln.

Wir sehen uns an, Genuss flimmert um seine Lippen und eine Ernsthaftigkeit liegt in seinen Augen.

„Wie wäre es, wenn …"

Ich nicke. Jeder ist bedacht, den anderen zu beschenken, um gemeinsam zu verglühen.

Arm in Arm ruhen wir. Meine Finger zupfen durch sein welliges Haar. Es ist so warm im Zelt, dass wir keine Decken brauchen, trotzdem zieht er ein Tuch über uns.

„Falls die Kinder wach werden", erklärt er, obwohl ich das doch weiß. Er berührt meine Stirn und ich erinnere mich an mein Henna-Kreuz. Seine Fingerkuppe fährt die senkrechte Linie nach, dann die waagerechte. Ich murmle: „Gott behüte und segne dich."

„Und dich", flüstert Harun. Er streicht über das Tuch, als wolle er die Falten glätten, doch er sucht eine Gelegenheit, um meine Schultern, Brust und Bauch zu berühren, dabei braucht er doch keinen Vorwand – er darf das. Er gehört zu mir. Wir gehören einander. Harun liebkost mich, bis ich in einen Traum aus Wolken und Schmetterlingen falle.

Schon beim Aufstehen freue ich mich auf die abendliche Zweisamkeit, doch das Tagwerk fordert Kraft und dann plumpsen wir müde in den Schlaf. Aber er liegt neben mir, nur eine Handbreite und einen Atemzug entfernt. Ich möchte nie mehr alleine einschlafen und ich möchte nie mehr alleine durch den Alltag gehen.

Die Gemeinschaft des Stammes ist eng. Man ist tatsächlich nie alleine.

„Gibt es ein Wort für Einsamkeit in eurer Sprache?", frage ich Harun. Er überlegt und schüttelt den Kopf. In seiner Sprache gibt es kaum Wörter für abstrakte Dinge wie Liebe und Freundschaft, und wenn doch, dann sind es Verben und keine Substantive. Sie haben Tun-Wörter für Liebe. Das gefällt mir, denn Liebe kann man nicht mit einem Wort kennzeichnen, man kann sie aber tun.

Wir tun viel, um hier zu überleben. Harun nutzt Gelegenheiten, um Schmuck und Teppiche in den Städten an der Küste zu verkaufen. Manchmal ist er Tage unterwegs, um als Mechaniker oder Handwerker zu arbeiten. Jedes Mal bitte ich ihn, eine Nachricht nach Deutschland zu telegrafieren oder wenigstens Neuigkeiten aus Europa mitzubringen. Oft kommt er mit einer Nachricht wieder, dass es Verhandlungen und Prozesse gibt oder dass Deutschland in vier Zonen geteilt wurde.

Diesmal sagte er: „Zwei Deutschländer."

„Was?"

„Deutschland wurde in zwei Republiken geteilt."

Ist das ein Grund zur Freude oder zur Traurigkeit? Er will meine Sorgen zerstreuen und erklärt, dass es wie in seinem Land mit den ausländischen Truppen sei. Sie passen auf, das kein neuer Krieg entfacht wird. In Deutschland passen nicht nur Engländer und Franzosen auf, sondern auch die Amerikaner und die Russen.

Allein bei dem Wort Russen schießt eine Sorge durch mein Herz. Was ist mit Resi? Ungewissheit ist ein Gefühl, das sich durch die Seele frisst und das Herz zernagt. Was ist mit Mutter und Vati?

Doch offenbar ordnet sich alles in Europa, denn Harun konnte an das Rote Kreuz telegrafieren. Wie hat er das geschafft? Harun erzählt mir nicht alles, doch ich vermute, dass er auch für die Briten arbeitet, vielleicht repariert er ihre Autos.

Er berührt meine Schulter: „Was ist? Freust du dich nicht?"

„Doch, doch … ich mache mir nur Sorgen, wie das hier noch werden soll mit den Arabern, Amazigh und Europäern … dir und mir."

Er nimmt mich in den Arm. „Für Sorge haben wir auch kein Wort in unserer Sprache. Wir können vorsorgen und fürsorglich sein. Doch Sorge hilft niemandem."

Ich lehne an seiner Brust. Seine Gewandnadel drückt gegen mein Schlüsselbein. Ich rücke zur Seite, berühre die silberne Schnalle, fahre mit den Fingern das Muster nach.

„Wo hast du deine Nadel?", fragt er mich.

„Daheim. Ich habe Sorge, sie zu verlieren."

„Ach, Finchen. Du sorgst dich zu viel. Ohne Gewandnadel musst du dich auch darum sorgen, dass dir das Kleid von den Schultern rutscht. Obwohl …" Harun grinst, keck zupft er an meinem Kleid. Ich gebe mich empört, richte das Gewand und erwarte trotzdem, dass er mich weiter berührt.

Er hat recht. Wir dürfen, müssen, können und sollten alles genießen, was uns der Moment schenkt. Jetzt verschenken wir uns einander.

Die Herbstlust und der Herbst

Es ist Herbst geworden und die Herbstlust macht ihrem Namen alle Ehre. Die Kastanien sehen mit gelb-braunem Laub nicht so prächtig aus wie die Ahornbäume, aber wenn ihre Früchte über die Dächer rumpeln, auf Fensterbänke schlagen und über die Wege kullern, haben sie die Aufmerksamkeit eines jeden. Der Essigbaum hat seinen großen Auftritt. Im Sommer war er zu klein, als dass man seinen Schatten gesucht hätte, aber jetzt steht er wie ein flammender Busch im Garten. Er lodert im Wind. Er glüht in der Abendsonne. Die Damen berühren seine Blätter und manche zupfen sie ab, legen sie zwischen Buchdeckel, um einen Farbtupfer mit in den Winter zu nehmen. Irgendwann rieselt das poröse Blattwerk aus den Seiten, verteilt sich über den Boden und wird vom Staubsauger geschluckt.

Vor allem Schwester Berta wird in dieser Jahreszeit emsig und geradezu ungeduldig. Schließlich ist das Obst reif. Sobald sie ihre Stützstrümpfe trägt, sämtliche Tabletten geschluckt hat, ihre Füße in knöchelhohen Schuhen stecken und der Rollator startklar ist, wälzt sie sich über den Gang zum Aufzug.

„Moment bitte", ruft Olga. „Haben sie die dicken Strümpfe an und die Thermounterhose?"

Schwester Berta verdreht die Augen und motzt, dass sie früher nur barfuß ging, höchstens Holzpantinen trug.

„Ja, ja, Schwester Berta, früher …" Olga knotet ihr das Halstuch fest und wünscht ihr viel Spaß im Garten. „Aber bringen Sie nur die schönsten Äpfel mit."

Schwester Berta wackelt mit dem Kopf, nur Yakob hört sie schimpfen, dass die jungen Leute nicht wüssten, wie man sparsam lebt.

Yakob lächelt, denn Olga ist auch schon über fünfzig Jahre alt und gehört zu den sparsamsten Menschen, die er kennt, die ständig alle zur Sparsamkeit mahnt im Umgang mit den Pflegemitteln, Einmal-waschlappen und Cremes. Immer wenn Yakob an den Fenstern mit Blick auf den Garten vorbeigeht, vergewissert er sich, dass Schwester Berta noch aufrecht steht. Ihm wäre es lieber, sie würde nicht alleine unterwegs sein, so schwerfällig, wie sie ist. Doch da bleibt sie stur, schließlich sei es ihre Entscheidung und da hat sie natürlich recht. Man kann die alte Berta nicht in Watte packen, wenn sie mit einer Greifzange nach Fallobst angelt.

Seit Yakobs Vater regelmäßig Schwester Josefine besucht, ist sie ruhiger, aber auch wachsamer geworden. Dabei macht Usem nichts Besonderes. Sie sitzen im Gemeinschaftsraum und er reicht ihr Minz-tee und einen Keks. Sie reden über das Wetter, dass es zu kalt sei oder noch so dunkel ist.

Dann hört Yakob, wie Usem erzählt, dass er in den kühlsten Wüs-tennächten nie so gefroren hätte wie an einem feuchten Novembertag in Deutschland.

Schwester Josefine nickt und zieht sich ihr Tuch enger über die Schultern, als würde sie allein bei dem Gedanken frieren. Ihre Gesprä-che wirken geheimnisvoll.

„Heute ist es neblig", sagt Usem.

Schwester Josefine antwortet: „Dann müssen wir den Sand aus den Decken schlagen."

„Vielleicht schafft es die Sonne, sich durch die Wolken zu kämp-fen."

„Es gab Verletzte. Drei Araber."

„Meine Jacke wurde feucht auf dem Weg zur Herbstlust."

„Aber du weißt doch, dass ein Wadi im Regen gefährlich ist."

„Nebel. Es ist nur Nebel. Kein Regen."

„Ach so. Dann ist gut."

Yakob kann sich nicht erinnern, wann Schwester Josefine zuletzt Gespräche in ganzen Sätzen geführt hat. Auch wenn sich ihm der Inhalt nicht erschließt, scheinen die zwei zufrieden zu sein.

„Wann kommt Naima wieder?"

„Dahlia, meine Frau heißt Dahlia."

Schwester Josefine zieht ihre Stirn kraus und schüttelt den Kopf. Es wirkt, als habe sie Usems Korrektur aus dem Gespräch geschubst. Yakob flüstert seinem Vater zu, er solle sie nicht verbessern.

„Was soll ich denn sonst tun?"

„Frag sie, wer Naima ist."

„Hast du nichts zu tun? Wieso schleichst du immer um mich herum? Kontrollierst du mich?"

„Nein, Vater. Ich wollte nur sagen, dass ihr beiden nachher nach oben kommen könnt zu Schwester Therese und Schwester Berta."

Usem nickt, wedelt mit der Hand, als wolle er Yakob verscheuchen. Er verlässt den Gemeinschaftsraum, bleibt an der Tür stehen und lauscht.

„Erzählst du mir von Naima?", fragt Usem.

„Wieso?"

Usem schweigt und Yakob unterdrückt den Impuls einzugreifen. Außerdem hat er keine Zeit, er muss wieder auf seine Station. Er löst sich vom Türrahmen, hört noch, wie Schwester Josefine tief einatmet, als wolle sie etwas sagen.

Naima. Er wird sich den Namen notieren. Die Indizien häufen sich: ein Frauenname und ein Männername, ein Kinderlied und Jūzfī, ein gewebtes Tuch und süßer Minztee, ein Amazigh-Dialekt und das Bergland in Libyen. Yakob wird weiter auf Spurensuche gehen.

Die Frühschicht hat gerade erst begonnen und schon ist Yakob durchgeschwitzt. Schwester Berta bei der Morgentoilette zu helfen, ist Schwerstarbeit. Trotz der Anziehhilfe ist es eine Tortur, ihr die Stützstrümpfe hochzuziehen. Olga hatte sich einmal die Sehne am Fingergelenk abgerissen, als sie einer Dame den Strumpf hochzog.

„Es tut mir so leid", sagt Schwester Berta.

„Was denn?", schnauft Yakob.

„Dass ich dir solche Mühe mache."

„Ach wo", winkt Yakob ab und reibt sich die schmerzenden Finger. „Wissen Sie, wer Harun ist?"

Schwester Berta versucht, ihr Bein auszustrecken, um Yakob zu helfen. Doch es lässt sich nicht strecken. Es ist krumm und knorrig wie ein dicker Ast.

„Ja sicher, Harun der Fremde, der Wilde." Sie klopft sich auf den Mund. „Das darf ich nicht sagen, sonst wird Finchen böse. Harun war Sanitätsfahrer und Mechaniker an der Front, doch vor allem war er ihr Freund, Vertrauter und, ich denke", sie beugt sich vor und flüstert: „ihr Liebhaber. Neun Jahre war sie verschwunden und plötzlich tauchte sie in München auf. Sie war immer noch Finchen und doch eine andere. Die Front hat uns alle verändert."

Schwester Berta schaut an Yakob vorbei. „Weißt du", sagt sie, „es hat niemanden interessiert, was wir erlebt haben, weder die Hausmutter, noch die Oberin oder Generaloberin."

Yakob streicht den Stützstrumpf glatt, ruht dann mit seiner Hand auf ihrem geschwollenen Knie. „Mich interessiert, was Sie erlebt haben."

„Stimmt, du bist ein guter Junge und Vater Yakob auch."

Yakob fühlt ihre Hand auf seinem Kopf, schwer liegt sie auf seinem Haupt. Es ist eine großherzige, mütterliche – eine großmütterliche Geste.

„Wissen Sie, ob Schwester Josefine ein Lieblingserinnerungsstück hat? Vielleicht etwas, was sie immer bei sich trug?"

Schwester Berta wuschelt nun durch Yakobs Locken, als könne sie damit ihre Gedanken in Gang setzen.

„Nein."

„Sind Sie sicher?"

„Nein, in meinem Alter ist man nie sicher, alles zu wissen."

Yakob erhebt sich und wirft die getragenen Strümpfe in den Wäschesack. Er lüftet das Zimmer, schüttelt die Bettdecke auf und füllt Wasser in ein Glas. Er hantiert langsam und hofft, dass Schwester

Berta doch noch eine gute Idee hat. Er zieht ihren alten Wecker auf, der, wenn er klingelt, die Toten aus den Gräbern lockt. Er stellt das alte Ding wieder auf das Nachtkästchen und stößt an eine Brosche. Es ist die runde Rotkreuzbrosche. Sie kullert auf den Boden. Schwester Berta schaut ihr hinterher und ruft: „Herrschaftszeiten!"

„Entschuldigung. Es ist nichts passiert." Yakob fischt die Brosche vom Boden, wischt sie ab, obwohl sie nicht staubig ist, und legt sie auf das Nachtkästchen.

„Herrschaftszeiten, die Gewandnadel. Finchen trug früher so ein Schmuckstück, das aussieht wie ein Bratenspieß. Einmal hatte der dämliche Nick es fallen gelassen und dann hat sie ihn angeschrien. Seitdem kann er Finchen nicht leiden."

„Niemand kann Nick leiden." Yakob rollt die Bettdecke zusammen und erinnert sich an die Begebenheit. Er breitet eine Tagesdecke über das Bett und denkt an das seltsame Schmuckstück. Hatte es Schwester Josefine nicht an den Vorhang gesteckt? Er muss unbedingt zu ihr. Vielleicht löst die Gewandnadel eine Erinnerung aus.

„Ich bin hier fertig, Schwester Berta. Brauchen Sie noch etwas?"

Sie schüttelt den Kopf. Dann hebt sie die Hand, als wäre ihr eine Idee gekommen.

„Sie sehen Harun sehr ähnlich. Ihre Eltern haben auch diese Art an sich, die mich an Nordafrika erinnert. Es sind nicht nur schlimme Erinnerungen. Es ist nie alles nur schlimm."

Ja, denkt Yakob, das Leben ist schrecklich schön, leicht anstrengend und hübsch hässlich. Alles ist immer gleichzeitig. Yakob sehnt sich nach Gesellschaft und ist gleichzeitig lustlos, wenn er mit Laura und den andern unterwegs sein könnte. Er radelt sich die Waden hart und will doch einfach nur entspannt sein. Er hatte sich gewünscht, dass seine Eltern von Libyen reden, und jetzt, wo sie es tun, fühlt er sich ausgegrenzt. Auf seinen Vornamen Yasser ist er stolz und gleichzeitig verbirgt er ihn hinter Yakob. Yakob geht über den Flur und schüttelt über sich selbst den Kopf. Wie will er den Seniorinnen helfen, ihr langes Leben zu verstehen, wenn er sein eigenes kurzes kaum begreift? Er könnte mehr über Libyen lernen, über die Geschichte lesen, in ein Archiv oder Museum gehen. Alles erst einmal mit dem Verstand ausmachen, bevor das Herz mitmischt mit seiner Sehnsucht nach dem Wissen über Vergangenes und Zukünftiges.

Jetzt im Herbst werden die Spaziergänge mit den bedürftigen Damen seltener. Es ist aufwendig, sie warm einzupacken, um nach ein paar Minuten wieder zurück ins Haus zu gehen. Nun sitzt Usem mit den Damen in der Sitzecke, auf dem Tisch liegen frisch gewaschene Handtücher und werden von allen gefaltet. Yakob grinst und kann sich einen Kommentar nicht verkneifen, dass er zu Hause nie Wäsche zusammenlegt.

„Es ist für einen guten Zweck", meint Usem.

„Zu Hause wäre es auch für einen guten Zweck – Mama helfen."

„Jaja", nuschelt er und konzentriert sich auf den verknubbelten Stoffzipfel.

Schwester Berta thront in ihrem Sessel und überwacht die Arbeit. Schwester Josefine kauert im Rollstuhl daneben. Usem sitzt zwischen den anderen Damen auf dem Sofa.

Schwester Therese legt sich ein Handtuch um die Schultern und tupft sich mit einem Zipfel über die Stirn.

„Training zu Ende?", fragt Usem.

Yakob staunt über seinen Vater, wie er sich mehr und mehr auf die Lebenswelt der Bewohnerinnen einlassen kann. Ein paar Damen zerren, schlagen und wedeln mit den Handtüchern, ziehen sie in Form, legen sie Ecke auf Ecke. Schwester Berta mahnt Usem zu mehr Genauigkeit, er nickt und Yakob lacht.

Es sind diese kleinen Hilfsdienste, die der Gemeinschaft guttun. Man macht etwas Nützliches und kann plaudern oder einfach nur zuschauen. Selbst die dementen Damen finden in die vertraute Routine des Wäschelegens.

Yakob hatte es etwas Anstrengung gekostet, Olga zu überreden, auch die dicken Verbände in der Hauswäscherei auszukochen, um sie dann von den Frauen aufrollen zu lassen. Das sei doch eine Idiotenarbeit, das könne man den Frauen nicht zumuten, hieß es. Doch letztendlich war es eine gute Idee. Wann immer Yakob einen Korb mit frisch ausgekochten Verbänden bringt, finden sich die Damen in der Sitzecke ein. Natürlich gab es Schwestern, die protestierten und sich beschwerten, doch letztlich fühlten sie sich von der Heiterkeit angezogen und gesellten sich dazu.

Yakob nimmt die gefalteten Handtücher beiseite und stellt den Korb mit Verbänden hin. Es ist ein großes Durcheinander von langen weißen Stoffbahnen.

„Das mache ich nicht", seufzt Usem.

„Musst du nicht. Warte nur ab."

Eine Dame greift hinein, zottelt so lange am Stoff, bis sich ein Streifen löst, und wenn dann zwei Frauen am gleichen Stoff ziehen, wird gekichert und gespaßt. Das Schweigen löst sich auf und plötzlich steigen Erinnerungen auf an die Jugend, unbeschwerte Tage im Mutterhaus oder medizinische Neuheiten. Die Kriegserinnerungen umschiffen sie. Yakob setzt sich kurz dazu, lässt seine Pause ausfallen und greift nach einer Mullbinde. Er hält sie gespannt und eine Schwester greift nach dem Ende.

„Und", beginnt er, „was haben Sie gemacht, wenn nicht genug Verbände da waren?" Er hofft auf eine Auskunft aus Kriegstagen.

„Es war …", beginnt die alte Schwester. „Es war Kriegsende."

Yakob seufzt. Wieso sagt sie nicht, „es war 1942"?

„Wir dachten, er stirbt. Es war ein junger Amerikaner. Ich rechnete stündlich damit, dass er stirbt so wie all die anderen Soldaten. Das Fieber! Die Entzündung! Man gab dem Amerikaner ein neues Medikament und dann, am nächsten Morgen, lebte er noch immer und dann überlebte er und dann lebte er."

„Ich weiß, und dann …"

Auf einmal reden die Frauen durcheinander. Jede erzählt von einem Erlebnis, das unglaublich war, geradezu ein Wunder.

Yakob beugt sich zu Schwester Berta: „Wovon reden sie?"

„Penicillin. Bei der heiligen Wolfsindis – das war ein Geschenk des Himmels und erweckte die Halbtoten zum Leben."

„Heilige Wolfsindis?", fragt Yakob.

Es fallen seltsame Namen und Schwester Therese ruft: „Und der heilige Blasius lindert Blähungen."

„Blasius von Sebaste", sagt eine.

„Biagio im Italienischen", sagt die andere.

„In Italien verbrachte ich meinen Urlaub."

„Zwei kleine Italiener, die träumen von Napoli, von Tina und Marina, die warten schon lang auf sie", trällert eine agile Schwester.

Yakob ärgert sich, weil er dem Gespräch eine Wendung gab. Hätte er doch nur nachgehakt zu dem Jahr 1946 oder zu Penicillin. Wieso lassen sich die Damen diesmal so leicht ablenken und ein anderes Mal kleben sie unnachgiebig an einem Thema, kauen es immer wieder durch, bis man es nicht mehr hören kann.

Sie singen und wickeln. Usem und Yakob wirken verloren in dieser Frauenrunde, die nun über Petticoats redet, die sie nie tragen durften, oder über Haarpomade, die doch so schmuck aussah, und über die Vespa, die Berta kaufte, um als Gemeindeschwester übers Land zu tuckern.

„Ich werd dann mal", sagt Usem und löst sich von den Damen. Sie schwatzen immer noch durcheinander.

Usem verabschiedet sich und Schwester Therese ruft: „Ciao, mein kleiner Italiener."

„Aber, ich bin nicht …"

„Lass gut sein, Papa. Sie sind gerade in einer anderen Zeit."

Usem nickt, streicht sein lockiges Haar aus der Stirn und trällert: „Ciao, bella Donna."

Schwester Therese hält sich die Hand vor den Mund und kichert. Usem gefällt die Rolle, erst Pater Yakob und jetzt ein Italiener. Er wirft Handküsse zu und ruft mehrmals sein „Bella Donna".

„Lass gut sein, Papa", sagt Yakob. „Und grüß Mama und leg daheim auch mal Wäsche zusammen. Hörst du?"

Usem schwingt durch den Flur und tänzelt die Treppe hinunter bis zum Ausgang. Er war schon so vieles, denkt Yakob, albanischer Pizzabäcker, türkischer Schneider, ägyptischer Seifenhersteller. Nun ist er ein italienischer Charmeur, warum auch nicht? Usem könnte alles sein, frei von jedem Klischee wäre er ganz sich selbst.

Die Verbände liegen wie Gebäckröllchen auf dem Tisch, sorgsam übereinandergestapelt, Kante auf Kante. Schwester Berta passt auf, dass eine eifrige Dame sie nicht wieder abwickelt. Langsam löst sich die Tischgemeinschaft auf, wer rüstig ist, geht schon in den Speisesaal.

Als Yakob wieder an der Sitzgruppe vorbeikommt, sitzen nur noch Schwester Berta und Schwester Josefine beieinander, allerdings haben sie keine Wahl. Schwester Josefine harrt im Rollstuhl und Schwester Berta kommt nicht alleine aus dem Sessel. Doch die zwei wirken zufrieden.

Yakob klappt die Fußstützen des Rollis hinunter und löst die Bremsen. Schwester Josefine spielt mit einer Verbandsrolle, wickelt einen halben Meter ab und wieder auf. Schwester Berta erzählt irgendetwas über Schutzpatronen, fragt Schwester Josefine und erwartet doch keine Antwort. Es ist ein Monolog, aber keiner dieser lähmenden, erschöpfenden Vorträge, sondern ein belebender, der die Gedanken auf die Spur bringt und Starthilfe gibt.

„Sankt Werenfrid lindert Gelenkschmerzen. Wahrscheinlich ist er taub, sonst hätte er mir längst geholfen. Für Taubheit ist die heilige Eugenia von Rom zuständig."

Yakob schiebt den Rollstuhl aus der Sitzecke. Schwester Berta streckt ihre Hand aus, Josefine greift sie, hält sie fest. Yakob muss warten.

Den ganzen Nachmittag wirkte Schwester Josefine nachdenklich. Plötzlich fragt sie: „Und wer kümmert sich um die Vergesslichkeit?"

„Das habe ich vergessen." Schwester Berta lacht so laut und herzlich, dass sie allen, die sie hören, ein Lächeln entlockt.

Yakob bringt Schwester Josefine ins Erdgeschoss, schiebt sie in den kleinen Speisesaal, hilft ihr aus dem Rollstuhl und begleitet sie durch den Raum. Sie läuft zügig und Yakob ärgert sich, dass sie immer noch im Rollstuhl fixiert wird. Sie wird immobil, während andere mühsam mobil gemacht werden müssen. Es gibt keinen Grund mehr, dass sie fixiert wird. Doch man müsse sie beobachten, sagt die Heimleiterin, und dürfe keine voreiligen Entscheidungen treffen. Ach, das sei voreilig, aber eine Fixierung ist es nicht? Schwester Josefine geht zum Tisch, schiebt sich ihren Stuhl zurecht und gleitet auf das Kunstleder. Noch immer hält sie die Verbandrolle in der Hand.

„Darf ich sie Ihnen abnehmen?"

„Nein."

Yakob ist irritiert. Er schaut auf ihre Hände und staunt über die Beweglichkeit ihrer Finger. Sie wirken nicht zittrig oder fahrig, sondern routiniert und bereit, Wunden zu verbinden.

„Müssen Sie noch jemanden verbinden?"

„Kann sein. Wer weiß das schon, es sind unruhige Zeiten."

„Schwester Josefine, es sind Friedenszeiten. Sie sind zu Hause."

„Nein. Ich bin noch nicht zu Hause."

Ratlos steht Yakob neben ihr. Er würde sie gern beruhigen, ihr Mut machen, ihr Sicherheit geben, ihr beweisen, dass sie zu Hause ist. Doch dieses Gefühl kann man nicht herbeireden, man kann es sich auch nicht selbst einreden.

„Sind Sie auf dem Heimweg?"

„Ich denke schon."

„Das ist gut. Dann wünsche ich eine gute Reise."

„Harun? Bitte verlass mich nicht."

Schwester Josefines Blick ist so klar wie ein frisch geputztes Glas, als habe sich ein Fenster in der alten Frauenseele geöffnet.

Yakob weiß nicht, wie er reagieren soll. Offenbar wurde sie von Harun verlassen; wie könnte er ihr etwas anderes versprechen? Eine Last legt sich auf ihn, denn die Bitte der alten Frau wirkt unmittelbar und verletzlich. Weil er keine Worte hat, legt er seine Hand auf ihren

Handrücken. Seine Finger bedecken die kleine Hand vollständig. Die Verbandrolle kullert über den Tisch. Er fühlt ihre weiche Haut, die die Zeit gegerbt und dünn gemacht hat.

Schwester Josefine zieht ihre Hand hervor, betrachtet sie, legt sie neben Yakobs Finger.

„Ich bin alt", klingt es erschrocken. „Du bist jung."

Ihre Pupillen springen unruhig umher, wandern von Hand zu Hand, vergleichen und ahnen, dass etwas Ungeheuerliches geschehen ist. Die alten Hände zittern, eine Unruhe breitet sich über den kleinen Körper aus. Yakob muss handeln, zu gern würde er der alten Frau die Rastlosigkeit nehmen. Sollte er sie ablenken?

Er reicht ihr den Verband und sie beginnt, den Stoffstreifen aufzurollen. Ihre Finger werden ruhig, streichen Falten aus dem Mull, ziehen die Fasern, bis sie an den Enden gleich abschließen.

„Harun hat versprochen, mich zu beschützen." Ihre Stimme klingt dünn.

„Denken Sie, er hat sein Versprechen gehalten?"

Sie wackelt mit dem Kopf. Ist es ein Ja oder mehr ein Nein? Ihr Blick trübt sich, als würde eine Klappe vor ihr Seelenfenster fallen. Yakob ruft einen Abschiedsgruß in den Raum und wünscht allen Damen einen guten Appetit.

„Ja", sagt Schwester Josefine und Yakob weiß nicht, ob es die Antwort auf seine Frage ist.

Auf der Küstenstraße nach Tobruk
1951

Ich habe die Tasche kontrolliert. Ich kontrolliere sie immer, bevor wir aufbrechen. Verbände, Salben, alkoholische Lösung, Schere, Skalpell und Nähzeug für Fleischwunden. Inzwischen habe ich mir einen kleinen Vorrat an Kräutern zugelegt, die Entzündungen hemmen, abschwellend sind oder eine kühlende Wirkung haben. Erstaunlich, dass man das alles in der Natur findet. Seit ein paar Jahren gibt es ein neues Medikament, Harun hatte diese Neuigkeit von den Briten mitgebracht. Es vernichtet Bakterien, diese kleinen Dinger, die keiner sieht und die doch so viel Unheil in unserem Körper anrichten. Was haben wir uns als Schwestern den Mund fusselig geredet, dass man sich die Hände gründlich waschen muss und Wasser am besten abkocht. Doch wie so oft: Wenn die Gefahr nicht sichtbar ist, wird der Mensch leichtsinnig.

Der alte Lastwagen bringt Harun und mich durch das Bergland. Wir fahren auf Straßen, die nur Harun sieht. Ich starre auf Geröll, halte mich an den Griffen fest und hoffe, dass der Wagen nicht entzweibricht. Regelmäßig drehen wir unsere Runden zu den anderen Stämmen oder zu den Küstenorten, um Waren zu tauschen oder Geld mit Reparaturarbeiten zu verdienen. Harun flickt alles, was aus Metall ist, und ich kümmere mich um die Kranken. Sie winken mich herbei, sobald unser Wagen in Sichtweite kommt.

Ein Mann steht vor mir und hält seinen rechten Arm am Körper angewinkelt. Ich brauche ihn nicht zu untersuchen, ich sehe, dass die Schulter ausgekugelt ist. Ich seufze. Es kostet viel Kraft, das Gelenk zu richten. Harun muntert mich auf, dass er mir hilft und es nicht schwieriger sei, als einen losen Auspuff wieder einzuhängen. Ich seufze.

Ich bitte den Mann, dass er sich auf den Boden legt, ruhig atmet und versucht, sich zu entspannen. Die Nachbarn scharen sich um uns, machen Kommentare, geben Ratschläge und reißen Witze.

Ich nehme einen Schal aus meiner Tasche, lege ihn wie eine Schlaufe unter den verletzten Arm und quer über den Brustkorb.

Ich frage Harun: „Wo willst du ziehen, am Tuch oder am Arm?"

„Ich ziehe am Stoff. Nicht, dass ich den Arm abreiße."

Ich setze mich auf den Boden neben die Hüfte des Mannes, streife meine Schlappen ab und stemme einen Fuß fest auf den Boden und den anderen drücke ich gegen seine Flanke. Die Menge um uns verstummt und der Mann beginnt zu wimmern. Plötzlich haben sie Respekt. Die Männer, die herumgewitzelt haben, wenden sich ab. Harun und ich haben das schön öfter gemacht. Ich habe mir ein Kommando überlegt, damit wir im richtigen Moment Spannung aufbauen und ziehen.

„Oans, Zwoa", rufe ich. „Gsuffa!" Zack. Das Gelenk schnappt ein. Alles gut. Doch jetzt jammert der Mann und die Witzereißer sind wieder zur Stelle. Ich binde das Tuch über den Arm und Oberkörper des Mannes.

„Du musst es dran lassen. Hörst du? Zwei Wochen."

Er nickt und wimmert. Ich bin mir sicher, dass er die Schlinge löst, sobald es ihm besser geht. Ich frage, ob noch jemand Hilfe braucht, oder ob noch jemand im Zelt verborgen wird. Die Männer schütteln den Kopf, doch Mütter flehen mich mit ihrem Blick an, ihnen zu folgen. Meistens werden Kinder mit Behinderung ausgegrenzt, man hält sie im Dunkeln und fürchtet einen Fluch. Wieso sonst sollte das Kind missgestaltet sein?

Wenn es mir gelingt, den Müttern Mut zu machen, werden sie einfallsreich und selbstbewusst. Wir bauen Schienen für Klumpfüße und ich zeige ihnen, wie sie die steifen Muskeln weich kneten. Die Fortschritte sind gering, doch je mehr das Kind in der Gemeinschaft ist, umso mehr sehen die anderen, dass auf den Kleinen kein Fluch liegt, sondern dass Lebensstärke in ihnen pulsiert.

Wir fahren die Küstenstraße entlang und diesmal ist es tatsächlich eine Straße und ich muss keine Fliegerangriffe befürchten wie vor acht Jahren. Wie schön es hier ist! Ich löse mein Kopftuch und der Wind zerzaust mein Haar. Es ist lang geworden und von der Sonne gebleicht. Unser Ziel sind die Siedlungen westlich von Tobruk. Wenn es Neuigkeiten gibt, erfahren wir sie dort. In Tobruk ist ein britischer Militärstützpunkt und, wie so oft, kann Harun Ware verkaufen. Seit die Briten ihren Abzug planen, kaufen sie Teppiche und Schmuck für ihre Familien in der Heimat.

Bevor wir die ersten Häuser passieren, schlinge ich mir das Tuch um meinen Kopf. Ich will nicht mehr auffallen, als ich es ohnehin schon tue. Die Menschen in den Städten sind misstrauisch. Wir zuckeln durch die Straßen und wenn man uns erkennt – den Händler und die Heilerin –, rufen sie nicht *Salam*, sondern rotzen irgendein Wort in den Sand. Ich kenne es nicht, aber ich verstehe, dass wir nicht willkommen sind. Harun blickt starr geradeaus und fährt vorsichtig weiter.

„Sind sie böse auf uns?", frage ich.

„Ja!"

„Warum?"

„Weil wir Amazigh sind."

Harun grummelt und starrt durch die sandzerkratzte Frontscheibe. Ich fühle seine Wut. Sie ist rot und gelb und lodert in der heißen Fahrerkabine. Nach und nach wurde mir der Unterschied zwischen Amazigh und Araber bewusst, die Art, wie sie ihre Kleidung tragen, wie sie ihren Glauben leben oder wie sie sprechen. Ja, das ist anders, aber als alle noch einen Feind hatten, wie die Italiener, Deutschen, Franzosen oder Briten, hielten die Menschen zusammen. Doch jetzt, wo Libyen unabhängig wird, werden Unterschiede gesucht und gemacht. Das Eigene wertet man auf, das Fremde ab. Das erinnert mich an meine Kindheit und an Miriam, die nicht mehr zur Schule kam, weil sie Jüdin war.

Wir fahren weiter, passieren Baustellen, wo Männer tiefe Löcher gegraben haben und Rohre in die Erde rammen.

„Was machen die?"

„Sie suchen Erdöl."

„Und wenn sie es finden?"

Harun zuckt mit den Schultern. Die Wut rutscht seinen Rücken herunter und klebt am Sitz. Harun will hoffen, dass dann alles besser wird, dass man Schulen und Krankenhäuser baut, Trinkwasser aufbereitet und Gärten anlegt. Schon oft hat er mir erzählt, dass er davon schwärmt, sein Land aufzubauen. Endlich! Als freier Mann, ohne im Dienst der Europäer zu sein.

„Wenn sie es finden", er zögert, „werden Reiche noch reicher. Hör mal, du musst den Kindern so viel beibringen, wie du kannst."

Ich ziehe eine Schnute. Wenn Harun aufmerksam wäre, wüsste er, dass ich die Kinder unterrichte. Ich zeichne lateinische Buchstaben in den Sand und Jūzfi und ihre Brüder fahren sie mit ihren Fingern nach. Wir lernen Englisch und ein paar deutsche Wörter, die man nicht übersetzen kann, wie Gemütlichkeit, Geborgenheit oder Fernweh. Naima rümpfte die Nase und schnaubte wie ein Kamel, doch sie mischte sich nicht ein. Vielleicht ahnt sie, wie faserig das Freundschaftsband zwischen den Völkern in Libyen ist.

„Bitte zeig ihnen alles, was du weißt", mahnt er mich erneut.

Genervt schaue ich aus dem Fenster. Zeigt Harun den Kindern auch alles, was er weiß? Wie man Autos repariert? Wie man Trinkwasser aufbereitet? Wie man mit Geld umgeht? Zeigt er es auch Jūzfi? Wenn ich noch länger darüber nachdenke, werde ich grantig. Nun bin ich grantig, wende mich von Harun ab und starre zur Seite. Sand, Geröll und Steine. Es ist blöd, sich abzuwenden. Wenn ich Harun anschauen würde, sähe ich die Palmen, glitzerndes Meer und fedrige Wolken. Also drehe ich mich wieder zu ihm. Unsere Blicke begegnen sich. Seine Worte sind kein Vorwurf, sie sind ein Ausdruck seiner Sorgen.

Die fedrigen Wolken knüllen sich zu einer dunklen Masse zusammen. Ein Unwetter zieht auf. Ich wünschte, Harun würde Gas geben, damit wir es noch zum Militärstützpunkt schaffen, doch er macht das Gegenteil. Langsam lenkt er den Wagen neben die Straße, sucht nach einem Platz, wo die Reifen Halt finden. Er fährt so unendlich langsam, dass ich unruhig werde. Der Wind nimmt zu und formt aus den Wolken wütende Fabelwesen: Basilisk, Chimäre, Tatzelwurm. Harun hat eine Senke zwischen kniehohen Felsen gefunden. Der Wind zerrt an der Plane und den Seilen. Es knallt wie Peitschenschläge in der Luft, wie bei den Goaßelschnalzern. Ich wünschte, ich wäre in Oberbayern auf einem Volksfest, dann würde ich die Goaßelschnalzer anfeuern. Hier bete ich, das Unwetter möge seine Kraft verlieren.

Harun ist ausgestiegen, geht um das Auto und ich beobachte ihn, drehe meinen Kopf, suche ihn im Seitenspiegel. Ist er noch da? Der Sturm treibt den Sand in die Fahrerkabine. Ich ziehe mir das Tuch enger um den Kopf. Wo ist Harun? Ich kann nicht mehr erkennen, woher die Geräusche kommen. Ist es der Sturm oder ist es Harun?

Die Wagentür geht auf und Harun springt herein. Mit ganzer Kraft zieht er am Türgriff, bis sie endlich einrastet. Langsam schält er sich aus seinen Tüchern, bedacht, den Sand nicht aufzuwirbeln. Dann entfaltet er ein neues Tuch, breitet seinen Arm aus und ich rücke zu ihm. Er hüllt uns in dem Tuch ein. Es hat gelbe und orange Fäden, erzeugt ein Licht wie bei einem Sonnenuntergang. Schnell versinken wir im Dämmerlicht. Der Wind zerrt. Der Sand kratzt. Der Regen schießt. Mein Herz rast. Harun nimmt mich fest in den Arm, legt seine Hand auf mein Ohr, damit ich das Getöse nicht höre. Ich höre es trotzdem, doch die Geste beruhigt mich. Wieso mache ich mir so viele Gedanken? Harun ist ein Wüstensohn, er kennt sich aus, liebt ihre Schönheit und achtet ihre Wildheit.

Er löst seine Hand von meinem Ohr und flüstert: „Es ist besser, im Sturm auszuharren, als vor ihm zu fliehen. Er würde dir folgen, dich einholen und verschlingen."

„Er verschlingt uns doch gerade."

„Nein, er tanzt über uns hinweg, spielt mit dem Auto, guckt durch das Fenster und pfeift, bis ihm die Luft ausgeht. Wir brauchen ihn, das Land braucht den Sturm und sein Wasser."

Das Rieseln hat sich in ein Rauschen verwandelt. Das Wasser rinnt an den Scheiben herunter, als ständen wir unter einem Wasserfall. Es wird feucht im Wagen. Ich vermisse die Abkühlung, ich vermisse die Frische nach einem Sommerregen in Deutschland, wenn die Luft klar ist, wenn man durchatmen kann. Hier ist es wie in einer Waschküche. Ich warte auf die Nacht und ich ahne, dass ich dann auch wieder jammere, weil es dann zu kalt wird. Wie können Menschen nur an solch einem Ort leben? Sie haben die Unsicherheit im Nacken, dass die Natur ihnen mit einem Schlag alles nehmen kann. Aber haben wir in Europa mehr Sicherheit? Es kann doch immer unser letzter Tag, unsere letzte Stunde, unser letzter Augenblick sein. Wir tun so, als hätten wir alles im Griff. Nichts haben wir im Griff, schon gar nicht die Gier nach Bodenschätzen.

Ich muss eingeschlafen sein. Mein Rücken schmerzt, der Steuerknüppel drückt gegen meine Wade, meine Wangen haben Abdrücke von den Nähten des Sitzes. Ich bewege vorsichtig meinen Nacken, hebe meine Schultern, spüre das Knacken meiner Knochen und bin froh, dass der Himmel wieder blau ist. Harun ist draußen und schaufelt die Reifen frei. Ich mühe mich wie eine alte Frau aus dem Wagen, strecke meinen Rücken und dehne meine Arme. Schon jetzt freue ich mich auf unser Bettenlager am Abend.

Ich löse die Schlaufe an meinem Gewand, stecke die große silberne Nadel ab und schüttle den Stoff aus. Doch der Sand reibt noch immer auf meiner Haut und ich sehne mich danach, in einen See einzutauchen. Ich ziehe auch mein Untergewand aus. Keiner kann mich sehen, wir sind allein. Hastig wedle ich mit einem Tuch den Sand von meinem Bauch und Schenkeln. Es nützt nichts.

„Ich helfe dir." Harun steht neben mir und hält einen Eimer mit Wasser. „Das hatte sich auf der Plane gesammelt."

Mit einem Becher schöpft er das Wasser und lässt es über meinen

Nacken laufen. Ich spüre, wie sich das Wasser auf meinem Rücken in Rinnsale verzweigt. Es rinnt über meine Hüfte, meinen Po und Schenkel. Ich wende mich zu Harun und er gießt mir Wasser über mein Schlüsselbein und meinen Brustkorb. Ich schließe die Augen und erwarte sehnsüchtig den nächsten Schwall. Nichts geschieht. Ich sehe ihn an und er sieht mich an. Er steht einfach da und guckt, wie das Wasser um meine Brüste fließt, sich im Bauchnabel sammelt, überschwappt und an meinen Hüftknochen eine Kurve zieht. Die Luft wird immer wärmer und meine Haut trocknet schnell.

„Und jetzt du", fordere ich Harun auf. Er ist noch sandiger als ich. Harun schüttelt den Kopf und ich amüsiere mich über seine Verlegenheit. Ich ziehe ihm das Gewand vom Körper und er lässt es geschehen, steigt über das Stoffbündel aus Oberteil und Beinkleid. Ich putze ihm übermütig den Sand von der Haut, die Körnchen schubbern sie rot. Mit meinen Fingern wuschle ich durch sein lockiges Haar, puste ihm Sand von der Brust. Er dreht sich um und zeigt mir seine Kehrseite. Ich klopfe ihm den Rücken ab und klatsche ihm auf den Po. Nun nehme ich den Wasserbecher, schütte ihn aus und fahre mit meinen Fingern die Spur nach, die das Wasser hinterlässt. Meine Fingerspitzen hüpfen über seine Wirbel, gleiten über seinen Beckenkamm, verweilen an den Grübchen über seinem Po. Er wendet sich und ich beginne das sinnliche Spiel erneut, schütte ihm Wasser über die Brust und folge mit meinen Fingern den Bächen über Bauchmuskeln und Lenden.

Unsere Körper sind einander vertraut. Unverschämt vertraut und wir wissen sie zu deuten: die Wärme und Weichheit, das Kribbeln und Anspannen, das Loslassen und Feuchtwerden, die Begierde und Behutsamkeit.

Es ist weder Ort noch Zeit für erotische Spiele. Wir ziehen uns wieder an. Harun richtet mir mein Oberkleid, steckt die Gewandnadel fest und zupft die Falten gleich groß zurecht. Er dreht die Gewandnadel so, dass ihre silberne Verzierung im Sonnenlicht leuchtet. Ich bin hellwach und versuche, mir alles zu merken: wie das Unwetter uns einschloss, wie wir nackt im Morgenlicht standen, wie wir Wasser und Wind auf unserer Haut spürten, wie wir frei und unbeschwert waren. Diese Augenblicke will ich sammeln und aufheben. Vielleicht kommt der Tag, da sie mir zu einer kostbaren Erinnerung werden.

Das Unwetter hatte die Küstenstraße überspült, Sand häuft sich wellenförmig auf. Wir kommen nur langsam vorwärts. Es fällt mir schwer, die Entfernungen zu schätzen, wenn die Hitze flimmert. Sind dort Menschen oder ist es nur ein Felsen, der ein Trugbild erzeugt? Je länger ich hinschaue, umso realer wird das Bild.

„Harun, schau. Da winkt jemand!"

„Die Wüste trickst dich aus."

„Halt an!", brülle ich. Meine Stimme überschlägt sich.

Vor Schreck drückt er die Bremse durch und ich knalle gegen das Armaturenbrett. Mein Fuß schlägt hart gegen die Tür, ich ächze und Harun beugt sich zu mir herab.

„Alles gut. Ich bin nicht verletzt," seufze ich und rapple mich hoch. Tatsächlich, da ist jemand. Nein, es sind mehrere Männer. Sie kommen auf uns zu, der Schreck steckt in ihren Augen und Todesangst hängt in ihrer Arbeitskluft. Es sind Europäer, groß gewachsen, glattes Haar, gekleidet in Hosen und Jacken, die viele kleine Taschen haben. Wahrscheinlich sind es Briten, die Libyen helfen, Öl zu finden. Ach was, von helfen kann keine Rede sein, sie wollen Bodenschätze erschließen, um davon zu profitieren.

Harun hält an und die Männer öffnen die Fahrertür, reden durcheinander, fuchteln mit den Händen herum. Wir verstehen kein Wort.

„Stopp", brüllt Harun. Er spricht englisch mit ihnen, seine ruhige Stimme breitet sich über die Männer aus. Sie erzählen vom Unwetter, einem Regensturz, Überflutung, umgefallenen Maschinen und zwei verletzten Männern. Keiner beachtet mich.

Ich sehe mich um, überlege, was es zu tun gibt. Ich greife nach meiner Medizintasche und folge den Männern zur Baustelle. Ausländer können sich nicht vorstellen, dass man in der Wüste ertrinken kann. Ein Regenguss flutet Täler in Minutenschnelle und reißt alles mit sich. Ein Auto liegt auf der Seite, Gerätschaften sind verstreut und halb mit Sand bedeckt, ein Gerüst ist umgestürzt. Es hatte offenbar die zwei Männer getroffen.

Ich eile zu den Männern, der eine windet sich im Dreck, der andere dämmert vor sich hin. Die Bauarbeiter sind irritiert, packen mich am Arm und wollen keine Frau zu ihren Kumpels lassen.

Erst jetzt schauen sie mich wirklich an. Ich kenne diesen Blick, wenn sie begreifen, dass ich Europäerin bin, wenn sich die Frage in ihrem Hirn bildet, was ich hier suche. So oft haben einheimische Männer nicht erkannt, dass ich keine von ihnen bin. Sie sahen nur meine Kleidung und dass ich eine Frau bin; erst wenn sie von meinen Fähigkeiten erfuhren oder mein blondes Haar sahen, blickten sie mir in die Augen.

Wieder ist es Harun, der spricht. In seiner Stimme liegt so viel Autorität, dass die Männer ihm gehorchen. Zuerst untersuche ich den Mann, der sich unruhig hin und her wälzt. Er hat eine große Wunde am Bein und Blut sickert durch den Stoff. Die Männer wollten ihm helfen, haben Lumpen auf die Wunde am Oberschenkel gedrückt, doch nicht fest genug. Ich reiße die Fetzen ab, entsetzt von dem Öl an meinen Fingern. Haben die Männer ölverschmutze Lappen als Verband benutzt? Hastig spüle ich Alkohol über meine Hände und über die Wunde. Ich stecke meinen Zeigefinger in die Arterie. Die Blutung stoppt. Ich brauche etwas zum Abbinden, weder zu dick noch zu dünn.

„Gib mir deinen Gürtel!"

Der Bauarbeiter rührt sich nicht.

„Gib mir deinen Gürtel!"

Endlich zieht er ihn aus den Schlaufen, doch er ist viel zu weit weg.

„Damn it, give me …" Mir fällt das englische Wort für Gürtel nicht ein, aber er hat verstanden, kommt nah zu mir, drückt mir das Leder in die Hand und fragt, was er tun soll.

Ich bedeute ihm, dass er das Bein anheben soll. Schnell schlinge ich den Gurt herum, ziehe mit ganzer Kraft, damit die Arterie abgedrückt wird. Wahrscheinlich wird sein Bein absterben, immerhin wird er überleben. Harun gibt Anweisungen, offenbar hat er die Ladefläche unseres Autos freigeräumt. Unsere Blicke treffen sich, wir sprechen stumm, verstehen einander, dass er nun übernimmt und ich mich um den anderen kümmern soll.

Der zweite Verletzte ist bewusstlos. Ich sehe keine Verletzungen, aber er blutet aus dem Ohr und die Pupillen sind unterschiedlich groß. Wahrscheinlich hat er ein Schädel-Hirn-Trauma. Ich kann jetzt nichts für ihn tun. Wir bringen ihn zu unserem Auto, lagern ihn so, damit er gut Luft bekommt. Die einzige Chance für die zwei Männer ist, sie zum Militärstützpunkt zu bringen. Ich springe auf den Beifahrersitz, doch Harun kommt nicht.

„Fahrt voraus", ruft er mir zu. „Ich helfe hier, repariere ihnen das Auto und dann kommen wir nach."

Mir ist nicht wohl bei dem Gedanken, ohne Harun durch dieses Land zu fahren, aber es ist vernünftig. Wir müssen handeln. Die Männer brauchen Hilfe. Ich rutsche zum Fahrersitz, ziehe am Hebel unter dem Sitz, um ihn vorzuschieben. Nur mit Mühe erreiche ich die Pedale. Ich drehe den Zündschlüssel, gebe kräftig Gas und trotzdem würge ich den Motor ab. Schweiß rinnt mir die Stirn herunter, ich habe Angst zu versagen.

Harun öffnet die Fahrertür, zieht sich hoch zu mir, umarmt mich und flüstert mir ins Ohr: „Ruhig Fine, du schaffst das. Wir sehen uns nachher."

„Und wenn nicht?" Plötzlich bin ich dünnhäutig, Angst kräuselt sich unter meiner Haut.

„Ich liebe dich." Er streicht mir über das Gesicht, zupft an meinem Gewand und richtet die Gewandnadel. Alles ist eine schnelle flüssige Bewegung. Die Gewandnadel blitzt im Sonnenlicht, leuchtet über meinem Herzen.

Ich nicke, atme tief durch, starte den Motor und der Wagen vibriert. Ich schaffe das. Ich schaffe das. Noch einmal blicke ich in den Rückspiegel. Harun winkt. Vielleicht war es auch ein Handkuss. Ich zwinge mich, nach vorn zu schauen, auf die Straße, auf den Punkt in der Ferne – die Militärbasis der Briten.

Die Herbstlust und der Winter

Es ist Winter geworden. Tatsächlich Winter. Schnee hüllt die Herbstlust ein, als würden sich Stoffbahnen über das spitze Dach und die kantigen Erker legen. Der Schnee zeichnet alles weicher, strahlender und sanfter, als es wirklich ist. Die Hausmeister ächzen unter der Last des Schneeräumens, die aktiven Bewohnerinnen werden ungeduldig, weil sie ihre Spaziergänge vermissen, es jedoch nicht wagen, bei der Glätte hinauszugehen.

Yakob fühlt mit ihnen, auch er vermisst seine Fahrradtouren und den Ausgleich an der frischen Luft. Stattdessen läuft er das Hochufer ab und kraxelt zur Isar hinunter. Er steht am flachen Fluss, sieht dem Wasser zu, wie es Steine umspült und an Schneekronen leckt. Die Natur trägt Weiß und Grau, Schneeweiß und Steingrau, Perlweiß und Bleigrau, Wolkenweiß und Aschgrau. Je länger er über den Fluss starrt, umso mehr Farbnuancen fallen ihm auf. Ist es nicht häufig so, dass man selbst erst erstarren und innerlich zur Ruhe kommen muss, bevor man das Drumherum wahrnimmt?

Seine besten Momente mit den alten Damen waren die, in denen er gelassen und ruhig war. So wie bei Schwester Therese, als er das Schwarz-Weiß-Foto betrachtete und später eine Schachtel fand. Therese Thaler war Leistungsschwimmerin und sie war erfolgreich. Die Schachtel, in der sie ihre Rotkreuzbrosche aufbewahrte, war viel zu groß für das eine Schmuckstück, trug römische Zahlen und einen Blätterkranz. Es war keine Schmuckdose, es war eine Schachtel für die Medaille der Deutschen Meisterin 1938. Dann konnte Yakob endlich das Foto deuten, dieses kleine Schwarz-Weiß-Bild mit dem weißen welligen Rand: Bronzegewinnerin Lisa Arendt bei der Olympiade 1936 in Berlin. Therese Thaler als Viertplatzierte wurde lobend erwähnt. Ja, Schwester Therese war eine erfolgreiche Schwimmerin gewesen und in ihrer Wahrnehmung ist sie es noch immer.

Yakob betrachtet die Wellen, die gegen Felssteine schwappen. Das Wasser ist klar, er sieht bis auf den Grund. Wann war Schwester Therese zuletzt in einem Schwimmbad? Er stellt sich vor, wie die alte Dame sich im Wasser verwandelt, endlich in ihrem Element wäre und nicht wie sonst im Treppenhaus strandet.

Er macht sich Vorwürfe, dass er sich nicht mit gleicher Sorgfalt um Schwester Josefine gekümmert hat. Es ging immer nur darum, sie ruhigzustellen. Sie wurde aufgeräumt wie ein Gegenstand, der immer im Weg liegt, an dem man sich stößt und stört. Inzwischen ist sie wieder auf dem Mitteldeck in ihrem Zimmer. Aufgeräumt. Die Ärztin hat die Maßnahmen aufgehoben, weil sie friedlich ist. Man vermutet, dass Josefines Unruhe und Aggressivität mit Stoffwechselstörungen zu tun hatte.

Yakob sieht das anders, aber er schweigt. Zum einen kann er nichts beweisen und zum anderen ist es egal. Hauptsache Josefine ist in ihrem Zimmer. Er nimmt sich vor, sie noch aufmerksamer zu betrachten und vor allem ihre Reaktionen zu beobachten. So wie die Winterwelt viele Farben hat, trägt jeder Mensch verschiedene Nuancen in sich. Manchmal sind sie klar und leicht zu benennen, aber meistens sind sie mehrdeutig und geheimnisvoll.

Die Feuchtigkeit kraucht in Yakobs Schuhe und die Kälte klammert sich an seine Zehen. Er muss in Bewegung bleiben. Mit großen Schritten stapft er am Ufer entlang. Der Kies knirscht und knarzt. Es ist kein sandiges, sondern ein steiniges Ufer, zerbröseltes Gebirgsgestein, jahrtausendealt. Wenn man geduldig sucht, findet man Steine mit Abdrücken von Korallen oder Urzeitwürmern.

Vielleicht sollte Yakob eher Archäologe statt Detektiv sein? Diese Menschen, die mit Pinseln und Pinzetten im Staub sitzen und Schmuck, Gefäße und Knochen freilegen. Sie beugen den Rücken, hocken auf den Knien und kratzen in den Erdschichten, bis sie etwas finden, was die Zeit überdauert hat. Mit den Erinnerungen ist es ähnlich. Sie liegen tief verborgen im Inneren, luftdicht verschlossen, vor Zersetzung bewahrt. Nur mit Sorgfalt kann man sie bergen.

Yakob läuft flussabwärts. Seine Füße rutschen über die feuchten Steine, senken sich in losen Kies und stoßen sich an Unebenheiten. Es ist kein Weg für Spaziergänger, die flanieren am Hochufer. Höchstens im Sommer suchen die Menschen einen Weg durch das Gestrüpp, um ihre Füße in die Isar zu halten. Es ist einsam und ruhig, aber nicht still. So wie die Farben Weiß und Grau ihre Nuancen haben, so hat auch die Ruhe ihre Facetten. Sie murmelt, rauscht, vibriert, bis sie sich nicht mehr von seinem Atem und Herzschlag unterscheiden lässt.

Yakob erklimmt den Pfad zum Hochufer, stapft durch den Schnee, rutscht aus, greift nach Ästen und zieht sich hoch. Es ist anstrengender als gedacht. Inzwischen sind seine Hosenbeine feucht, die Zehen kalt und der Oberkörper verschwitzt. Es ist eine seltsame Mischung aus Hitze und Kälte, als würden sich mehrere Klimazonen über seinen Körper verteilen.

Seine Gedanken bleiben davon unbeeindruckt. Sie huschen durch das Geäst, gleiten über den Schnee und setzen sich auf Baumwipfel. Plötzlich kommt ihm ein unerhörter Gedanke: Was wäre, wenn er sich aus seinem Alltag löst?

„Nach Libyen reisen und wie ein Amazigh leben", schnauft Yakob in die Stille. Er hangelt sich hoch, umfasst einen Baum, stemmt sich ab und betritt endlich den befestigten Weg des Hochufers. Hat er das wirklich gesagt? Er atmet tief durch und stampft sich den Schnee von den Beinen. Wie ist die Situation in Libyen? Ist immer noch Bürgerkrieg?

Entspannt läuft Yakob zur Herbstlust, die Zehen werden wärmer und der Oberkörper kühlt herunter. Er fängt seine Gedanken wieder ein, konzentriert sich auf den nächsten Dienst und nimmt sich vor, digital nach Libyen zu reisen. Wieso hat er sich nicht schon längst mit Amazighs vernetzt? Dann wäre Instagram wirklich zu etwas nutze.

„Seit wann daddelst du?", fragt Laura. Sie stellt eine Kanne Kaffee und mehrere Tassen auf den Tisch im Dienstzimmer. Yakob schweigt, lümmelt auf dem Stuhl und bearbeitet sein Handy.

„Was ist das für ein Spiel?"

„Ich suche Amazighs." Yakob schaut nicht auf.

„Ist das lecker?"

„Was?"

„Oder kann man das anziehen?"

„Was?"

„Was sind denn Amazigh?" Laura gießt sich Kaffee ein, der besser riecht, als er schmeckt.

„Ureinwohner im Maghreb."

„Aha", staunt Laura mit lang gezogenem Vokal. Yakob vermutet, dass sie nicht weiß, was der Maghreb ist, und ergänzt: „Das sind Nomadenvölker in Nordafrika. Sie leben im Bergland und in der Wüste."

„Diese Frau ist hübsch." Lauras Finger schwebt über dem Display. Yakob rückt ab, er kann Lauras Kaffeeatem riechen. Er mag das nicht.

„Suchst du eine Freundin?"

Yakob bereut, dass er vor Dienstbeginn bei Instagram stöbert. Er steckt das Handy weg und wartet auf die Schichtübergabe. Laura plappert weiter. „Wieso suchst du nicht in München nach einer Freundin? Warum hast du nicht schon längst eine Freundin? Stehst du auf exotische Mädchen?"

Obwohl Yakob den Kaffee hasst, schenkt er sich welchen ein, hält sich mit beiden Händen an der Tasse fest. Er pustet hinein, als könne er sich darin vor Laura verstecken.

„Du, der Kaffee ist nicht heiß. Wieso trinkst du Kaffee? Ich dachte, du magst ihn nicht."

Erst als Olga die Bewohnerakten aufschlägt und von Schwester Annas Furunkel am Steißbein erzählt, schweigt Laura.

Was hat Laura über die eine Frau gesagt? Sie sei hübsch? Ja, das ist sie tatsächlich, aber deswegen hat er keinen Screenshot gemacht, sondern wegen ihrer Kleidung. Er würde sich gern damit beschäftigen, doch Olga hängt die letzte Akte in die Hängeregister, wünscht eine ruhige Spätschicht und öffnet die Tür des Dienstzimmers. Das tut sie immer, wenn sie will, dass das Team ausschwärmt.

Yakob hört noch, wie Laura einer Kollegin zuflüstert, dass er sich für exotische Mädchen interessiere, bevor er die Wäschekammer betritt. Er kramt Lagerungshilfen aus dem Regal und wickelt sie in frische Bezüge. Interessiert er sich für exotische Frauen? Was ist überhaupt exotisch? Ist undeutsch exotisch? Was ist eigentlich deutsch? Yakob stopft die runden und U-förmigen Kissen in die viereckigen Bezüge. Sie passen nicht. Yakob fummelt und zieht, damit der Stoff keine Falten schlägt. Es ist wie mit den Erwartungen. Sie sind zu groß und schlagen Falten. Yakob passt weder in die Erwartungen der anderen noch in die eigenen. Yakob, der Pfleger mit Migrationshintergrund. Yasser, Sohn eines Wirtschaftsflüchtlings. Ist er Deutscher oder Amazigh oder irgendetwas dazwischen?

Er klemmt sich die Lagerungshilfen unter die Arme und drückt die Türklinke mit den Ellenbogen herunter.

„Guten Abend, Schwester Anna. Hiermit werden Sie trotz der schmerzenden Stelle am Steiß ruhig schlafen."

Schwester Anna nickt ihm zu, lächelt gequält und sagt: „Yakob, mein Junge, ich bin Krankenschwester und ich weiß, dass ich eine Eiterbeule am Arsch habe. Nett von dir, wie du es sagst. Und wenn du erst einmal in mein Alter kommst, gibt es keinen ruhigen Schlaf mehr."

„Möchten Sie einen Johanniskrauttee?"

„Hast du nichts Stärkeres?"

„Sie haben etwas Stärkeres im Nachtkasten. Soll ich Ihnen den Schnaps einschenken?"

„Nimm das Saftglas."

Yakob stemmt seine Hände in die Hüften und gibt sich empört. Sie lacht, bis das Lachen in ein Husten übergeht und dann in ein Stöhnen, weil ihr Hinterteil schmerzt. In großen Schlucken trinkt sie ihren Enzianschnaps. Yakob hilft ihr ins Bett, legt sie auf die Seite und stopft ihr ein rundes Kissen zwischen die Knie. Ein längliches Polster liegt an ihrer Vorderseite und stützt Hüfte und Bauch. Schwester Annas Stöhnen wechselt von einem Durchatmen zu einem Aufatmen. Yakob liebt diese Momente in seiner Arbeit, wenn er helfen konnte, wenn er jemand Linderung verschafft hat. Es ist mehr als nur ein schönes Gefühl, es ist die Gewissheit, das Richtige zu tun.

Die nächsten Stunden verlaufen routiniert und das Team geht tatsächlich pünktlich in den Feierabend. Die Kollegin aus der Nachtschicht ist erleichtert. Es ist so ruhig und friedlich im Haus, als habe der Schnee eine sedierende Wirkung auf die Menschen.

Als Yakob über den Hof zu seinem Zimmer geht, zieht er keine Jacke über. Schneeflocken fallen auf seine Arme und ruhen auf den dunklen Härchen seiner Haut. Er kann sie wegpusten oder mit den Fingern zerdrücken, bis sie auf seiner Haut schmelzen. Unter einer Laterne bleibt er stehen, sieht nach oben in das Gestöber, spürt, wie Flocken in seinen Halsausschnitt rieseln. Er ist noch überhitzt von der Arbeit in den viel zu warmen Räumen. Etwas wirbelt in ihm, wie der Schnee um die Laterne. Wird er nach Libyen reisen? Wäre er wirklich gern ein Amazigh? Wieso interessiert er sich für diese Frau auf Instagram? Und verflixt noch mal, was hat das alles mit Schwester Josefine zu tun?

Der neue Tag beginnt träge. Schnee bedeckt die Landschaft, Nebel verhängt den Himmel und die Sonne ist nicht mehr als eine Funzel im Dunst. Der Frühdienst schleppt sich durch die Flure: Bewohnerinnen wecken und herrichten, Zimmer aufräumen und Tablettengabe.

Yakob schließt das Fenster in Josefines Zimmer. Der Nebel ist über die Fensterbank gekrochen und hat einen feuchten Schleier hinterlassen. Das Deckenlicht spiegelt sich darin und plötzlich strahlt ein Gedanke auf.

„Es ist keine Gardinenklammer."

Laura bringt die Morgentablette und Yakob sagt erneut: „Es ist keine Gardinenklammer."

„Hä?"

„Es ist keine Schnalle für Vorhänge."

„Was laberst du?" Laura zieht ihre Nase kraus, dabei öffnet sie leicht den Mund und ihr Gesichtsausdruck sagt: Du bist verwirrt.

„Ach, egal." Yakob ist viel zu begeistert, um sich mit Erklärungen für Laura aufzuhalten. Bei der nächsten Gelegenheit wird er zu Schwester Josefine gehen. Doch jede Gelegenheit wird durch einen Auftrag von Olga vereitelt.

„Ach, Yakob, du hast gerade Zeit. Wunderbar. Würdest du bitte …?" Dann folgen Aufzählungen von Botengängen zu Hausmeister oder Koch. Er möge für Schwester Anna Schonkost holen. Er solle das Bett mit den blockierten Rädern verschieben. Die Hubbadewanne funktioniert nicht, ob er mal … Olga stellt zwar Fragen, doch sie erwartet, dass Yakob es erledigt. Mit dem Hausmeister inspiziert er den schnarrenden, ruckelnden Mechanismus, der die Badewanne hoch- und runterfahren soll. Sie fummeln so lange herum, bis Yakobs Zeitpuffer aufgebraucht ist. Er ärgert sich. Jetzt, wo er weiß, was er tun kann, kommt immer etwas dazwischen, und als er endlich Zeit hat, schläft Schwester Josefine. Er will sie nicht stören, schon gar nicht wecken, denn Schlaf ist zu kostbar.

Sein Vorhaben muss warten. Den Feierabend verbringt er mit seinem Handy. Pausenlos wischt er darüber, klickt auf Profile bei Instagram. Kaum jemand gibt seinen echten Namen in den sozialen Netzwerken an. Selbst Yakob nennt sich nur *yas.bike*01 und hat ein Foto von seinem Rennrad im Profil.

Seine Augen beginnen zu brennen. Er müsste schlafen, kann sich jedoch der Faszination nicht entziehen, weitere Bilder und Filmchen zu sehen: Männer mit gegelten Haaren, die sich an einen Lamborghini lehnen, Frauen im Hijab, die Schminktipps geben. Nein, das wollte er nicht sehen. Er sucht im Screenshot nach dem Bild mit der Frau, merkt sich den Namen und tippt ihn bei Instagram ein: *juzfiamazigh*. Statements ploppen auf über Freiheitskämpfer, Revolutionäre wie Omar Mukktar und Aufrufe, dass die Amazighkultur kein Werbegag für Tourismusunternehmen sei.

Im Gegensatz zu anderen Frauen zeigt sich *juzfi-amazigh* nicht in Posen, die wie Schnappschüsse aussehen und wo trotzdem jeder weiß, dass sie inszeniert sind. Mal sieht man sie von hinten in einem bunten Gewand und mal ein halbes Portrait. Yakob vergrößert das Bild, schaut in die Augen der fremden Frau, betrachtet die Zeichnungen auf ihrer Haut, diese Zacken, Linien und Rauten. Ob es echte Tattoos sind? Sie sieht stark aus, versteckt ihre Tattoos auf der Stirn nicht unter Haaren wie seine Mutter. Nein, sie zeigt sich! Jūzfi – wie in dem Schlaflied von Schwester Josefine? Yakob schüttelt den Kopf und lächelt über den seltsamen Zufall. Wobei, Yussuf ist ein beliebter arabischer Name in all seinen Varianten, ob männlich oder weiblich. Es ist kein großer Zufall, dass sie *juzfi-amazigh* heißt. Es ist mehr wahrscheinlich als zufällig.

Zwischen dem Gemäuer der Herbstlust hallen Glockenschläge. Eins, zwei, drei. Es ist drei Uhr nachts. Hat er tatsächlich so viel Zeit an dem kleinen Gerät vertrödelt?

Vor Jahren sollte die Glocke abgestellt werden, weil sie die Nachtruhe störe. Doch die Damen protestierten, sie sagten, dass der Glockenschlag sie durch zähe Nächte begleitet. Zu wissen, dass die Zeit in der Dunkelheit nicht stockt, sondern fließt, sei tröstlich.

Yakob wird unruhig. In dreieinhalb Stunden muss er die Frühschicht antreten und er spürt, dass er nicht einschlafen wird. Die vielen Bilder und Gedanken halten ihn wach. Er schließt die Augen und gleichzeitig steigen Bilder von Wüsten und Oasen auf, Frauen mit Tattoos und Männer mit verschleierten Köpfen. Während Yakob sich in seine Vorstellungen träumt, pfeift der Wind um die Herbstlust und treibt Schnee vor sich her.

Die Pflegerin der Nachtschicht ist so müde, dass ihr die Kraft fehlt, um aufzustehen und nach Hause zu gehen. Yakob ist vor Müdigkeit so träge, als hätte man ihn auf den Stuhl genagelt.

„Niemals hinsetzen, wenn man müde ist, sonst kommt man nicht mehr hoch. Das weiß man doch", belehrt Olga. Sie scheucht ihr Team, drängt zur Eile und schickt die Nachtschwester fort.

Als Erstes geht Yakob zu Schwester Berta mit ihren fiesen Stützstrümpfen. Er muss sie wecken, doch vor allem: Er muss sich selbst wecken. Er schaltet das Licht in Schwester Bertas Zimmer an und schiebt die Vorhänge beiseite. Draußen ist es dunkel. Es gibt nichts zu sehen, außer seinem Spiegelbild im Glas. Wenn es weiter schneit, wird es heute dämmerig bleiben.

Schwester Berta ist zwar wach, aber nicht munter. Jede Bewegung ist mühsam. Die Morgentoilette strengt alle an. Yakob plagt sich mit der großen, schwerfälligen Berta, die Stützstrümpfe scheinen enger als sonst zu sein und ständig verdreht sich die Wäsche beim Anziehen. Berta ist schläfrig, auf dem Toilettenstuhl fallen ihr die Augen zu und ihr Oberkörper zittert vor Kälte. Doch keiner jammert. Er arbeitet zügig und Berta ist geduldig.

Yakob öffnet die Tür zu Schwester Josefines Zimmer. Die Luft hängt schwer und säuerlich im Raum. Es ist viel zu warm. Yakob hastet zum Fenster und reißt es auf. Schneeflocken stoben auf und rieseln auf den Zimmerboden. Geht es der Schwester gut? Ist sie zugedeckt? Yakob wendet sich zu ihr. Eingemummelt liegt sie in den Decken, ihr großes buntes Tuch hält sie wie ein Kuscheltier in ihrem Arm.

Jetzt ist Yakob hellwach! Ihr Tuch und die Gardinenklammer. Er eilt zu den Vorhängen, wühlt sich durch die Falten. Er bückt sich und sucht den Stoff ab. Sie muss hier sein. Wahrscheinlich hat Josefine längst vergessen, dass sie sie an den Vorhang gesteckt hatte. Endlich. Da ist sie.

Er zieht die Nadel aus der Öse. Sie ist fünfzehn Zentimeter lang und so glatt poliert, dass sich das Silber weich anfühlt. Das Gegenstück ähnelt in Form und Größe einem Marmeladenglasdeckel. Behutsam fährt Yakob das Muster aus Linien, Bögen und Kringeln nach. Ob das eine Schrift ist? Was steht dort?

„Wann gibt es Frühstück?" Schwester Josefine sitzt auf der Bettkante. Ihre nackten Beine baumeln über dem Boden.

Yakob lässt die Gewandnadel in der großen Tasche seines Oberteils verschwinden, schließt das Fenster und reicht Schwester Josefine die Hand. Sie rutscht auf der Bettkante vor, bis ihre Füße die Hausschuhe berühren.

„Gleich gibt es Frühstück. Ich helfe Ihnen beim Anziehen."

Schwester Josefine scheint eine gute Nacht gehabt zu haben. Sie wirkt ausgeruht und plaudert, als Yakob ihr das Unterhemd überstreift. Sie erzählt, als er ihr die Strümpfe aufrollt.

„Resi hat mich letzte Nacht besucht."

„Was ist heute für ein Tag?", fragt Yakob nach.

„Ach, woher soll ich das wissen? Jeder Tag ist gleich." Sie dreht sich leicht von ihm weg, während er ihr den Reißverschluss des Rocks hochzieht.

„Es schneit, oder? Ein Wintertag in der Herbstlust. Ich mag Schnee."

„Ehrlich?"

Sie nickt und Yakob staunt, wie gut sie orientiert ist mit Namen, Ort und Zeit.

„So, fertig", sagt er.

„Reichst du mir mein Tuch? Schade, dass es immer herunterrutscht."

Auf diesen Moment hat Yakob gewartet. Wie wird sie reagieren, wenn er die Gewandnadel ansteckt? Er versucht sich das Bild von *juzfi-amazigh* in Erinnerung zu rufen. Wie hatte sie die Falten gerafft? Wie trug sie die Gewandnadel?

Yakob stellt sich hinter Josefine und legt ihr das Tuch um die Schultern, schlägt es vor ihrer Brust zusammen und rafft es an der Schulter. Es ist still im Zimmer. Man hört das tiefe und ruhige Atmen von Josefine, nicht diese Kurzatmigkeit, sondern ein entspanntes Ausatmen. Ganz nah stehen sie beieinander. Yakob könnte schwören, dass sie ihren Kopf an seine Brust lehnt – leicht, behutsam, zärtlich. Er kann der Versuchung nicht widerstehen, pustet auf ihren Scheitel und betrachtet, wie das Silberhaar aufwirbelt und sich wie ein Schleier auf sie senkt.

Er greift in seine Kitteltasche, hält mit der einen Hand das Gewand, müht sich mit den zwei Teilen der Gewandnadel. Offenbar hat sie das mitbekommen, wendet sich um und nimmt ihm das Schmuckstück ab.

„Inzwischen kann ich es alleine. Gib sie mir, Harun.“

Sie strahlt Yakob an – nur einen Moment. Die blauen Augen trüben sich ein, Tränen sammeln sich und quellen über die Fältchen an ihren Augenwinkeln, rinnen über ihre Wangen.

„Du bist nicht Harun.“

„Nein.“

„Ich bin nicht in der Wüste.“

„Nein.“

„Wer bin ich?“

„Schwester Josefine Strahnewitz.“

Sie nickt, es ist mehr ein Wippen. Ihr Kopf wippt, als würde eine Erinnerung nach der anderen lebendig.

„Ja, ich heiße Strahnewitz! Josefine. Fine. Finchen.“

Militärstützpunkt Tobruk
1951

„Josefine Strahnewitz. Ja, ich komme aus Deutschland."

Sind die schwer von Begriff? Wie oft soll ich mich noch wiederholen? Immerhin haben die britischen Soldaten verstanden, dass die verletzten Bauarbeiter im Laster Hilfe brauchen. Man brachte sie in das Hospital des Militärstützpunktes. Erst hatte man mich ignoriert und dann abschätzig gemustert, denn ich bin eine Frau und trage die traditionellen Kleider der Nomaden. Als man meinen deutschen Akzent bemerkte, haben sie mich verachtet. Nazi-Braut, schimpften sie mich. Sie denken, ich bin eine Rotkreuzschwester, die sich hier versteckt, um einer Strafe in Deutschland zu entgehen.

Ich werde unruhig. Jeden Versuch, mich zu rechtfertigen, winken sie ab. Sehnsüchtig warte ich auf Harun. Er wird alles erklären. Die Soldaten haben mich in das Vorzimmer des Generals gebracht und mich auf einen Holzstuhl gedrückt. Mit klopfendem Herzen und bangen Gedanken werde ich immer kleiner. Ich fühle mich wie ein Kind, das auf den Rektor wartet, weil es in der Schule etwas ausgefressen hat. Die Soldaten starren mich an, verziehen ihren Mund, machen Bemerkungen, die ich nicht verstehe, aber sie klingen schmutzig. Haben die nichts zu tun?

Ich ziehe mir mein Tuch ganz eng um den Körper, als wolle ich mich verpuppen. Nichts sehen, nichts hören, warten und dann aufwachen, um sich zu entfalten und frei zu sein. Ich mühe mich um Geduld und Freundlichkeit. Alles andere würde die Situation nur verschlimmern. Die Zeit schleppt sich dahin. Ist Harun schon im Stützpunkt? Spricht er vielleicht mit dem General? Meine Finger spielen mit der Gewandnadel, streichen über die Oberfläche und verweilen auf den Mustern. Sie sind wie eine Braille-Schrift mit Rillen und Hubbeln. *Hoffnung* hatte Harun gesagt, man könne die Zeichen mit

Hoffnung übersetzen. Ich spüre ihren Abdruck auf meinen Fingerkuppen und bleibe zuversichtlich.

Es rumort in den Gängen. Stimmen dringen durch die Türen mit Milchglasscheiben, wie in einem Schattentheater bewegen sich die Männer dahinter. Sie sind groß und kantig, ihre Bewegungen sind zackig. Dazwischen entdecke ich eine Person, die sich geschmeidig bewegt, in einem Gewand, das die Schattenlinien weich erscheinen lässt. Ist das Harun? Unwahrscheinlich, es erinnert eher an die Kleidung der Araber.

Irgendwann geht die Tür auf. Eine Gestalt füllt den Türrahmen aus. Hat der wirklich so breite Schultern oder ist er mit Polstern ausgestopft? Es ist der General. Er blickt finster drein. Wahrscheinlich sieht er immer so aus. Ich kann mir diesen Menschen nicht mit einem Lächeln vorstellen. Seine Haut ist blass bis auf die Nase. Die leuchtet wie eine Clownsnase. Wenn er spricht, ist es ein Monolog. Er will überhaupt nicht hören, was ich zu sagen habe. Seine Worte zerhacken die Luft. Ich brauche meine ganze Konzentration, um sein Englisch zu verstehen, und hoffe, dass ich mich verhört habe.

„Miss Strahnewitz … zurück nach Deutschland … so sorry … Araber nicht verärgern … Gasvorkommen … man könne nicht auf einen Berber warten und schon gar nicht auf einen hören … vielleicht sind Sie doch ein Nazi … das Wort einer Frau und eines Wilden … ausgeschlossen. Impossible!"

Die Unruhe packt mich. Ich stehe auf und gehe einen Schritt auf den General zu. Ein Soldat will einschreiten, doch der General winkt ab.

„Wir haben das Leben der zwei Männer gerettet."

„Vielleicht … wird sich zeigen … sind nicht unsere Männer."

„Ich bin kein Nazi", schreie ich. Es klingt so verzweifelt, dass die Männer erst recht denken, ich hätte etwas zu verbergen.

Der General wendet sich ab. Ich strecke meine Hand aus und will ihn am Arm packen. Ein Soldat schlägt auf meine Hand. Meine Handknochen scheinen sich unter der Wucht zu verschieben. Heftig atme ich ein und versuche, den Schmerz auszuatmen. Ich muss es erneut versuchen.

„Excuse me. Verzeihen Sie. Das ist ein Missverständnis. Ich lebe bei den Amazigh. Ich heile Menschen."

Der General lacht auf. „Niemand lebt freiwillig bei den Wilden, außer man hat etwas zu verbergen. Wobei … du siehst so unschuldig aus. Unschuldig hübsch."

Ich werde ärgerlich. Was hat mein Aussehen damit zu tun und wieso sollte man nicht freiwillig bei den Nomaden leben wollen? Der General weist seine Soldaten an und marschiert in sein Büro. Einer führt mich weg, doch nicht nach draußen, wo ich Harun vermute, sondern weiter auf das Gelände. Mit dem nächsten Schiff soll ich nach Griechenland gebracht werden und dann mit dem Flugzeug nach Deutschland.

Man führt mich in eine Lagerhalle. Es ist kühl, angenehm kühl, offenbar machen die Männer hier Pause. Stühle, ein Sofa aus Säcken und Tischen stehen in einer Ecke. Ein leichter Küstenwind weht und hinterlässt einen salzigen Schleier auf meinem Gesicht – oder sind es doch meine Tränen?

Vor Verzweiflung kann ich nicht denken. Die Angst, Harun und die Kinder nicht wiederzusehen, randaliert in mir. Sie boxt gegen meine Brust, sie würgt meinen Hals, sie nagelt meine Füße an den Boden. Ich muss doch etwas tun! Wir haben doch nicht den Krieg überlebt, um jetzt zerrissen zu werden. Tränen steigen auf, doch ich will hier nicht weinen. Ich schlucke und atme, versuche, nicht zu blinzeln, damit sich kein Tropfen löst.

Ruhig, Fine, ruhig, mahne ich mich. Es wird sich alles finden. Bleib hoffnungsvoll. Ich taste nach meiner Gewandnadel, fühle das Metall und will, dass wenigstens meine Fingerkuppen wissen, dass es Hoffnung gib. Wer hatte diese Hoffnungssymbole ins Metall getrieben? War es Haruns Vater oder seine Großeltern? Ich wollte ihn immer fragen, nun ist es zu spät.

Nein, Fine, nein, schimpfe ich mit der Stimme in meinem Kopf.

Wieder geht ein Windzug durch die Halle, wirbelt Staub am Boden auf und spielt mit den Zipfeln einer Plane. Ich sehe dem Wind zu, oder vielmehr, ich beobachte, was der Wind tut. Er streicht über meine Haut. Er spielt mit meinem Haar. Er trocknet meine Tränen. Er tröstet mich.

Es ist wie in dem alten Gebet von Berta: „Der Atem Gottes hat mich belebt." Gott ist mit mir vom ersten bis zum letzten Atemzug. Seit ich in der Wüste bin, habe ich viele Menschen kennengelernt und ihre Art zu glauben. Da waren Juden, Christen, Muslime und die Amazigh und jeder mit einer Hoffnung auf eine schützende Macht. Gibt es wirklich nur einen Gott? Gibt es überhaupt einen Gott? Berta würde diese Frage nicht einmal stellen, weil sie sich so sicher ist, dass es ihn gibt.

Der Atem Gottes hat mich belebt – ich hänge diesem Gedanken nach, während der Wind an der Plane zottelt. Ohne Atem können wir nicht überleben. Der Drang, Luft zu holen, ist stark. Jeder von uns tat einen ersten Atemzug und wird einen letzten tun. Meinen ersten Atemzug nahm ich in der Geborgenheit meiner Eltern. Ich hoffe, dass mein letzter auch in Geborgenheit sein wird. Wo und wann auch immer.

Die Müdigkeit macht mich träge. Ich nicke im Sitzen ein. Ein Soldat stellt mich wieder auf die Beine und ich folge ihm wie ein Schaf. Ohne Protest gehe ich über die Gangway aufs Schiff, bleibe aber an der Reling stehen. Ein paar Bauarbeiter und Geschäftsleute stapfen ebenfalls hoch. Ob sie Bodenschatzjäger sind? Sie gehen über Deck und suchen den Ausblick auf das Meer.

Ich suche die Wüste, das Flimmern in der Ferne, in der Harun, seine Familie und sein Stamm geborgen sind – noch. Irgendwann komme ich zurück. Unsere Liebe wird eine Trennung überstehen. Ich könnte meine Eltern wiedersehen, Geld verdienen und alles über Hygiene und Therapien lernen, vielleicht auch über Technik und Wasseraufbereitung. Ja, warum denn nicht? Wasser ist kostbarer als Öl. Vielleicht ist es gut, nach Europa zu gehen. Ohne diese Umstände, wäre ich niemals gegangen. Ich versuche, mir die Situation schönzureden, um nicht zu verzweifeln.

Das Schiff legt ab. Es nimmt Fahrt auf. Ich gehe bis zum Heck und blicke auf die flimmernde Wüste. Alles, was ich erlebt habe, werde ich behüten. Es ist mein Geheimnis, mein Schatz, meine Geschichte. Erst wenn wir in Sicherheit sind, werde ich die Erinnerungen hervorholen. Dann können wir zusammensitzen und sagen: „Weißt du noch? Jūzfi, weißt du noch, als du mir Henna ins Gesicht gemalt hast? Mutter Naima, weißt du noch, als ich das Kamel melken sollte und ich das Euter nicht fand? Harun, weißt du noch, als du mir die Gewandnadel geschenkt hast? Weißt du noch?"

Es ist ein herrlicher Tag. Die Sonnenstrahlen spielen mit den Wellen. Vor neun Jahren, als ich nach Tripolis verschifft wurde, war es ähnlich schön. Ich hatte die steife Schwesterntracht an, schwitzte in meinen Strümpfen und war stolz auf meine Haube, die doch zu nichts nütze war. Nun trage ich die Gewänder der Amazigh, Tücher um Schulter und Haupt, wie damals Harun. Ich werde sie ablegen müssen.

In Kreta führt man mich vom Schiff und transportiert mich zum Hangar. Ich lasse es geschehen und fühle mich wie die sagenumwobene Europa, die von Zeus entführt wurde. Sie hatte ihm vertraut. Ich hatte den Alliierten vertraut, innig gehofft, dass sie den Krieg beenden. Nun entführen sie mich in ein Land, in dem ich nicht sein möchte. Es ist nicht mehr meine Heimat.

Einzig meine Eltern und Freundinnen könnten mir Geborgenheit geben. Je weiter ich mich von Nordafrika entferne, umso mehr muss ich an Deutschland denken. Zwei Deutschlands? Wie wird das sein? Wenn die Briten mich nach Frankfurt bringen, werde ich dann nach Berlin reisen können? Werde ich überhaupt reisen können oder verhaftet man mich?

So viele Fragen, so bange Gedanken, so viel Sehnsucht, so viel Schmerz. Ich werde davon zerfetzt sein, bevor ich in Deutschland ankomme – eine seelische Lumpenpuppe im Gewand der Amazigh.

Die Herbstlust und das große Fest

Sie hat geantwortet. Die Frau, die sich auf Instagram *juzfi-amazigh* nennt, schickte Yakob eine Nachricht. Zwar nur das Wort *Hi* und ein *Smiley,* aber es ist eine Antwort. Nun kann Yakob reagieren. Er brütete über seine Nachricht wie bei einer Bewerbung. Es sollte freundlich, aber nicht aufdringlich wirken, witzig, aber nicht plump, kurz, aber nicht belanglos und auf keinen Fall sollte sie denken, er will sich an sie ranmachen – und das alles in einer kurzen Textnachricht?

Offenbar grübelt sie nicht so lange wie er. Kaum hat er seine Nachricht abgeschickt, vibriert sein Handy. Eine neue Textnachricht: *Juzfi-amazigh* möchte sich gern mit ihm über die Amazigh austauschen. Nun kramt Yakob seine Englischkenntnisse hervor und hofft, dass sie für kurze Sätze reichen. Er tippt in sein Smartphone: „Wie heißt du?

„Kahina."

„Sprichst du Tedaga?"

„Nein, aber mein Großvater."

„Wo lebt dein Stamm?"

„In Libyen. Bergland. Südlich von Tobruk."

„Seid ihr Nomaden?"

„Nein."

So geht es eine Weile hin und her. Yakob wünschte, er könnte mit ihr sprechen; ob er sie nach ihrer Telefonnummer fragt? Vielleicht später. Er behilft sich mit Google Maps und sucht die Stadt Tobruk an der Küste, verschiebt die Karte auf seinem Bildschirm nach oben, bis er Bergland sieht oder meint es zu sehen. Die Karte sieht aus wie ein brauner Marmorstein mit weißen Schlieren, gelben Flecken und dunklen Punkten. Die wenigen Punkte sind Siedlungen, alles andere müssen Wüsten, Täler und Berge sein. Der nächste grüne Streifen ist das Nildelta in Ägypten.

Könnte er in einem Wüstenland leben? Er ist froh, dass es Frühling wird, dass sich die ersten Blumen den Schnee von ihren Blüten schütteln, sich Knospen an Sträucher bilden und es mehr gibt als nur Weiß und Grau. Endlich kann er wieder seine Radtouren machen, erst einmal nördlich Richtung München. In der Stadt ist die Natur etwas weiter, dort blühen schon Narzissen, während die Herbstlust noch in einem Meer von Krokussen schwimmt.

Manchmal macht er einen Zwischenstopp bei seinen Eltern und während er sich die Schuhe auszieht, holt seine Mutter die Töpfe hervor. Sie röstet Fenchelsamen, schwitzt Zwiebeln an, zerdrückt Linsen, brät Aubergine und rührt, bis ein Brei entsteht, den Yakob mit Fladenbrot auflöffelt.

„Ich habe eine Idee", Yakobs Vater strahlt. „Wir feiern meinen Geburtstag in der Herbstlust."

Yakob findet, das sei keine gute Idee. Sein Zimmer ist zu klein. Er hat keine Lust, alles umzuräumen, damit sein Vater Platz hat. Wie viele Gäste will er denn einladen? Allerdings versteht er Vaters Wunsch, so eine schöne Umgebung wie in der Herbstlust könnte er sich nicht im Schlossgarten oder in der Altstadt leisten.

„Die Heimleiterin", setzt Usem an, „die Heimleiterin sagt, ich könne den Sonnensaal nutzen."

„Einfach so?"

„Ja, nun ja, mit dem kleinen Gefallen, beim Abnehmen der Vorhänge zu helfen."

Yakob verzieht den Mund. Das ist doch kein kleiner Gefallen! Der Sonnensaal ist drei Meter hoch und die Vorhänge ebenso lang und doppelt so breit. Doch Usem ist voller Vorfreude, dass Yakob es ihm nicht vermiesen will. Usem spricht von seinen Gästen und Essen, Musik und Tanz.

„Wen willst du denn alles einladen?"

„Die drei Schwestern, Olga, den Gärtner ... dich."

„Was ist mit deinen Freunden aus diesem Viertel?" Yakob macht eine Geste, die das Hochhaus umfasst.

„Ach, ich habe hier keine Freunde. Das sind alles nützliche Kontakte. Klar, man hilft sich, aber man teilt nicht das Brot miteinander oder den Döner oder die Falafel oder die Leberkäsesemmel. Wenn du verstehst, was ich meine."

Yakob versteht, aber dass ihm die Herbstlust näher ist als sein Viertel, ist verwunderlich. Usem wirkt geradzu verliebt in die alten Rotkreuzschwestern. Gewissenhaft absolviert er seinen Besuchsdienst, bringt Blumen und Leckereien mit, die Dahlia vorbereitet hat. Yakob kann es nicht leugnen, seine Eltern haben ein Band zur Herbstlust geknüpft, das ihnen Halt gibt. Die Herbstlust ist ein Ziel in ihrem Alltag, an dem sie Begegnungen haben, schönes Ambiente genießen und etwas Sinnvolles tun. Vielleicht ist es noch mehr, denn Yakob spürt, wie seine Eltern sich von Schwester Josefine angezogen fühlen.

Yakob rührt in dem scharfen Linsenmus.

„Noch etwas Koriander?", fragt seine Mutter.

„Nein, danke. Sag mal, hast du eine neue Frisur?"

Dahlia lächelt. „Schön, dass es dir aufgefallen ist."

„Aber nur in der Wohnung. Draußen streicht sie das Haar wieder in die Stirn", sagt Usem.

Dahlias Lächeln verrutscht. Sie senkt den Kopf, als würde sie sich schämen.

„Das sieht gut aus, Mutter. Ein Pony – oder wie heißen die Fransen in der Stirn? Ein Pony verdeckt deine schöne Stirn, außerdem sieht das Tattoo genial aus."

„Meinst du, ich kann mich so zeigen?" Dahlia zeichnet mit ihren Fingerspitzen das Muster auf ihrer Stirn nach. Sie wirkt verträumt, flüstert: „Meine Großmutter hat es gezeichnet."

Usem neckt: „Ja, und dann hat sie mich in ihr Zelt gezogen."

„Usem!" Dahlia klingt empört und doch schwingt in ihrer Stimme Leidenschaft.

Seine Eltern sehen sich an und langsam weicht die Leichtigkeit einer Schwere. Yakob ahnt, dass jetzt Erinnerungen aus Krieg und

Flucht auftauchen. Er springt dazwischen und fragt: „Wann möchtest du feiern? Was wollen wir essen?"

„Naja", überlegt Usem, „das Übliche … Apfelstrudel und Zimtschnecken."

„Und was möchtest du wirklich essen?", Yakob sucht den Augenkontakt zu seinem Vater. Er wiegt mit dem Kopf, sieht Dahlia an und sie nickt.

„Dattelpudding mit gerösteten Nüssen", verkündet er und leckt sich die Lippen.

Wann immer es geht, hilft Yakob Schwester Josefine bei der täglichen Hygiene, dem An- oder Auskleiden. Sie braucht kaum Hilfe, doch Yakob wird sich hüten, das Olga zu sagen. Jeder ist froh, sich mal um eine Bewohnerin zu kümmern, die nicht so anstrengend ist. Dann kann man alles in Ruhe erledigen, etwas fragen und auf eine Antwort warten, so wie es eigentlich sein sollte.

Yakob richtet das Zimmer her und Josefine sitzt am Tisch. Ein Fotoalbum liegt vor ihr. Behutsam berührt sie eine Pergamentseite.

„Und wo ist das?", fragt Yakob.

Sie zögert. Schweigt.

Yakob legt ihr das bunte Tuch um die Schultern und steckt ihr die Gewandnadel an. Es ist wie eine magische Handlung, sobald Schwester Josefine ihren Umhang mit dem Schmuck trägt, werden Erinnerungen lebendig, als fühle sie sich geborgen. Allerdings funktioniert es nur bei ihm. Laura wollte es auch ausprobieren, doch da schwieg sie.

„Wer ist auf diesem Foto?"

„Das ist Vati mit Fritze. Der Mercedes war neu. Fritze war ganz aus dem Häuschen und wollte Vati überall hinfahren, obwohl Vati gern den Drahtesel nahm oder zu Fuß ging. Manchmal fuhr mich Fritze zur Schule, dann durfte ich vorn sitzen, obwohl Mutter es verboten hatte."

„Was ist aus Ihren Eltern geworden?" Yakob hat lange gezögert, diese Frage zu stellen. Wird er damit die Schwester in Traurigkeit stürzen oder schlimme Erinnerungen auslösen?

Sie schweigt. Ihre Finger wandern über das Pergament des Fotoalbums, behutsam blättert sie um und dann spricht sie, als hätte sie etwas Schönes entdeckt.

„Herr Heinrich Strahnewitz ging nach dem Krieg nach Südtirol, kaufte ein Haus mit Laden in Bozen und nannte sich Enrico Stranevicco." Sie lacht und schüttelt zugleich den Kopf. „Vati hat sich neu erfunden wie eine seiner Filmfiguren. Ihm gefiel die Rolle und Mutter auch. Sie hatten einen Kramladen mit Schreibwaren, Zeitungen und Zigarren. Sie lebten wie Menschen, die sich überall zurechtfinden, wenn sie einander haben."

„Enrico? Er gab sich einen neuen Namen? Ist das nicht eine Lüge?" Kaum hat Yakob das ausgesprochen, zuckt er zusammen. Schließlich nennt er sich Yakob statt Yasser.

„Nein, Enrico ist die italienische Variante von Heinrich."

Das Bett ist gerichtet, der Raum gelüftet und die Schwester wartet auf das Frühstück. Es gibt keinen Grund, noch länger hierzubleiben. Er verabschiedet sich, doch Schwester Josefine reagiert nicht. Sie beugt ihren Kopf tief über das Album. Murmeln und Flüstern steigen auf, Yakob versteht nur ein paar Namen wie Gerda, Peter und Resi. Ob sie Schwester Therese meint?

„Du bist süchtig."

„Quatsch", widerspricht Yakob und steckt sein Handy in die Hosentasche.

„Doch, doch, du bist süchtig", behauptet Laura. „Wenn andere eine Zigarettenpause machen, ziehst du dir die neuesten Insta-Nachrichten rein."

Sie stehen hinter der Kapelle neben dem Aschenbecher. Laura hat nicht unrecht. Er schaut viel zu oft auf sein Handy, immer in der Hoffnung, dass sich Kahina gemeldet hat und ihm endlich ihre Mobilnummer gibt.

„Oder bist du verliebt?" Laura kann es nicht lassen.

„Quatsch!"

„Will dein Vater seinen Geburtstag wirklich in der Herbstlust feiern?"

„Wieso fragst du so viel?"

„Darf ich zur Party kommen?"

„Das ist keine Party. Mein Vater macht einen Kaffeeklatsch und Mutter bereitet Essen vor."

„Eben drum. Darf ich kommen? Bitte!"

Sie hängt sich an seinen Arm, legt ihren Kopf auf seine Schultern und bettelt wie ein Kleinkind.

„Bitteeee!"

„Na gut, du kannst zur Seniorenfete kommen."

Wenn die Heimleiterin geahnt hätte, was für eine Attraktion Usems Feier wird, hätte sie es nicht erlaubt. Als der Sonnensaal hergerichtet wird, bleiben die rüstigen Frauen stehen und erkundigen sich nach dem Grund. Manche packen sogar mit an und legen Tischdecken auf. Wahrscheinlich hoffen sie, mitfeiern zu können.

„Nicht die guten Decken. Nehmt Papiertischtücher!", ruft die Heimleiterin, aber keiner hört auf sie.

Es werden Stühle gerückt und Tische für ein Büfett hereingetragen.

„Das Essen wird nicht reichen", überlegt Yakob. Doch seine Mutter winkt ab und meint, es sei genug da.

Die drei alten Schwestern sind die Ehrengäste und dementsprechend aufgeregt. Olga seufzt über die Extraarbeit, trotzdem hilft sie Schwester Berta in ihr bestes Kleid. Laura hat dafür gesorgt, dass Schwester Therese ihr Training vor dem Kaffeetrinken absolviert, damit sie nicht unruhig wird.

Die Sonne scheint und der Sonnensaal strahlt. Es ist, als wäre die Herbstlust von ihren Passagieren gekapert worden. Bis auf die Kapitänin ist selbst die Besatzung übergelaufen. Rüstige Damen haben die Flügeltür zum Gartenzimmer geöffnet. Die zwei Säle sind zu einem großen geworden.

„Das sieht schön aus", sagt Laura. „Man sollte die Türen immer offen lassen. Gibt es einen besseren Ort für Gemeinschaft als zu Tisch?"

Usem ist damit beschäftigt, die Speisen von Dahlia auf Platten zu verteilen. Schwester Berta schiebt Wache, damit sich keiner bedient, bevor nicht alle da sind. Der Gärtner fehlt noch und Schwester Josefine. Yakob wundert sich, wollte sich nicht seine Mutter um Josefine kümmern? Ist sie etwa noch auf ihrem Zimmer?

Er eilt über den Flur, tritt, ohne zu klopfen, ein und sieht zwei sonderbare Gestalten in bunten Gewändern.

„Wer sind Sie?", fragt Yakob.

„Wir sind gleich fertig."

„Mutter? Was machst du da?" Yakob läuft durch den Raum und betrachtet die Frauen von vorn.

„Du stehst im Licht."

Er geht zur Seite, gibt das Licht frei und kann nicht glauben, was seine Mutter da tut.

Entsetzt ruft er: „Du tätowierst Schwester Josefine?"

„Ja", jubelt die kleine, alte Frau. Dahlia müht sich, gerade Linien in die faltige Haut zu zeichnen. Mit der einen Hand strafft sie eine Wange, mit der anderen zeichnet sie.

„Bist du verrückt geworden? Das ist Körperverletzung."

Dahlia schweigt. Vor Konzentration rollt sie ihre Lippen nach innen, vollendet eine zackige Linie und atmet durch.

„Ruhig, Yasser. Es ist nur Henna."

„Yasser?", tönt es von Schwester Josefine wie ein kleines Echo. „Yasser!", sagt sie erneut, als müsse sie den Namen üben. „Yasser, Usem, Dahlia."

Dahlia holt einen Handspiegel und reicht ihn Josefine. Es dauert, bis Josefine ihn so hält, dass sie ihr Spiegelbild betrachten kann. Plötzlich wird sie ganz ruhig, als wäre die Zeit stehen geblieben. Dahlia will den Spiegel zur Seite legen, doch Josefine wehrt ab.

„Das bin ich!", staunt sie. „Das bin wirklich ich."

Sie berührt ihr Haar, ihre Nase, schließt die Augen und öffnet sie.

Ihr Zeigefinger schwebt über den Henna-Zeichnungen. Sie spricht weiter, doch Yakob versteht es nicht.

„Es ist Tedaga", sagt Dahlia.

„Was sagt sie?"

Dahlia schluckt, zögert mit einer Antwort. Die Zeit rinnt. Yakob spürt, dass seine Mutter gerührt ist. Er legt den Arm um ihre Schultern, flüstert erneut seine Frage in ihr Ohr, während eine Melodie aus fremden Wörtern durch das Zimmer gleitet.

„Zu Hause. Sie sagt, dass sie nun endlich heimgekommen ist."

Josefine betrachtet ihr Spiegelbild. Der Spiegel scheint wie ein Portal in eine vergangene Welt zu sein. Je länger sie hineinschaut, umso klarer werden ihre Augen. Yakob sieht die Verwandlung in der kleinen Frau, ihre aufgerichtete Haltung, die weichen Gesichtszüge, die Finger, die ganz ruhig den Spiegel halten. Jetzt ist sie ganz bei Sinnen. Jetzt ist sie angekommen.

„Wo bleibt ihr denn? Usem tanzt schon mit Schwester Berta." Laura hat die Tür aufgerissen, steht im Türrahmen und wackelt mit den Hüften. Sie ist in Partylaune, trägt ein buntes Kleid und auf dem Kopf einen Haarreif mit Krönchen.

Schwester Josefine steht auf. „Wir kommen."

Wie selbstverständlich schiebt sie ihren Arm in Dahlias Ellenbeuge. Laura tänzelt davon und die zwei Frauen in ihrer Amazightracht folgen ihr. Was für ein seltsames Bild. Yakob kann den Blick nicht von ihnen wenden. Sie gehen wie Freunde oder Verbündete oder wie Mutter und Tochter.

Usems Geburtstagsfeier ist schlicht und wird trotzdem unvergesslich bleiben, vielleicht weil sie so spontan ist, vielleicht weil es orientalisches Essen gibt, vielleicht weil Dahlia und Schwester Josefine ihren großen Auftritt haben, vielleicht weil Usem mit Schwester Berta tanzt. Laura hat ihre Lautsprecherbox mitgebracht und spielt Lieder von ihrem Handy ab. Alles ist möglich: Schlager, Chanson, Volksmusik und Lautenmusik aus der Maghrebzone.

„Damenwahl", ruft Schwester Berta. Die Frauen schwärmen aus, packen Usem, den Gärtner und Yakob. Der Hausmeister wird auf dem Gang abgefangen. Nick lässt sich blicken. Er steht im Türrahmen. Eine Schwester tippelt auf ihn zu, doch als sie ihn erkennt, sagt sie: „Mit dem Hirndiwü tanz i net." Die Dame greift nach der Hand einer Mitschwester und gemeinsam schunkeln sie gemächlich auf der Stelle.

Es ist ein großes, fröhliches Durcheinander. Die Herbstlust ist tatsächlich lustig.

Die Herbstlust im Jetzt

Ich traue meinen Augen nicht. Ist das mein Spiegelbild? Bin ich diese alte Frau? Das weiße Haar, die Zeichnung auf meiner Stirn und meine Augen sind mir vertraut. Ja, das bin ich. Josefine. Fine.

Die Amazigh-Frau, Dahlia heißt sie, steht neben mir und ich lege meinen Arm auf ihren. Wir gehen über den Flur und langsam löst sich der Nebel meiner Verwirrung. Als würde Wüstensonne auf den Sumpf meiner Erinnerung strahlen und ihn ausdunsten, trockenlegen, urbar machen. Ich gehe und habe Grund. Das schreckliche Gefühl des Versinkens lässt nach. Ich habe Grund – Grund zur Hoffnung.

Wir treten in den Sonnensaal und wieder werde ich überrascht: Berta tanzt mit einem Mann. Er ist von kleiner Gestalt mit schwarzgrauen Locken. Ich habe ihn schon öfter gesehen. Usem heißt er, nicht wahr? Hoffentlich nennt Berta ihn nicht einen Wilden. Sie ist gebrechlich und hat ihre Unterarme auf die Schultern des Mannes gelegt. Er überstreckt seinen Rücken, sonst würde sein Gesicht auf ihren Busen liegen. Ich muss lachen.

Hier ist alles so anders und komisch, so herrlich echt. Liegt es nur an mir oder daran, dass wir als Gemeinschaft feiern oder dass wir fremdländische Gäste haben? Dabei wirken sie nicht fremd, sondern eher vertraut. Ich könnte schwören, dass ich Dahlia ein Leben lang kenne. Sie könnte Jūzfi sein. Ich rechne nach. Nein, Dahlia könnte Jūzfis Tochter sein.

Mir zuckt es in den Beinen, als Lieder aus meinen Jugendtagen gespielt werden. Doch ich bin erschöpft. Es ist anstrengend, sich aus dem Sumpf der Vergangenheit zu befreien, sich den traurigen Dreck abzuschütteln und die fröhlichen Erinnerungen aufzuheben.

Dahlia hilft mir, mich auf einen Stuhl zu setzen. Neben mir sitzt Resi. Ich greife ihre Hand und sie erwidert den Druck. Meine liebe Resi war immer für mich da. Als mich die Britischen Alliierten nach

München schickten, fing sie mich am Bahnhof ab und brachte mich in ihr Zimmer. Sie kochte für mich, scheuchte mich an die frische Luft, wusch meine Wäsche und stellte mir Taschentücher ans Bett. Ich war untröstlich und sie war hartnäckig.

Sie half mir in den Alltag und es dauerte nicht lange, da arbeiteten wir gemeinsam auf einer Kinderstation. Wir haben nie über unsere Kriegsjahre gesprochen. Ich weiß nicht, was Resi in Russland zugestoßen ist. Nun hoffe ich, dass die Demenz das Grauen geschluckt hat, dass sie nur noch Erinnerungen an ihre Eltern hat, den Schwimmverein, ihre Erfolge und unsere Freundschaft.

Es ist ein komisches Bild, wie Berta mit dem Mann tanzt. Kann man das überhaupt tanzen nennen? Berta hebt kaum ihre Füße. Sie schlurft in Pantoffeln hin und her und klammert sich an Usem. Früher traf ich Berta immer an meinen freien Tagen, manchmal sind wir zusammen in den Urlaub nach Bozen gefahren. Meine Eltern haben uns dann verwöhnt. Berta arbeitete als Gemeindeschwester in den Bergen. Sie hat sich um die Menschen und deren Vieh gekümmert, half gebärenden Frauen und kalbenden Kühen. Mit einem Motorroller fuhr sie von Dorf zu Dorf. Die rollende Berta.

Sie fragte mich oft, was in Libyen passiert war. Sie wollte wissen, warum ich nicht schon früher zurückgekommen war.

Ich wollte nicht darüber sprechen. Ich hatte Angst, dass mich der Schmerz genauso packt wie am ersten Tag. Die Stimme der jungen Berta klingt noch in meinem Ohr: „Eine Wunde heilt nur, wenn man sie gut behandelt. Ignorieren hilft nicht."

Auch wenn ich nicht auf sie hörte, in einer anderen Situation tat ich es. Männer machten mir den Hof und ich dachte, dass sich mein Schmerz in einer Beziehung legen würde. Vielleicht könnte ich mich wieder verlieben oder wenigstens den Partner mögen? Doch Berta schimpfte schrecklich mit mir. Ich bräuchte keinen Mann, um mich besser zu fühlen. Ich sollte unabhängig bleiben und vor allem: Ich sollte gefälligst dankbar sein, weil ich doch wüsste, was eine wahre Liebe ist. Wer kann das schon von sich behaupten?

Ich hatte keine Möglichkeit, mit den Amazigh Kontakt aufzunehmen. Ständig gab es Unruhen und dann hieß es, die Stämme wurden aufgelöst. Ich konnte nur für Harun und die Kinder hoffen und beten und das tat ich mit jedem Atemzug.

„Darf ich bitten?" Der junge Mann, der immer so freundlich zu mir ist, reicht mir die Hand zum Tanz. Ich zögere. Offenbar hat das Berta gesehen und ruft, dass ich mich nicht zieren soll.

Ich greife zu und der junge Mann tanzt behutsam mit mir. Ich kann ihm vertrauen, ich konnte ihm von Anfang an vertrauen – sein Blick, seine Sanftheit, seine Aufmerksamkeit.

Ich muss mir auf die Zunge beißen, um ihn nicht Harun zu nennen. Ich habe vergessen, wie er heißt. Also frage ich nach.

„Yakob", antwortet er.

„Yakob? Ich dachte, du heißt anders."

„Yasser, eigentlich heiße ich Yasser."

„Ah, du trägst den Krieger in dir." Er schaut mich an, als wüsste er nicht, was sein Name bedeutet.

„Ich heiße Josefine oder einfach nur Fine."

Wir tanzen zu einem Lied, das nur von einer Laute gezupft wird. Die Töne wehen wie Wüstensand über mein Gewand. Es hat einen fremden Rhythmus. Man kann dazu nicht wirklich tanzen, doch Yasser führt mich, als wäre ihm die Musik in die Wiege gelegt worden. Wir tanzen und ich vergesse den Moment. Vergesse, dass ich alt bin, dass ich vieles versäumt habe, dass ich gelitten habe. Wir tanzen und ich erinnere mich an das Schöne. Erinnere mich, dass ich ein Wunschkind war, dass mich Harun liebte, dass ich eine Mama für Jūzfi und ihre Brüder sein durfte, dass ich Freundinnen habe, dass ich hoffen durfte, selbst wenn sich alles hoffnungslos anfühlte.

Ich tanze durch meine kostbaren Erinnerungen. Ich atme, lebe und erinnere mich. Ich bin daheim.

Epilog

Es hat lange gedauert, bis sich alle daran gewöhnt haben, mich Yasser statt Yakob zu nennen. Olga kommentierte meinen Wunsch so: „Wieso wolltest du überhaupt jemand anderes sein?"

Es ist schwer, man selbst zu sein, wenn alle um einen herum es ebenfalls nicht sind. Jetzt ist alles anders. Vater tut nicht mehr so, als könne er in jede Nationalität schlüpfen. Wenn er sagt, dass er ein Amazigh sei, schauen ihn die Leute nur verständnislos an. Wenn Mutter ihre Tattoos präsentiert, erntet sie erstaunte Blicke.

Auf Vaters Geburtstagsfest haben wir uns freigetanzt. Jeder ein bisschen. Ich will darauf achten, dass die Gewohnheiten mich nicht wieder in die Rolle des Yakobs drücken, der immer allen gefallen will. Wenn das passiert, dann motzt mich Schwester Berta an. Wenn ich mich mit meinen Vorfahren verbunden fühlen möchte, dann suche ich Schwester Josefine auf. Wenn mir die Leidenschaft abhandenkommt, laufe ich mit Schwester Therese ein paar Bahnen.

Von wegen: In meinem Beruf müsse man nur geben und bekäme nichts zurück. Wenn ich geduldig zuhöre und behutsam hinschaue, werde ich immer wieder beschenkt.

Gestern vertraute mir Schwester Josefine ihre Gewandnadel an. Sie hat Flecken und ist etwas verbogen. Sie fragte, ob ich sie herrichten könne.

„Selbstverständlich", sagte ich und steckte das Schmuckstück ein.

Heute habe ich dienstfrei. Obwohl ich ausschlafen könnte, stehe ich zeitig auf. Die Gewohnheit. Als Erstes habe ich die Gewandnadel gerade gebogen und poliert. Sie liegt auf meinem Fensterbrett und schimmert im Morgenlicht.

Als ich in meine Fahrradmontur schlüpfen will, klingelt das Handy. Kahina. Ich bin aufgeregt, freudig aufgeregt. Wir haben schon mehrmals miteinander telefoniert. Sie lebt in Barcelona und studiert Soziale Innovationen. Wenn sie ihren Abschluss hat, will sie wieder nach Libyen gehen und Trinkwasseraufbereitungsanlagen bauen. Wenn sie von ihren Plänen spricht, fühle ich mich ganz unbedeutend. Ich traue mich nicht zu erzählen, dass ich nur Altenpfleger bin. Doch ich kann ihr nicht ständig ausweichen und außerdem will ich doch mehr ich selbst sein.

Wir plaudern und dann fragt sie wieder, was ich beruflich mache.

„Ich bin Pfleger in einem Seniorenheim."

„Das muss wunderbar sein. Es ist eine sehr ehrenvolle Aufgabe."

„Naja, manchmal ist es sehr ... nun ja ... die Gerüche und Ausscheidungen ... weißt du. Das fühlt sich nicht ehrenhaft an."

„Du begleitest Menschen bis zu ihrem letzten Atemzug, das ist ..."

Sie holt mehrmals Luft und versucht, den Satz zu beenden. Scheinbar findet sie nicht das richtige Wort. Ich unterbreche die Wortsucherei und frage: „Wieso nennst du dich auf Instagram Juzfi?"

Sie lacht und meint, das habe mit einer alten Geschichte zu tun.

„Was für eine Geschichte?"

„Ach, so ein Märchen, das so oft erzählt wurde, dass die Leute denken, es sei wahr."

„Bitte erzähl!"

„Angeblich kannte die Mutter meines Großvaters ein Mädchen namens Jūzfi. Es ist wichtig, dass du Jūzfi sagst und nicht Juzfi. Dieses Mädchen wurde nach einer fremden Frau benannt mit Haut wie Alabaster und Haaren wie gleißendes Sonnenlicht. Sie hatte heilende Kräfte und konnte Dunkelheit in Licht verwandeln. Ein Amazigh verliebte sich unsterblich in sie und sie wurde Mutter vieler Kinder. Ihre Liebe war stark. Doch der Stamm geriet in Gefahr und konnte nur gerettet werden, wenn sie sich für ihn opferte."

„Opfert? Wie opfern?"

„Keine Ahnung, wie man sich halt in Märchen opfert."

„Und diese Jūzfi gab es wirklich?"

Kahina lacht. „So wirklich wie meine Urgroßmutter eine Wüstenkönigin war. Wieso interessiert dich das?"

„Ach, mich interessieren einfach Geschichten und was alte Frauen so erzählen."

„Dann ist es gut, dass du in einem Altenheim arbeitest."

„Ja, das ist es."

Kahina erklärt mir ihre Projekte, aber seit sie Jūzfi erwähnt hat, höre ich kaum noch zu. Jūzfi wie der Name im Schlaflied. Jūzfi wie Josefine. Jūzfi und eine Frau mit silbernem Haar und einer großen Liebe. Hinter den meisten Märchen steckt eine wahre Geschichte.

„Yasser? Hörst du mich?"

„Sorry, was hast du gesagt?"

„Besuche mich mal in Libyen."

„Ja, das werde ich."

Wir verabschieden uns und vereinbaren, dass wir bald wieder telefonieren und uns gewiss mal treffen. Ich freue mich darauf.

Ich stehe am Fenster und schaue in die Weite. Die Alpen kratzen am Himmel. Die Isar rauscht im Tal. Die Gewandnadel glänzt im Sonnenlicht. Ich nehme sie hoch und berühre das Silber. *Hoffnung* bedeutet die Inschrift. Ich halte *Hoffnung* in den Händen.

Danksagung

Ich danke den pensionierten Krankenschwestern des Roten Kreuzes, des Dritten Ordens und der Diakonischen Schwesternschaft, die mir ihre kostbarsten und auch schmerzvollsten Lebenserinnerungen anvertraut haben.

Ein Dank geht an meinen Verlag, der an die Geschichte glaubte und ihr ein schönes Gewand gab.

Danke Stefan Loß für deinen Scharfsinn und deine Leidenschaft als Lektor.

Ich bin dankbar für die Impulse von Katharina und Susanne, Charly und Moni, Roger, Robert, Antje ... und dem libyschen Koch im Nachbardorf.

Von derselben Autorin

Meine Reise
durch das Trauerland

160 Seiten
Hardcover
ISBN 978-3-7655-0761-8

Auch als Hörbuch erhältlich

Susanne Ospelkaus ist 30, als sie am Non-Hodgkin-Lymphom, einer Art Lymphdrüsenkrebs, erkrankt. Sie bezwingt die Krankheit mit Chemotherapie und Strahlentherapie. Doch kurz nach ihrer Genesung wird bei ihrem Mann eine aggressive Leukämie festgestellt. Thomas überlebt die lebensnotwendige Stammzellentransplantation nicht. Susanne wird mit 31 Jahren Witwe und muss sich um die zwei- und vierjährigen Söhne kümmern. Sie nimmt ihre Leser mit auf ihre Reise durch das Trauerland. In alle Facetten, die der Alltag mit Krebs und kleinen Kindern zwischen Glauben, Zweifeln und Hoffen mit sich bringt: Glatze schneiden, solange die Kinder spielen. Pausenbrote schmieren vor der Bestrahlung. Durchzogen ist die Reise von Abschnitten, in denen die Trauer in Ich-Form ihre Perspektive darlegt.

Susanne Ospelkaus gelingt es, inmitten des Leids Leichtigkeit und Lebensfreude in ihre Geschichte zu bringen.

Joyce 2/21

Das Buch sollte auf jeder Krebsstation stehen und Patienten mit Angehörigen geschenkt werden! Eine wirkungsvolle und sehr gute Medizin!

Eric Maes - Amazon Rezension

Gertraud Schöpflin

Auf der anderen
Seite des Sturms

416 Seiten
Hardcover
ISBN 978-3-7655-3703-5

1882: Als die junge Missionarswitwe Rebekka von Sassnitz mit zwei Kindern auf einem Segelschiff aus China zurückkehrt nach Deutschland kehrt, steht sie vor einer schwierigen Entscheidung: In Berlin wartet Friedrich Hoffmann auf sie, ein ihr unbekannter Pfarrer. Soll sie ihm ihr Ja-Wort geben? Oder sollte sie lieber ihren Gefühlen für Kapitän Salmas folgen, der sie in einer stürmischen Nacht auf See gerettet hat?

Unter dem Druck der Umstände fällt sie eine Entscheidung, die ihr nicht nur Freude, sondern auch Zweifel beschert – bis sie das Geheimnis einer Liebe entdeckt, die durch alle Stürme trägt.

BRUNNEN VERLAG GMBH
www.brunnen-verlag.de